小《ちい》さくなっても頭脳《ずのう》は同《おな》じ。迷宮《めいきゅう》なしの名探偵《めいたんてい》。真実《しんじつ》はいつもひとつ！

1

赤道直下《せきどうちょっか》の常夏《とこなつ》の国《くに》・シンガポール――。

東京《とうきょう》二十三区《にじゅうさんく》ほどの狭《せま》い国土《こくど》には、近代的《きんだいてき》な超高層《ちょうこうそう》ビルが建《た》ち並《なら》び、その中《なか》でもひときわ目《め》を引《ひ》くのが、マリーナベイ沿《ぞ》いに建《た》つ『マリーナベイ・サンズ』だ。

三《みっ》つの高層《こうそう》タワーに巨大《きょだい》な船《ふね》が乗《の》っているような斬新《ざんしん》なデザインが特徴《とくちょう》のホテルの他《ほか》に、ショッピングセンター、カジノ、シアターなどを併設《へいせつ》した統合施設《とうごうしせつ》で、天空《てんくう》に浮《う》かぶ船《ふね》のような形《かたち》をしたホテル屋上《おくじょう》の『サンズ・スカイパーク』は、全長三百四十《ぜんちょうさんびゃくよんじゅう》メートル、幅三《はばさん》十八《じゅうはち》メートルの広大《こうだい》な敷地《しきち》に庭園《ていえん》やレストラン、バー、プールを備《そな》えている。

サンズ・スカイパークの中央部《ちゅうおうぶ》にある宿泊客専用《しゅくはくきゃくせんよう》の大型《おおがた》プールからは、シンガポールの摩天楼《まてんろう》が一望《いちぼう》でき、水着姿《みずぎすがた》の男女《だんじょ》でにぎわっていた。

そのプールサイドに、ひときわ目立《めだ》つ長身《ちょうしん》の男《おとこ》が現《あらわ》れた。四十代半《よんじゅうだいなか》ばの中国系《ちゅうごくけい》の男《おとこ》はサングラスにスーツという出《い》で立《た》ちで、慣《な》れた手《て》つきでカードキーをタッチしてゲートを通《とお》ると、颯爽《さっそう》とプールサイドを歩《ある》いた。男《おとこ》の抜群《ばつぐん》のルックスに、すれ違《ちが》う人《ひと》やデッキチェアに横《よこ》たわる女性客《じょせいきゃく》の目《め》が奪《うば》われる。

男《おとこ》はプールサイドにあるレストランへ入《はい》っていった。奥《おく》の席《せき》には、眉間《みけん》にしわを寄《よ》せていらついたようにテーブルを爪《つめ》で叩《たた》いている四十代《よんじゅうだい》の中国系《ちゅうごくけい》の女《おんな》が座《すわ》っていた。品《ひん》のいいワンピースに身《み》を包《つつ》んだ女《おんな》は腰《こし》まで伸《の》びた髪《かみ》をゆるく巻《ま》き、テーブルには高級《こうきゅう》ブランドのバッグを置《お》いていた。男《おとこ》は隣《となり》の席《せき》の椅子《いす》を引《ひ》き、女《おんな》と並《なら》ぶように座《すわ》った。

「待《ま》たせたかな。変《か》わったところに呼《よ》び出《だ》したね」

英語《えいご》で話《はな》しかけられた女《おんな》はチラリと男《おとこ》を見《み》ると、持《も》っていた書類《しょるい》をバッグに入《い》れ、膝《ひざ》に載《の》せた。

「周《まわ》りの人《ひと》に聞《き》かれないように、日本語《にほんご》でしゃべらない？」

女《おんな》はそう英語《えいご》で話《はな》すと、日本語《にほんご》で続《つづ》けた。

「人目《ひとめ》があれば、あなたは妙《みょう》な真似《まね》はできないでしょう？」

「ずいぶんな言《い》い草《ぐさ》だな。まるで僕《ぼく》が君《きみ》を狙《ねら》っているみたいだ」

「違《ちが》うの？」

女《おんな》は冷《ひ》ややかな目《め》で男《おとこ》を見《み》た。

「君《きみ》とは友人《ゆうじん》としていい関係《かんけい》が築《きず》けていたと……」

「余計《よけい》なおしゃべりはなしよ」

男《おとこ》の言葉《ことば》をさえぎった女《おんな》は、男《おとこ》に険《けわ》しい顔《かお》を向《む》けた。

「私《わたし》の提案《ていあん》に対《たい》する返事《へんじ》だけを聞《き》かせて。イエス？　それともノー？」

男《おとこ》はフッと微笑《ほほえ》み、ウェーブがかかった前髪《まえがみ》を整《ととの》えて口髭《くちひげ》をこすると、グッと女《おんな》に顔《かお》を近《ちか》づけた。サングラスのせいで、男《おとこ》の表情《ひょうじょう》は読《よ》めず、何《なに》を考《かんが》えているのかわからない。

「返事《へんじ》をする前《まえ》に、君《きみ》が注文《ちゅうもん》した品《しな》を当《あ》ててみせよう」

男《おとこ》は何《なに》も置《お》かれていないテーブルから女《おんな》に目《め》を移《うつ》した。

「アイスティーなんかじゃない。シャンパーニュ……いや、ワインだ。赤《あか》ではなく白《しろ》。よく冷《ひ》えた、ムルソー」

女《おんな》の目《め》が見開《みひら》くと同時《どうじ》に、ボーイがやってきた。ワイングラスを載《の》せたトレイを持《も》って、英語《えいご》ではなしかける。

「ムルソーをお持《も》ちしました」

「……ど、どうしてわかったの？」

「君《きみ》の心《こころ》を読《よ》んだのさ」

男《おとこ》は顔《かお》を下《さ》げ、上目遣《うわめづか》いで女《おんな》を見《み》た。サングラスのすきまから、そのなまめかしい目《め》をのぞかせる。

「あの、ワインは……」

「いらないわ」

女《おんな》は弾《はじ》かれたように立《た》ち上《あ》がり、戸惑《とまど》うボーイの前《まえ》を横切《よこぎ》った。

「ああ、ちょっと」

立《た》ち去《さ》ろうとする女《おんな》に、男《おとこ》が声《こえ》をかける。

「……なに？」

「答《こた》えはノーだ」

怯《おび》えていた女《おんな》の瞳《ひとみ》がみるみるうちに怒《いか》りの色《いろ》に染《そ》まったかと思《おも》うと、憤然《ふんぜん》とヒールを鳴《な》らして去《さ》っていった。

呆然《ぼうぜん》と女《おんな》を見送《みおく》るボーイの胸《むね》ポケットに、男《おとこ》は折《お》りたたんだ紙幣《しへい》を滑《すべ》り込《こ》ませ、トンと叩《たた》いた。

「あ、あの……」

「助《たす》かったよ」

男《おとこ》は英語《えいご》でボーイに声《こえ》をかけ、人差《ひとさ》し指《ゆび》を口元《くちもと》に当《あ》てた。そしてサングラスを外《はず》し、笑《え》みを浮《う》かべた。

その優雅《ゆうが》な身《み》のこなしと艶《つや》っぽい笑顔《えがお》に、同性《どうせい》ながらもボーイは頬《ほお》を赤《あか》らめた。

マリーナベイ・サンズのホテルタワー3の一階《いっかい》にエレベーターが降《お》りてきた。エレベーターの扉《とびら》が開《あ》くと、中《なか》から客達《きゃくたち》が続々《ぞくぞく》と出《で》てきて、最後《さいご》にレストランにいた女《おんな》が出《で》てきた。ふらふらとおぼつかない足取《あしど》りで、ロビーへと歩《ある》いていく女《おんな》の足元《あしもと》に、ポタリ、ポタリと小《ちい》さな赤《あか》い粒《つぶ》が落《お》ちていく。

次《つ》いで別《べつ》のエレベーターも一階《いっかい》に到着《とうちゃく》した。乗《の》っていたのは一人《ひとり》の男《おとこ》だけだった。女《おんな》とレストランにいた男《おとこ》だ。大《おお》きなスーツケースを引《ひ》いた男《おとこ》は、よろよろと歩《ある》いていく女《おんな》の後《うし》ろ姿《すがた》をじっと見送《みおく》った。

ホテルタワーと橋《はし》で直結《ちょっけつ》したショッピングモール『ザ・ショップス・アット・マリーナベイ・サンズ』は、シンガポール最大級《さいだいきゅう》の規模《きぼ》を誇《ほこ》り、一階《いっかい》から地下二階《ちかにかい》までの三《さん》フロアを吹《ふ》き抜《ぬ》けにした館内《かんない》は、大勢《おおぜい》の観光客《かんこうきゃく》でにぎわっていた。

ライオンズ・ブリッジを渡《わた》ってショッピングモールに来《き》た女《おんな》は、観光客《かんこうきゃく》にぶつかって後《うし》ろへよろめいた。さらにカップルで歩《ある》いていた観光客《かんこうきゃく》の男《おとこ》にぶつかる。

「Are you okay《アーユーオーケイ》？（大丈夫《だいじょうぶ》？）」

女《おんな》は観光客《かんこうきゃく》の男《おとこ》にもたれかかるように倒《たお》れた。女《おんな》を抱《だ》き支《ささ》えた観光客《かんこうきゃく》の男《おとこ》は、左手《ひだりて》が濡《ぬ》れたのに気《き》づいた。左手《ひだりて》を見《み》ると、真《ま》っ赤《か》な血《ち》がべっとりとついている。

そばで心配《しんぱい》そうに見《み》つめていた男《おとこ》の連《つ》れの女《おんな》は、抱《だ》き支《ささ》えられた女《おんな》の背中《せなか》にナイフが突《つ》き立《た》っているのに気《き》づいた。

「きゃあああ!!」「うわああっ!!」

驚《おどろ》いて女《おんな》から手《て》を離《はな》した観光客《かんこうきゃく》の男《おとこ》は、どたりと尻餅《しりもち》をついた。ナイフを背中《せなか》に突《つ》き立《た》てられた女《おんな》もうつ伏《ぶ》せで床《ゆか》に倒《たお》れ、ピクリとも動《うご》かない。

悲鳴《ひめい》を聞《き》いて、周囲《しゅうい》の観光客《かんこうきゃく》は足《あし》を止《と》めた。吹《ふ》き抜《ぬ》けを挟《はさ》んで反対側《はんたいがわ》の通路《つうろ》を歩《ある》いていた観光客《かんこうきゃく》も立《た》ち止《ど》まり、倒《たお》れた女《おんな》の方《ほう》を見《み》る。

その中《なか》にはスーツケースを引《ひ》いた男《おとこ》の姿《すがた》もあった。


その頃《ころ》。

マリーナベイ・サンズの地下駐車場《ちかちゅうしゃじょう》に停《と》められた一台《いちだい》の高級車《こうきゅうしゃ》で、ピピピ……と電子《でんし》音《おん》が鳴《な》った。それは、車体《しゃたい》の下《した》につけられた黒《くろ》い小型《こがた》のプラスチックの箱《はこ》からだった。

赤《あか》いランプが点灯《てんとう》した瞬間《しゅんかん》――ドオォォン!! 閃光《せんこう》を発《はっ》して車《くるま》が爆発《ばくはつ》した。

周囲《しゅうい》の車《くるま》も爆風《ばくふう》で吹《ふ》き飛《と》び、煙《けむり》がたちまち場内《じょうない》に広《ひろ》がっていく。

他《ほか》の車《くるま》の防犯装置《ぼうはんそうち》が一斉《いっせい》に鳴《な》り響《ひび》く中《なか》、すぐにスプリンクラーが作動《さどう》して、天井《てんじょう》から大《たい》量《りょう》の水《みず》が降《ふ》り注《そそ》いだ。


突然《とつぜん》、ショッピングモールが大《おお》きく揺《ゆ》れたかと思《おも》うと、照明《しょうめい》が次々《つぎつぎ》に消《き》えた。

エレベーターやエスカレーターも停止《ていし》して、エスカレーターに乗《の》っていた人達《ひとたち》が前《まえ》のめりになり、何人《なんにん》かが倒《たお》れ込《こ》む。

突然《とつぜん》の揺《ゆ》れと停電《ていでん》にモール内《ない》は騒然《そうぜん》となり、パニックになった客達《きゃくたち》が出口《でぐち》に向《む》かって走《はし》り出《だ》した。

「落《お》ち着《つ》いてください！　こちらの指示《しじ》に……」

警備員《けいびいん》が制止《せいし》する中《なか》、地下《ちか》の階《かい》から白煙《はくえん》が立《た》ち上《のぼ》り、逃《に》げまどう客達《きゃくたち》はさらにパニックに陥《おちい》った。

「ひいいい！」

倒《たお》れた女《おんな》のそばで座《すわ》り込《こ》んでいた観光客《かんこうきゃく》のカップルも共《とも》に逃《に》げ出《だ》す。

「あっ、ちょっと⁉」

女《おんな》の元《もと》にやって来《き》た警備員《けいびいん》が声《こえ》をかけたが、カップルは一目散《いちもくさん》に走《はし》っていった。

警備員《けいびいん》は呆然《ぼうぜん》と女《おんな》を見《み》つめた。すると、目《め》の前《まえ》のショップにサングラスにスーツ姿《すがた》の男《おとこ》が入《はい》っていった。レストランで女《おんな》と一緒《いっしょ》にいた長身《ちょうしん》の男《おとこ》だ。男《おとこ》はディスプレイにかけられた布《ぬの》を剝《は》ぎ取《と》ったかと思《おも》うと、布《ぬの》を持《も》って女《おんな》に歩《あゆ》み寄《よ》ってきた。

「あなた、何《なに》を……⁉」

「現場保存《げんばほぞん》だよ。このままでは殺人現場《さつじんげんば》が踏《ふ》み荒《あ》らされてしまうだろう？」

男《おとこ》はそう言《い》うと、大《おお》きな白《しろ》い布《ぬの》をバサリと宙《ちゅう》に広《ひろ》げ、女《おんな》の遺体《いたい》にかけた。


地下駐車場《ちかちゅうしゃじょう》での爆発《ばくはつ》と殺人《さつじん》が起《お》きたマリーナベイ・サンズは、ホテルタワーとショッピングモールの間《あいだ》の通《とお》りに何台《なんだい》ものパトカーや救急車《きゅうきゅうしゃ》、消防車《しょうぼうしゃ》が停《と》められ、ホテルタワー前《まえ》は大勢《おおぜい》の野次馬《やじうま》や避難《ひなん》させられたホテルの宿泊客《しゅくはくきゃく》でごった返《がえ》していた。

三棟《さんとう》のホテルタワーの一番北側《いちばんきたがわ》にあるタワー3のロビー前《まえ》に、一台《いちだい》のパトカーが停《と》まった。ドアが開《あ》き、コーヒーを片手《かたて》にした体格《たいかく》のいい男《おとこ》が出《で》てきた。浅黒《あさぐろ》い褐色《かっしょく》の肌《はだ》に目鼻《めはな》立《だ》ちがはっきりしたインド系《けい》シンガポール人《じん》の男《おとこ》は、シンガポール警察《けいさつ》のアイダン警部補《けいぶほ》だった。

「お疲《つか》れさまです」

ロビー前《まえ》に立《た》っていた警官《けいかん》が敬礼《けいれい》する。

「俺《おれ》が呼《よ》んだ者《もの》は？」

「すでに中《なか》に」

「ありがとう」

アイダン警部補《けいぶほ》は手《て》にしたコーヒーを飲《の》みながら、ロビーに向《む》かった。

ホテルの外《そと》は避難《ひなん》した宿泊客《しゅくはくきゃく》であふれているが、ロビーには配置《はいち》された警官《けいかん》しかおらず、閑散《かんさん》としていた。

停電《ていでん》で止《と》まってしまったエスカレーターの前《まえ》に、若《わか》い男《おとこ》が座《すわ》り込《こ》んでいた。手《て》すりの入《い》り込《こ》み口《ぐち》に顔《かお》を近《ちか》づけ、じっと見《み》ている。

「待《ま》たせたな、リシ！」

アイダン警部補《けいぶほ》が、その若《わか》い男《おとこ》に声《こえ》をかけた。

「アイダン警部補《けいぶほ》‼　召集《しょうしゅう》ありがとうございます」

若《わか》い男《おとこ》の名《な》は、リシ・ラマナサン。アイダン警《けい》部《ぶ》補《ほ》が応《おう》援《えん》を頼《たの》んだ予《よ》備《び》警《けい》察《さつ》官《かん》だった。

「殺《さつ》害《がい》現《げん》場《ば》はこの先《さき》のショッピングモールだ。今日《きょう》は少々《しょうしょう》やっかいな事《じ》件《けん》になるぞ」

アイダン警《けい》部《ぶ》補《ほ》とリシ・ラマナサンはライオンズ・ブリッジを渡《わた》ってショッピングモールに入《はい》った。停《てい》電《でん》で止《と》まっているエスカレーターを歩《ある》いて降《お》りていく。

アイダン警《けい》部《ぶ》補《ほ》は一《いっ》瞬《しゅん》、リシを振《ふ》り返《かえ》り、すぐに眉《まゆ》をひそめて前《ぜん》方《ぽう》を見《み》た。

エスカレーターを降《お》りた先《さき》の通《つう》路《ろ》には、女《おんな》の遺《い》体《たい》が横《よこ》たわり、警《けい》官《かん》や鑑《かん》識《しき》員《いん》がその周《まわ》りを囲《かこ》んでいた。さらに吹《ふ》き抜《ぬ》けを挟《はさ》んだ反《はん》対《たい》側《がわ》の通《つう》路《ろ》に、長《ちょう》身《しん》の男《おとこ》が立《た》っていた。大《おお》きなスーツケースを手《て》にして、遺《い》体《たい》の方《ほう》をじっと見《み》ている。

「あの『レオン・ロー』が、今《こん》回《かい》の遺《い》体《たい》の第《だい》一《いち》発《はっ》見《けん》者《しゃ》だったんだよ」

アイダン警《けい》部《ぶ》補《ほ》は長《ちょう》身《しん》の男《おとこ》を不《ふ》快《かい》そうに見《み》ながら、コーヒーを一口《ひとくち》飲《の》んだ。

「レオン先《せん》生《せい》……！」

「お前《まえ》、アイツの一《いち》番《ばん》弟《で》子《し》だったんだろ？　あんまり事《じ》件《けん》に口《くち》出《だ》ししないように言《い》ってくれないか」

「そんなこと言《い》えませんよ。挨《あい》拶《さつ》してきます！」

リシはそう言《い》うと、レオンの元《もと》へ駆《か》け出《だ》した。

「先《せん》生《せい》！　レオン先《せん》生《せい》！」

「リシ君《くん》じゃないか！　久《ひさ》しぶりだな」

「はい！」

リシと握手《あくしゅ》したレオンは、そばにいた警官《けいかん》の方《ほう》をチラリと見《み》て「日本語《にほんご》で話《はな》そう」と小《こ》声《ごえ》で言《い》った。

「はい」

リシが答《こた》えると、レオンは日本語《にほんご》で話《はな》しはじめた。

「今《いま》は民間《みんかん》の予備警察官《よびけいさつかん》として働《はたら》いているんだって？　出世《しゅっせ》したじゃないか」

「教官《きょうかん》として犯罪行動心理学《はんざいこうどうしんりがく》を叩《たた》き込《こ》んでくださった、レオン先生《せんせい》のおかげです」

「先生《せんせい》だなんてよしてくれ。今《いま》は民間人《みんかんじん》さ」

苦笑《にがわら》いしたレオンは、反対側《はんたいがわ》の通路《つうろ》に目《め》を向《む》けた。遺体《いたい》のそばにいるアイダン警部補《けいぶほ》が警官《けいかん》と何《なに》やら話《はな》している姿《すがた》が見《み》える。

「それにしても、犯人《はんにん》は爆弾《ばくだん》まで用意《ようい》していたとはな」

「爆破《ばくは》された車《くるま》は、被害者《ひがいしゃ》シェリリン・タンさんのものでした」

「彼女《かのじょ》は優秀《ゆうしゅう》な弁護士《べんごし》だったから、恨《うら》まれることもあっただろうし、危険《きけん》な相手《あいて》との付《つ》き合《あ》いも……」

そのとき、警官《けいかん》の無線機《むせんき》が鳴《な》った。

『警部補《けいぶほ》はいるか!?』

「ちょっと待《ま》って。アイダン警部補《けいぶほ》、あなたに無線《むせん》が……」

警官《けいかん》は遺体《いたい》のそばでかがんでいたアイダンに、無線機《むせんき》のスピーカーマイクを向《む》けた。

ホテルタワー3にいる警官《けいかん》から無線機《むせんき》で連絡《れんらく》をもらったアイダン警部補《けいぶほ》は、ショッピングモールを出《で》てホテルタワー3に向《む》かった。

「すまん！　道《みち》を開《あ》けてくれ！」

エレベーターホールの前《まえ》には大勢《おおぜい》の警官《けいかん》がいて、アイダン警部補《けいぶほ》はかき分《わ》けるように奥《おく》へ入《はい》っていった。

「どうした？」

「エレベーターの壁《かべ》に、妙《みょう》なものが……」

手前《てまえ》のエレベーターの前《まえ》に立《た》っていた警官《けいかん》に言《い》われて、アイダン警部補《けいぶほ》はエレベーターの中《なか》をのぞいた。

「なっ⁉」

正面《しょうめん》の鏡張《かがみば》りの壁《かべ》には、血《ち》にまみれたカードが貼《は》られていた。

呆然《ぼうぜん》とカードを見《み》ているアイダン警部補《けいぶほ》の背後《はいご》に、リシとレオンが遅《おく》れてやってきた。

「‼」

カードを見《み》たレオンの目《め》が、瞬時《しゅんじ》に見開《みひら》いた。

壁《かべ》に貼《は》られた血《ち》まみれのカードには、怪盗《かいとう》キッドのマークがかかれていた。

夕暮《ゆうぐ》れ時《どき》。マリーナベイ・サンズの対岸《たいがん》にあるマーライオンパークは、大勢《おおぜい》の観光客《かんこうきゃく》であふれ返《かえ》っていた。

ライオンの頭《あたま》と魚《さかな》の体《からだ》を持《も》つシンガポールの伝説《でんせつ》の動物《どうぶつ》、マーライオンの像《ぞう》が湾《わん》に向《む》かって口《くち》から噴水《ふんすい》のように水《みず》を吐《は》き出《だ》し、その周囲《しゅうい》や近《ちか》くの桟橋《さんばし》にはカメラを構《かま》えた観光客《かんこうきゃく》が大勢《おおぜい》立《た》っている。

すると突然《とつぜん》、マーライオン像《ぞう》の口《くち》から、赤《あか》い水《みず》が噴《ふ》き出《だ》した。

風《かぜ》で水《みず》しぶきが飛《と》び、像《ぞう》のそばにいた女性《じょせい》のシャツが真《ま》っ赤《か》に染《そ》まる。

「きゃあああ‼」

血《ち》のような真《ま》っ赤《か》な水《みず》に驚《おどろ》いた観光客達《かんこうきゃくたち》は、蜘蛛《くも》の子《こ》を散《ち》らすように逃《に》げていった。その間《あいだ》もマーライオンは赤《あか》い水《みず》を吐《は》き続《つづ》け、水面《すいめん》は三日月《みかづき》のような形《かたち》に赤《あか》く染《そ》まっていった。

2

住宅地《じゅうたくち》の灯火《とうか》が並《なら》ぶ米花町《べいかちょう》の夜空《よぞら》には、澄《す》んだ三日月《みかづき》が浮《う》かんでいた。

阿笠邸《あがさてい》のリビングのソファでコナンと向《む》き合《あ》っていた灰原哀《はいばらあい》は、冷《さ》めた眼差《まなざ》しでボールペンを見《み》つめながらカチカチと鳴《な》らした。

「ダメよ」

「そこをなんとか！」

ソファから立《た》ち上《あ》がった江戸川《えどがわ》コナンが頭《あたま》を下《さ》げたが、灰原《はいばら》は腕組《うでぐ》みをしてプイッと顔《かお》を背《そむ》けた。

「ダメったらダメ！」

「頼《たの》む！」

コナンが頭《あたま》を下《さ》げ続《つづ》けていると、紅茶《こうちゃ》をいれた阿笠博士《あがさはかせ》がキッチンからやってきた。

「どうしたんじゃ、二人《ふたり》とも」

「また例《れい》の薬《くすり》を使《つか》って、元《もと》の姿《すがた》に戻《もど》りたいって」

灰原《はいばら》があきれたように言《い》った。

「修学旅行《しゅうがくりょこう》のときだって、大変《たいへん》な思《おも》いをしたばかりなのに！」

「あんときだってなんとか乗《の》り切《き》れたんだ。だから大丈夫《だいじょうぶ》。薬《くすり》をください！」

頭《あたま》を下《さ》げたコナンが手《て》を前《まえ》に差《さ》し出《だ》す。

「ダ〜〜〜メッ!!」

灰原《はいばら》が厳《きび》しい眼差《まなざ》しでコナンを見《み》ると、阿笠博士《あがさはかせ》は持《も》っていたティーカップをテーブルに置《お》いた。

「いったいどこに行《い》くつもりなんじゃ？」

「シンガポール」

灰原《はいばら》がため息《いき》まじりに答《こた》える。

「博士《はかせ》、これさ」

コナンはソファに置《お》いてあった英語《えいご》で書《か》かれたチラシを差《さ》し出《だ》した。

それは、『シンガポール空手《からて》トーナメント』の告知《こくち》だった。チラシの真《ま》ん中《なか》には、大《おお》きな青《あお》い宝石《ほうせき》がはめ込《こ》まれたチャンピオンベルトの写真《しゃしん》が載《の》っている。

「この大会《たいかい》に、あの人《ひと》が出《で》るんだよ、四百戦無敗《よんひゃくせんむはい》の」

「おお、京極真君《きょうごくまことくん》か」

阿笠博士《あがさはかせ》はポンッと手《て》を叩《たた》いた。

「その試合《しあい》を園子《そのこ》が観《み》に行《い》くって言《い》い出《だ》してさ。小五郎《こごろう》のおっちゃんや蘭《らん》も一緒《いっしょ》にって、オレも誘《さそ》われたんだけど……この姿《すがた》のままじゃ出国《しゅっこく》できねぇし」

ジャケットの内《うち》ポケットからパスポートを取《と》り出《だ》したコナンは、苦笑《にがわら》いした。

「そうじゃな。パスポートは新一《しんいち》のものだしのォ」

「だから頼《たの》むよ、灰原《はいばら》！」

コナンは顔《かお》の前《まえ》で両手《りょうて》を合《あ》わせたが、

「しつこい！」

灰原《はいばら》は取《と》りつく島《しま》もない態度《たいど》で言《い》った。

「今回《こんかい》ばかりは諦《あきら》めた方《ほう》が……」

阿笠博士《あがさはかせ》も灰原《はいばら》に同調《どうちょう》するようで、コナンはガックリとうなだれた。

「はぁ～、行《い》きたかったなぁ……」

すると、阿笠博士《あがさはかせ》が意味《いみ》ありげにニヤリと笑《わら》った。

「そうガックリせんでも……ようし、気晴《きば》らしにここで一発《いっぱつ》！」

「え、もうやんの!?」

コナンはギクリとした。灰原《はいばら》が冷《さ》めた顔《かお》で阿笠博士《あがさはかせ》を見《み》る。

「アジア～～～ン！　クイズです!!」

阿笠博士《あがさはかせ》はクルクルと回転《かいてん》しながら、勢《いきお》いよく白衣《はくい》を脱《ぬ》ぎ捨《す》てた。宙《ちゅう》を舞《ま》う白衣《はくい》の下《した》から現《あらわ》れたのは、マーライオンの着《き》ぐるみを着《き》た阿笠博士《あがさはかせ》だった。

「シンガポールで一番人気《いちばんにんき》のある催《もよお》しはなんでしょうか!?　一《いち》、国歌斉唱《こっかせいしょう》。二《に》、旧正月《きゅうしょうがつ》のお祝《いわ》い。三《さん》、国旗掲揚《こっきけいよう》。四《よん》、マリーナベイ花火大会《はなびたいかい》！」

「……なにその格好《かっこう》」

あきれ顔《がお》の灰原《はいばら》の前《まえ》で、コナンはチラシの裏《うら》に灰原《はいばら》のボールペンで四《よっ》つの答《こた》えを書《か》いていった。

「答《こた》えは簡単《かんたん》。三番《さんばん》の国旗掲揚《こっきけいよう》だろ。なんたって〝芯《しん》がポール（シンガポール）〟だから」

そう言《い》って、三番《さんばん》の答《こた》えにボールペンで丸《まる》をつける。

「おお、正解《せいかい》じゃ。さすがじゃや、――よし、ではもう一問《いちもん》」

阿笠博士《あがさはかせ》がマーライオンの着《き》ぐるみを脱《ぬ》ごうとすると、

「もういいよ」

コナンはチラシを折《お》りたたんで立《た》ち上《あ》がった。ボールペンを胸《むね》ポケットに差《さ》し、玄関《げんかん》へ向《む》かう。

「え？　おわっ！　あたたた……」

コナンを振《ふ》り返《かえ》りながら着《き》ぐるみを脱《ぬ》いでいた阿笠博士《あがさはかせ》は、着《き》ぐるみに足《あし》を引《ひ》っかけてバタンとその場《ば》に倒《たお》れた。

「やっぱ子供達《こどもたち》がいないと寂《さび》しいな……」

倒《たお》れながらぼやく阿笠博士《あがさはかせ》に、灰原《はいばら》は苦笑《にがわら》いした。

阿笠博士《あがさはかせ》の家《いえ》を出《で》たコナンは、とぼとぼと夜道《よみち》を歩《ある》いていた。

「ちぇっ、灰原《はいばら》のヤツ……」

灰原《はいばら》が解毒薬《げどくやく》を作《つく》ってくれなければ、シンガポールには行《い》けない。

諦《あきら》めるしかないのか……。

落《お》ち込《こ》みながら静《しず》まり返《かえ》った住宅街《じゅうたくがい》を歩《ある》いていると——後《うし》ろから足音《あしおと》が聞《き》こえてきた。

コナンは自販機《じはんき》の脇《わき》で立《た》ち止《ど》まり、チラリと後《うし》ろを振《ふ》り返《かえ》った。

誰《だれ》もいない——。

静寂《せいじゃく》の中《なか》、自販機《じはんき》からブーンと低《ひく》く唸《うな》るような音《おと》だけが響《ひび》く。

コナンは再《ふたた》び歩《ある》き出《だ》した。ゆっくり歩《ある》きながら、左手《ひだりて》の腕時計型麻酔銃《うでどけいがたますいじゅう》に右手《みぎて》を添《そ》える。

すると、再《ふたた》び足音《あしおと》が聞《き》こえてきた。足音《あしおと》はさっきより速《はや》く、大《おお》きくなっている。

コナンも足《あし》を速《はや》めた。早歩《はやある》きから走《はし》り出《だ》し、角《かど》を曲《ま》がったところですばやく立《た》ち止《ど》まって角《かど》の方《ほう》を向《む》くと、腕時計型麻酔銃《うでどけいがたますいじゅう》のカバーを起《お》こして構《かま》える。

誰《だれ》だ——照準機《しょうじゅんき》をのぞいたコナンは、その目《め》を細《ほそ》めた。

足音《あしおと》が徐々《じょじょ》に近《ちか》づいて、角《かど》から人影《ひとかげ》が現《あらわ》れた。街灯《がいとう》に照《て》らされた姿《すがた》を見《み》て、コナンがあっと驚《おどろ》く。

「蘭《らん》……あっ蘭姉《らんねえ》ちゃん……！」

角《かど》を曲《ま》がって現《あらわ》れたのは、蘭《らん》だった。

一瞬《いっしゅん》ポカンとしたコナンは、慌《あわ》てて両手《りょうて》を背中《せなか》に隠《かく》した。

「どうしたの？　こんなところで……」

制服姿《せいふくすがた》の蘭《らん》は何《なに》も言《い》わず、ゆっくりと近《ちか》づいてきた。

近《ちか》づいてくるその姿《すがた》に、コナンは違和感《いわかん》を覚《おぼ》えた。

こんな夜《よる》にどうしてまだ制服《せいふく》を着《き》ているんだ？

それにどこか雰囲気《ふんいき》が……。

「蘭姉《らんねえ》ちゃ――」

「ずっと待《ま》ってたんだよ」

コナンの前《まえ》で立《た》ち止《ど》まった蘭《らん》は、そう言《い》ってニヤリと微笑《ほほえ》んだ。

そのいびつな口元《くちもと》を見《み》た瞬間《しゅんかん》――コナンの意識《いしき》が急激《きゅうげき》に遠《とお》のいていった。


遠《とお》くでボソボソと話《はな》し声《ごえ》が聞《き》こえてきて、コナンは目《め》を開《あ》けた。

けれど、目《め》を開《あ》けたはずなのに、真《ま》っ暗《くら》で何《なに》も見《み》えない。

さらに胎児《たいじ》のように丸《まる》まった全身《ぜんしん》が何《なに》かに包《つつ》み込《こ》まれていて、動《うご》くことができない。

（な、なんだ、ここ……）

丸《まる》まった体《からだ》にはクッションのようなものが挟《はさ》まっていた。手足《てあし》を動《うご》かしてみるが、すぐ

にフカフカな壁《かべ》に突《つ》き当《あ》たって押《お》し戻《もど》されてしまう。何《なに》やら狭《せま》いところにいるようだと気《き》づいたとき、

「すごい大《おお》きいねぇ」

聞《き》き覚《おぼ》えのある声《こえ》が聞《き》こえてきた。

(蘭《らん》の声《こえ》！)

「この水《みず》が数日前《すうじつまえ》に真《ま》っ赤《か》になったんだって」

「それ、わたしもニュースで見《み》た。ネットでも大騒《おおさわ》ぎだったし、世界中《せかいじゅう》で報道《ほうどう》されたみたいね」

さらに園子《そのこ》の声《こえ》も聞《き》こえる。

「だけど原因《げんいん》はまだ分《わ》かんないんだって」

「近《ちか》くまで行《い》ってみよう」

「うん！」

(どこなんだ、ここは？　何《なに》かに閉《と》じ込《こ》められている!?　クソッ！)

コナンは必死《ひっし》に手《て》を伸《の》ばし、自分《じぶん》の周《まわ》りにぎゅうぎゅうに詰《つ》められたクッションのようなものを探《さぐ》った。すると、クッションの間《あいだ》にスルリと手《て》が滑《すべ》り込《こ》んで、硬《かた》い物《もの》に手《て》が当《あ》たった。

(ん？　よし、これで……)

それは胸《むね》ポケットにさしていた灰原《はいばら》のボールペンだった。

ボールペンの先《さき》をカチリと出《だ》したコナンは手《て》を伸《の》ばし、クッションの先《さき》にある壁《かべ》に当《あ》てていった。すると、ボールペンの先《さき》が何《なに》かに当《あ》たった。

ファスナーだ。

力《ちから》を込《こ》めてボールペンの先《さき》を突《つ》き刺《さ》し、横《よこ》に動《うご》かすと、ファスナーが開《ひら》いて光《ひかり》が差《さ》し込《こ》む。

「んっ!!」

まぶしさに思《おも》わず目《め》を閉《と》じたコナンは、すぐに開《ひら》いたファスナーに手《て》を入《い》れて、上部《じょうぶ》を持《も》ち上《あ》げる。

コナンが閉《と》じ込《こ》められていたのは、クッション素材《そざい》を敷《し》き詰《つ》めた大《おお》きなスーツケースだった。

スーツケースが開《ひら》いたとたん、熱《あつ》い太陽《たいよう》がコナンをじりじりと照《て》りつけた。むっと湿《しめ》った空気《くうき》が体《からだ》にまとわりつく。

さらにコナンの目《め》に飛《と》び込《こ》んできたのは——高《たか》さ二《に》メートルほどの小《ちい》さなマーライオン像《ぞう》だった。口《くち》からジョボジョボと水《みず》を噴《ふ》き出《だ》している。

「マーライオ……ン……？」

コナンは目《め》を疑《うたが》った。すると、エキゾチックな顔立《かおだ》ちの子供達《こどもたち》がキャハハと笑《わら》いながら、マーライオン像《ぞう》の後《うし》ろを走《はし》っていった。さらにその先《さき》に見《み》えるのは、椰子《やし》の木々《きぎ》とマリーナ・ベイに向《む》かって水《みず》を吐《は》く巨大《きょだい》なマーライオン像《ぞう》。そして、対岸《たいがん》にそびえ立《た》つ特徴的《とくちょうてき》な三《みっ》つの高層《こうそう》タワー――。

「なっ……シンガポールかよぉぉぉ!!」

状況《じょうきょう》がのみ込《こ》めなかったコナンは、しばし呆然《ぼうぜん》と光景《こうけい》を見《み》つめた。やがてスーツケースから出《で》ると、マーライオン像《ぞう》の後《うし》ろで小《ちい》さな池《いけ》に立《た》つミニマーライオン像《ぞう》に近《ちか》づいた。池《いけ》の水面《すいめん》に映《うつ》った自分《じぶん》の顔《かお》を見《み》て、ギョッとする。肌《はだ》が浅黒《あさぐろ》いのだ。

「なっ……！　オレの……手《て》？」

顔《かお》に触《ふ》れようとした手《て》も浅黒《あさぐろ》くなっていて、驚《おどろ》いた。気《き》づけば、服《ふく》も変《か》わっている。半袖《はんそで》シャツに短《たん》パンと、まるで現地《げんち》の子供《こども》のような格好《かっこう》だ。

「博士《はかせ》の道具《どうぐ》もない……」

犯人追跡《はんにんついせき》メガネも、腕時計型麻酔銃《うでどけいがたますいじゅう》も、キック力増強《りょくぞうきょう》シューズも履《は》いていなかった。

なんなんだ、これ。いったいどうなっているんだ――!?

混乱《こんらん》するコナンの頭《あたま》に、ふと蘭《らん》の声《こえ》が浮《う》かんだ。

スーツケースの中《なか》に入《はい》っていたとき、蘭《らん》の声《こえ》が聞《き》こえたのだ。

「そうだ。蘭《らん》がいたはず……！」

コナンは走《はし》り出《だ》した。大勢《おおぜい》の観光客《かんこうきゃく》でにぎわうマーライオンパークの中《なか》を走《はし》り、蘭《らん》の姿《すがた》を捜《さが》す。

すると、マーライオン像《ぞう》のそばを歩《ある》いている毛利蘭《もうりらん》と鈴木園子《すずきそのこ》を見《み》つけた。

「待《ま》って！　蘭姉《らんねえ》ちゃん!!」

コナンの声《こえ》に気《き》づいたのか、蘭《らん》が振《ふ》り返《かえ》った。けれど、すぐに違《ちが》う方向《ほうこう》を見《み》て手《て》を上《あ》げる。

「あ、新一《しんいち》！　こっちこっち！」

（えっ？）

蘭《らん》に駆《か》け寄《よ》ろうとしたコナンは、驚《おどろ》いて立《た》ち止《ど》まった。

「悪《わり》い悪《わり》い。待《ま》たせちまったな！」

驚《おどろ》いたことに――コナンの前方《ぜんぽう》に工藤新一《くどうしんいち》がいた。笑顔《えがお》で蘭《らん》の元《もと》へ駆《か》け寄《よ》っていく。

「どこ行《い》ってたのよ。捜《さが》したんだからね！」

「暑《あつ》いって言《い》うから、おっちゃんを木陰《こかげ》に案内《あんない》してたんだよ」

新一《しんいち》は木陰《こかげ》のベンチで休《やす》んでいる毛利小五郎《もうりこごろう》を振《ふ》り返《かえ》った。

「へー……ありがとう……」

新一《しんいち》をじっと見《み》つめていた蘭《らん》は、ニッコリと微笑《ほほえ》んだ。

「もぉ相変《あいか》わらずねぇ、おじさま」

蘭《らん》の背後《はいご》にいた園子《そのこ》が、蘭《らん》の肩《かた》をつかみながらあきれ顔《がお》で小五郎《こごろう》を見《み》る。すると、

「おーい、蘭《らん》！　水《みず》を買《か》ってきてくれねぇか〜！」

だらしない格好《かっこう》で扇子《せんす》をあおいでいた小五郎《こごろう》が叫《さけ》んだ。

「しょうがないなぁ。ね、一緒《いっしょ》に行《い》こ？」

蘭《らん》はそう言《い》って、いきなり新一《しんいち》の手《て》を取《と》った。

「え？」

「ほら、早《はや》く！」

「あ……オ、オウ」

手《て》をつないで歩《ある》いていく二人《ふたり》の姿《すがた》を見《み》て、園子《そのこ》がニヤニヤする。

「何《なに》よ、もぉ……いい感《かん》じじゃない♥」

園子《そのこ》が二人《ふたり》の後《あと》を追《お》って歩《ある》き出《だ》すと、椰子《やし》の木《き》に隠《かく》れていたコナンが顔《かお》を出《だ》した。

（あの野郎《やろう》……!!）

蘭《らん》と手《て》をつないで歩《ある》いていく新一《しんいち》を、憎《にく》らしげに見《み》つめた。

蘭《らん》が買《か》ってきたペットボトルの水《みず》を渡《わた》すと、小五郎《こごろう》はゴクゴクと一気《いっき》に飲《の》んだ。

「ふ〜、生《い》き返《かえ》ったぜぇ」

とペットボトルをベンチに置《お》く。蘭《らん》は小五郎《こごろう》が首《くび》から透明《とうめい》の薄《うす》いケースを下《さ》げているのに気《き》づいた。

「あれ？　お父《とう》さん、何首《なにくび》からぶら下《さ》げてるの？」

「あん？　これは、こん中《なか》にパスポートを入《い》れてんだよ。なくしたり取《と》られたりしないようにだな。いいだろ〜」

「もう、お父《とう》さん、そんなことしなくても、シンガポールは安全《あんぜん》なんだよ」

二人《ふたり》の会話《かいわ》を聞《き》いていた新一《しんいち》のそばの植《う》え込《こ》みから、ガサガサと音《おと》がした。新一《しんいち》はそっと蘭達《らんたち》から離《はな》れると、植《う》え込《こ》みの脇《わき》にしゃがみ込《こ》んだ。

「よう、お目覚《めざ》めか」

声《こえ》をかけると、ガサガサと植《う》え込《こ》みの陰《かげ》からコナンが出《で》てきた。

「やっぱりテメー……」

にらみつけるコナンに、新一《しんいち》はヘヘッと笑《わら》った。

「ってかお前《まえ》、どうやってスーツケースから出《で》たんだ？」

「コイツだよ」

コナンはズボンのポケットからボールペンを出《だ》して見《み》せた。

「コイツの先端《せんたん》を差《さ》し込《こ》めば、中《なか》からでも案外簡単《あんがいかんたん》に開《ひら》くんだぜ」

「……ボールペンくらい問題《もんだい》ないと思《おも》ったが、油断《ゆだん》も隙《すき》もねぇな」

新一《しんいち》はそう言《い》うと立《た》ち上《あ》がり、駆《か》け出《だ》した。コナンも植《う》え込《こ》みから出《で》て後《あと》に続《つづ》く。

「それはこっちのセリフだ。怪盗《かいとう》キッド！」

走《はし》る背中《せなか》に向《む》かって声《こえ》をかけると、新一《しんいち》になりすましたキッドは振《ふ》り返《かえ》ってフッと笑《わら》った。

ミニマーライオン像《ぞう》のそばには、コナンが入《はい》っていたスーツケースが開《あ》けっぱなしのまま残《のこ》っていた。

「おー、あった、あった！」

キッドがホッとしたようにスーツケースに駆《か》け寄《よ》る。

「それよりどういうつもりなんだ、オメー！」

追《お》いかけてきたコナンは、キッドの着《き》ているシャツをつかみながらたずねた。

「フッお見通《みとお》しのくせに」

ファスナーを閉《し》め、スーツケースを起《お》こしたキッドは、しゃがんだままスーツケースの上《うえ》で組《く》んだ両手《りょうて》に顎《あご》を乗《の》せた。

「フン、あれだよ」

「え？」

コナンがキッドの視線《しせん》の先《さき》を追《お》って振《ふ》り返《かえ》ると、街灯《がいとう》の柱《はしら》から吊《つ》り下《さ》げられた『シンガポール空手《からて》トーナメント』のフラッグ広告《こうこく》だった。コナンが見《み》たチラシと同《おな》じように、大《おお》きな青《あお》い宝石《ほうせき》が埋《う》め込《こ》まれたチャンピオンベルトが載《の》っている。

「あれは園子《そのこ》の……」

「十九世紀末《じゅうきゅうせいきまつ》、海賊船《かいぞくせん》と共《とも》にシンガポール近海《きんかい》に沈《しず》んだとされていた伝説《でんせつ》の秘宝《ひほう》——世界《せかい》最大級《さいだいきゅう》のサファイア、別名《べつめい》『紺青の拳《こんじょうのフィスト》』。去年《きょねん》、ジョンハン・チェン氏《し》が引《ひ》き上《あ》げに成功《せいこう》したビッグジュエルだよ」

「……ジョンハン・チェンといえば、シンガポールの実力者《じつりょくしゃ》の一人《ひとり》だ」

コナンが言《い》うと、キッドは「そう」とうなずいた。

「そしてこのおっさんは、武道《ぶどう》が大好《だいす》きでな。宝石《ほうせき》をチャンピオンベルトに埋《う》め込《こ》み、空手《からて》トーナメントの開催《かいさい》を決《き》めちまった」

「伝説《でんせつ》の宝石《ほうせき》は優勝者《ゆうしょうしゃ》の手《て》に……か、金持《かねも》ちの道楽《どうらく》だな」

「そういうこと。トーナメントのどさくさに宝石《ほうせき》だけいただいちまおうって考《かんが》えてたんだけど、キッドとして入国《にゅうこく》するわけにもいかないだろ」

コナンはフラッグ広告《こうこく》をチラリと見《み》た。

「宝石《ほうせき》を狙《ねら》うだけだったら、オレまで連《つ》れてくる必要《ひつよう》はねぇだろ」

「今回《こんかい》はちょっとばかり特別《とくべつ》でな、ま、事情《じじょう》はおいおい話《はな》してやるよ」

立《た》ち上《あ》がったキッドは、スーツケースのハンドルを引《ひ》き上《あ》げた。

「そんな悠長《ゆうちょう》なこと言《い》っててていいのか？　オレを勝手《かって》に連《つ》れてきて、今頃《いまごろ》、阿笠博士《あがさはかせ》や灰原《はいばら》が……」

と詰《つ》め寄《よ》るコナンに、キッドはかがんで顔《かお》を近《ちか》づけた。

「その点《てん》ならご心配《しんぱい》なく」

あの夜《よる》。蘭《らん》に扮《ふん》したキッドは、コナンを気絶《きぜつ》させた後《あと》、阿笠博士《あがさはかせ》にコナンの声《こえ》で電話《でんわ》をかけたのだ。

『ああ、阿笠博士《あがさはかせ》？　オレだけど、旅先《たびさき》がシンガポールから北海道《ほっかいどう》になって、オレもコナンのまま行《い》くことになったから。しばらく連絡《れんらく》できないけど、よろしくな』

阿笠博士《あがさはかせ》に電話《でんわ》しておいたことをコナンに伝《つた》えたキッドは、フッと笑《わら》った。

「抜《ぬ》かりなしさ」

「テメー……」

コナンがキッドをにらみつけたとき、ベンチの方《ほう》から蘭《らん》の声《こえ》がした。

「あれ、新一《しんいち》？　またいなくなっちゃったの!?」

蘭《らん》と園子《そのこ》が辺《あた》りを見回《みまわ》しながら歩《ある》いてくる。

「おっと、お呼《よ》びだ」

「待《ま》てキッド！」

コナンは立《た》ち上《あ》がったキッドの袖《そで》をつかんだ。

「蘭《らん》に何《なに》かしたら、タダじゃすまねぇからな！」

その剣幕《けんまく》に、キッドは思《おも》わずひるんだ。

「わ、悪《わる》いが、それは保証《ほしょう》できねぇな」

「だったら今《いま》ここで、テメーの正体《しょうたい》バラしてやる！」

コナンが駆《か》け出《だ》した。けれどキッドは焦《あせ》る様子《ようす》もなく、やれやれと立《た》ち上《あ》がった。

「それは止《や》めた方《ほう》がいい」

キッドの言葉《ことば》に、コナンは立《た》ち止《ど》まった。振《ふ》り返《かえ》ると、キッドがのんびりとスーツケースを押《お》して歩《ある》いてくる。

「お前《まえ》が入国《にゅうこく》できたのは、このスーツケースのおかげなんだぜ。手荷物検査《てにもつけんさ》のX線《エックスせん》も通《とお》さない特別仕様《とくべつしよう》。そして中《なか》には十二時間《じゅうにじかん》はもつ酸素発生器《さんそはっせいき》と、長時間《ちょうじかん》入っても痛《いた》くならない極上《ごくじょう》のクッションが詰《つ》め込《こ》まれた優《すぐ》れもの。――この意味《いみ》がわかるかな、名探偵《めいたんてい》？」

スーツケースのハンドルを軽《かる》く叩《たた》いたキッドは、したり顔《がお》で言《い》った。

「オレの手助《てだす》けがないと、パスポートもないお前《まえ》は、この国《くに》を出《で》られない。日本《にっぽん》に帰《かえ》れなくなるってことだ」

コナンは何《なに》も言《い》い返《かえ》せず、クッ……と歯噛《はが》みした。

確《たし》かにキッドの言《い》うとおりだった。パスポートがない『江戸川《えどがわ》コナン』では、どうすることもできない――。

「いた！　新一《しんいち》!!」

背後《はいご》から蘭《らん》の声《こえ》がして、コナンはビクリと肩《かた》をはね上《あ》げた。

とっさに逃《に》げようとしたが、蘭《らん》と園子《そのこ》はもうすぐそばまで来《き》ていて、

「すぐどっかにいなくなっちゃうんだから……」

とコナンの後《うし》ろで立《た》ち止《ど》まった。

「え……!?」

「ガ、ガキんちょじゃない！　どうしてここにいんの!?」

園子《そのこ》に顔《かお》をのぞき込《こ》まれたコナンは、キッドの元《もと》へ走《はし》り、スーツケースの後《うし》ろに隠《かく》れた。

「コナン君《くん》？」

「な？　ビックリだろ、コイツ。ここの子供《こども》らしいぜ」

コナンの方《ほう》をじっと見《み》る蘭達《らんたち》にキッドがあっけらかんと言《い》うと、

「ええ!?　そうなの？　それにしてもよく似《に》てるわねぇ」

園子達《そのこたち》はすんなり信《しん》じたようだった。

（オメーら、あっさりだまされすぎだろ……）

コナンが心《こころ》の中《なか》で突《つ》っ込《こ》むと、歩《あゆ》み寄《よ》ってきた蘭《らん》がコナンの後《うし》ろでしゃがみ込《こ》んだ。

「ボク、お名前《なまえ》は？　――って、日本語《にほんご》わかる？」

とたずねて、コナンの両肩《りょうかた》をつかんでクルリと振《ふ》り向《む》かせる。

コナンの顔《かお》を間近《まぢか》で見《み》た蘭《らん》は、そのあまりにも似《に》すぎる容姿《ようし》に眉《まゆ》をひそめた。

「この子《こ》……」

「え、えーっと……」

コナンの脳裏《のうり》に、自宅《じたく》の図書室《としょしつ》で初《はじ》めて『江戸川《えどがわ》コナン』と名乗《なの》ったときのことがよみがえる。

「……アーサー！　ボクの名前《なまえ》はアーサー・ヒライだ！」

「アーサー・ヒライ……？」

「ボクのお母《かあ》さんが日本人《にほんじん》で……それで……」

とっさに偽名《ぎめい》を名乗《なの》るコナンを見《み》て、キッドが悪戯《いたずら》っぽい笑《え》みを浮《う》かべる。すると、園《その》子《こ》も身《み》をかがめてコナンを見《み》た。

「わたしは鈴木園子《すずきそのこ》」

「わたしは毛利蘭《もうりらん》」

蘭《らん》は自己紹介《じこしょうかい》すると、コナンを抱《だ》き上《あ》げてベンチの方《ほう》を振《ふ》り返《かえ》った。

「それと向《む》こうにいるのが、お父《とう》さんの毛利小五郎《もうりこごろう》。よろしくね」

「う、うん。よろしく……」

蘭《らん》にスーツケースの上《うえ》に乗《の》せられたコナンは、苦笑《にがわら》いした。すると、スマホを手《て》にした園子《そのこ》が「ごめん、ちょっと行《い》ってくるね」とその場《ば》を離《はな》れた。

マーライオン像《ぞう》に向《む》かって走《はし》っていく園子《そのこ》の後《うし》ろ姿《すがた》を、コナンが不思議《ふしぎ》そうに見送《みおく》っていると、

「坊《ぼう》や、お父《とう》さんやお母《かあ》さんは？」

蘭《らん》が再《ふた》びコナンの顔《かお》をのぞいた。

「え、えっと……日本《にほん》に行《い》ってる」

「ええ!?　アーサー君《くん》、一人《ひとり》でお留守番《るすばん》なの？」

「うん。だけど平気《へいき》。慣《な》れてるから」

「そう……」

心配《しんぱい》そうに見《み》つめる蘭《らん》のそばで、キッドが口《くち》を開《ひら》いた。

「それなら、オレ達《たち》と一緒《いっしょ》に来《く》るか？」

「……いいの？」

コナンは子供《こども》っぽい明《あか》るい声《こえ》で言《い》った。けれど、キッドを見《み》るその目《め》は笑《わら》っていない。

「ああ、もちろん」

キッドもニヤリと目《め》を細《ほそ》める。

蘭《らん》はそんな二人《ふたり》の顔《かお》を不思議《ふしぎ》そうに見《み》やると、

「あ、そうだ。わたしもお父《とう》さん見《み》てくるね」

とベンチの方《ほう》へ駆《か》けていった。

「それにしてもおっそいなぁ。メールくらいくれたっていいのに……」

大勢《おおぜい》の観光客《かんこうきゃく》が訪《おとず》れるマーライオンパークの中《なか》でも、マーライオン像《ぞう》そばの桟橋付近《さんばしふきん》は特《とく》に混《こ》んでいて、園子《そのこ》はピョンピョン飛《と》び跳《は》ねながら周囲《しゅうい》を見回《みまわ》した。

「ここで待《ま》ち合《あ》わせのはずなんだけどなぁ」

跳《と》ぶのを止《や》めた園子《そのこ》は、その場《ば》でメールを打《う》ち始《はじ》めた。

すると、園子《そのこ》が立《た》っている桟橋《さんばし》の向《む》こうから、柄《がら》の悪《わる》そうな日本人《にほんじん》の一団《いちだん》がやってきた。

「チッ、オラオラ、邪魔《じゃま》だ！　どけ！　何見《なにみ》てんだコラ〜」

黒服《くろふく》の強面《こわもて》の男達《おとこたち》が、Ｔ《ティー》シャツに短《たん》パン姿《すがた》の男《おとこ》を囲《かこ》むようにして、日本語《にほんご》でどやしながら歩《ある》いてくる。

「なんだ、アイツら」

ミニマーライオン像《ぞう》のそばにいたキッドは、否応《いやおう》なしに目立《めだ》つ彼《かれ》らを怪訝《けげん》そうに見《み》た。

「真《ま》ん中《なか》にいるのは、中富禮次郎《なかとみれいじろう》だな」

コナンの言葉《ことば》に、キッドは「中富《なかとみ》……」と顎《あご》に手《て》を当《あ》てた。

「ああ、中富海運社長《なかとみかいうんしゃちょう》の」

「やり手《て》と評判《ひょうばん》だが、黒《くろ》い噂《うわさ》が絶《た》えない人物《じんぶつ》だ。政治家《せいじか》との癒着《ゆちゃく》や暴力団《ぼうりょくだん》とのつながりも噂《うわさ》されている」

「そんなヤツがどうしてシンガポールに？」

「さあな。ただのバカンスなんじゃないのか」

と答《こた》えたコナンは、禮次郎《れいじろう》が園子《そのこ》に近《ちか》づいていくのに気《き》づいた。

「ねぇ、彼女《かのじょ》。シンガポールまで来《き》て一人《ひとり》？」

メールを打《う》っていた園子《そのこ》が顔《かお》を上《あ》げると、黒服《くろふく》のボディガードを従《したが》えた三十代《さんじゅうだい》のチャラそうな男《おとこ》が目《め》の前《まえ》に立《た》っていた。

「よかったら俺《おれ》と――」

「今《いま》それどころじゃないの。あっち行《い》って」

園子《そのこ》はプイッと横《よこ》を向《む》いてメールを打《う》ち続《つづ》けた。

「そんなこと言《い》っていいのかな？　その気《き》になったらお前一人《まえひとり》、車《くるま》に連《つ》れ込《こ》むくらい簡単《かんたん》なんだぞ」

ベンチに座《すわ》る小五郎《こごろう》のそばにいた蘭《らん》は、橋《はし》の上《うえ》で園子《そのこ》が柄《がら》の悪《わる》そうな男《おとこ》に絡《から》まれているのに気《き》づいた。

「園子《そのこ》！」

助《たす》けに行《い》こうと駆《か》け出《だ》すと、背後《はいご》からいきなり腕《うで》をつかまれた。

「新一《しんいち》！」

「余計《よけい》なことするなって」

「え？」

蘭《らん》が驚《おどろ》いて橋《はし》の方《ほう》を振《ふ》り返《かえ》る。すると、園子《そのこ》の肩《かた》を乱暴《らんぼう》につかむ禮次郎《れいじろう》の後《うし》ろで、黒服《くろふく》の男達《おとこたち》が次々《つぎつぎ》に倒《たお》れていくのが見《み》えた。

地面《じめん》にうずくまる黒服達《くろふくたち》の真《ま》ん中《なか》で、何者《なにもの》かが最後《さいご》の一人《ひとり》をキレのある完璧《かんぺき》な投《な》げ技《わざ》で沈《しず》める。

「ぐはっっ！」

背中《せなか》から地面《じめん》に打《う》ちつけられた黒服《くろふく》は、短《みじか》いうめき声《ごえ》を上《あ》げてグッタリと横《よこ》たわった。

背負《せお》い投《な》げを決《き》めた男《おとこ》が体《からだ》を起《お》こすと、周囲《しゅうい》の観光客《かんこうきゃく》から歓声《かんせい》が上《あ》がった。

「カラテー！」

「サムラーイ！」

黒《くろ》いタンクトップから屈強《くっきょう》な肉体《にくたい》をのぞかせた男《おとこ》は、禮次郎《れいじろう》と園子《そのこ》の方《ほう》をクルリと振《ふ》り返《かえ》った。メガネの奥《おく》から鋭《するど》い視線《しせん》を投《な》げる。

「彼女《かのじょ》は自分《じぶん》の連《つ》れですが、何《なに》か？」

その男《おとこ》は、京極真《きょうごくまこと》だった。

「テ……テメーは!!」

「真《まこと》さん！　メールくらい見《み》てよね！」

園子《そのこ》が頬《ほお》をふくらませると、京極《きょうごく》は申《もう》し訳《わけ》なさそうに頭《あたま》をかいた。

「すみません、機械《きかい》に疎《うと》いもので……」

そのとき——禮次郎《れいじろう》がいきなり殴《なぐ》りかかってきた。が、京極《きょうごく》は難《なん》なくかわし、禮次郎《れいじろう》の腕《うで》を取《と》って後《うし》ろ手《で》にひねり上《あ》げると、その体《からだ》を地面《じめん》に叩《たた》きつけた。

「お、……覚《おぼ》えてろよ！　次《つぎ》は容赦《ようしゃ》しねぇからな!!」

はいつくばるようにして起《お》き上《あ》がった禮次郎《れいじろう》は、捨《す》て台詞《ぜりふ》を吐《は》いて黒服《くろふく》の男達《おとこたち》と逃《に》げていった。

またもや観光客達《かんこうきゃくたち》から「オ〜、サムラ〜イ！」と歓声《かんせい》が上《あ》がる。

「真《まこと》さん！」

園子《そのこ》は京極《きょうごく》に駆《か》け寄《よ》ると、その腕《うで》にギュッと抱《だ》きついた。

「園子《そのこ》、怖《こわ》かった〜〜〜！」

「遅《おく》れてしまい、申《もう》し訳《わけ》ありません」

と謝《あやま》る京極《きょうごく》に、観光客達《かんこうきゃくたち》が近《ちか》づいてきた。

「ヘイ！　カラテボーイ！」

「ナイスガッツ！」

ハイタッチや握手《あくしゅ》に応《おう》じた京極《きょうごく》は、ふと園子《そのこ》と組《く》んでいる腕《うで》を見《み》た。思《おも》わず抱《だ》きついてしまった園子《そのこ》もハッと我《われ》に返《かえ》り、互《たが》いにバッと離《はな》れると、

「ヘーイ！　シャイガーイ！」

照《て》れている二人《ふたり》を見《み》て、観光客《かんこうきゃく》が笑《わら》いながら京極《きょうごく》の背中《せなか》を叩《たた》いた。そこに、蘭《らん》が走《はし》ってきた。キッドとコナンも歩《ある》いてくる。

「園子《そのこ》！　大丈夫《だいじょうぶ》？」

「うん。真《まこと》さんが守《まも》ってくれたから」

「京極《きょうごく》さん、お久《ひさ》しぶりです」

蘭《らん》が挨拶《あいさつ》すると、京極《きょうごく》は「こちらこそ」と頭《あたま》を下《さ》げた。そして、蘭《らん》の後《うし》ろで立《た》ち止《ど》まったキッドに目《め》をやる。

「……あなたは？」

「はじめまして。工藤新一《くどうしんいち》です」

「京極真《きょうごくまこと》です」

ニコリと微笑《ほほえ》んだ京極《きょうごく》は、突然《とつぜん》真顔《まがお》になってキッドをじっと見《み》つめた。

「…………」

キッドの横《よこ》にいたコナンが、チラリとキッドを見上《みあ》げる。

「真《まこと》さん、どうかしたの？」

園子《そのこ》がたずねると、京極《きょうごく》は微笑《ほほえ》んだ。

「いえ、工藤君《くどうくん》とは初《はじ》めて会《あ》った気《き》がしないもので……」

と言《い》いつつ、再《ふたた》びキッドを疑《うたが》わしそうに見《み》つめる。

コナンとキッドはギクリとした。

かつてキッドと京極《きょうごく》は、一度《いちど》だけ手合《てあ》わせしたことがあるのだ。

「い、いや、気《き》のせいでしょ」

ハハハ……と笑《わら》い飛《と》ばすキッドの横《よこ》を、アイスクリームを持《も》った子供達《こどもたち》が走《はし》り抜《ぬ》けていく。

「さぁ、マーライオンも見《み》たし、そろそろホテル行《い》きましょ」

園子《そのこ》が手《て》を引《ひ》っ張《ぱ》ると、京極《きょうごく》は照《て》れながらも困《こま》ったような顔《かお》をした。

「あ……それが……」


桟橋《さんばし》を反対方向《はんたいほうこう》に進《すす》むと、幹線道路《かんせんどうろ》の高架橋《こうかきょう》の下《した》にバイクと一体型《いったいがた》になったアイスクリームの屋台《やたい》があった。蒸《む》し暑《あつ》さに耐《た》えかねた観光客達《かんこうきゃくたち》が列《れつ》をなしている。

コナン達一同《たちいちどう》は屋台《やたい》でアイスクリームを買《か》うと、高架橋《こうかきょう》の下《した》に移動《いどう》した。

「大会《たいかい》に出場《しゅつじょう》できなくなった――!?」

京極《きょうごく》から事情《じじょう》を聞《き》いた園子《そのこ》は、思《おも》わず声《こえ》を荒《あら》らげた。

「わたし達《たち》、真《まこと》さんの試合《しあい》を観《み》に来《き》たのに!?」

「すみません。今回《こんかい》のトーナメント、自分《じぶん》はある方《かた》の招待《しょうたい》を受《う》けてエントリーしていたのですが……」

「つまり、スポンサー?」

キッドがたずねると、京極《きょうごく》は「はい」とうなずいた。

「弁護士《べんごし》をされているシェリリン・タンという方《かた》が、旅費《りょひ》や滞在費《たいざいひ》全《すべ》て出《だ》すから出場《しゅつじょう》してみないかと。ただ、その方《かた》が突然《とつぜん》亡《な》くなられてしまって……」

ウエハースで挟《はさ》んだアイスクリームをかじっていたキッドの動《うご》きが一瞬《いっしゅん》止《と》まり、コナンをチラリと見《み》た。

「今日《きょう》、その方《かた》の関係者《かんけいしゃ》から話《はなし》は全《すべ》てなかったことにしてくれと言《い》われました」

「そんなぁ……」

ガッカリする園子《そのこ》の前《まえ》で、京極《きょうごく》も残念《ざんねん》そうにうつむいた。

「この大会《たいかい》には、シンガポール最強《さいきょう》といわれる選手《せんしゅ》も出場《しゅつじょう》されるとか。一度《いちど》、戦《たたか》ってみたい相手《あいて》だったのですが……」

コナンは近《ちか》くにあった『シンガポール空手《からて》トーナメント』のフラッグ広告《こうこく》を見《み》た。チャンピオンベルトが載《の》せられた広告《こうこく》とは違《ちが》い、選手《せんしゅ》らしき人物《じんぶつ》が大《おお》きく写《うつ》っている。

「よっしゃあ！」

突然《とつぜん》、園子《そのこ》が声《こえ》を上《あ》げてスマホを取《と》り出《だ》した。

「そ、園子《そのこ》？」

「そのスポンサー、わたしがなる！」

「ええっ⁉」

「わたしに任《まか》せなさい！」

一同《いちどう》が驚《おどろ》く中《なか》、園子《そのこ》はツカツカとその場《ば》を離《はな》れて、小声《こごえ》で電話《でんわ》をかけた。

「あっ、おじさま？　お願《ねが》いがあるんだけど……」

どうやら鈴木次郎吉《すずきじろきち》に電話《でんわ》をかけているらしい。

(さすが鈴木財閥《すずきざいばつ》のお嬢様《じょうさま》……)

コナンが感心《かんしん》していると、園子《そのこ》はものの数分《すうふん》で電話《でんわ》を切《き》り、

「万事解決《ばんじかいけつ》！」

とピースサインをした。

「真《まこと》さん、招待選手《しょうたいせんしゅ》として再《さい》エントリーできたから！」

「本当《ほんとう》ですか、園子《そのこ》さん！」

「うん！」

とうなずいた園子《そのこ》は、蘭《らん》の方《ほう》をチラリと見《み》た。嬉《うれ》しそうな顔《かお》で蘭《らん》に抱《だ》きつき、小声《こごえ》でささやく。

「真《まこと》さんのホテル、わたし達《たち》と一緒《いっしょ》にしちゃった。うちら、ダブルデートだね♥」

「……そ、そうだね」

蘭《らん》は小五郎《こごろう》の隣《となり》で大《おお》あくびをしている新一《しんいち》を見《み》た。

「話《はなし》がまとまったならば、ホテルに行《い》こうぜ。早《はや》くビールをグビッとよう」

蒸《む》し暑《あつ》さに耐《た》えかねた小五郎《こごろう》が高架橋《こうかきょう》の下《した》から出《で》てホテルに向《む》かおうとすると、

「毛利《もうり》さん？」

物陰《ものかげ》から出《で》てきた現地《げんち》の青年《せいねん》が、日本語《にほんご》で声《こえ》をかけてきた。

「毛利小五郎《もうりこごろう》さんでいらっしゃいますか？」

「あ？　ええ……」

「予備警察官《よびけいさつかん》のリシと申《もう》します。お会《あ》いできて光栄《こうえい》です」

身分証《みぶんしょう》を提示《ていじ》したリシは、嬉《うれ》しそうに右手《みぎて》を差《さ》し出《だ》した。

「あ、ああ……それはそれは……」

小五郎《こごろう》がつられて右手《みぎて》を出《だ》すと、リシは両手《りょうて》でギュッと強《つよ》く握《にぎ》った。

「えっと……予備警察官《よびけいさつかん》……？」

「はい。犯罪行動心理学《はんざいこうどうしんりがく》の専門家《せんもんか》として、特別《とくべつ》に捜査《そうさ》のお手伝《てつだ》いをさせてもらっています」

「あ、そうですか……」

小五郎《こごろう》が関心《かんしん》なさげに相《あい》づちを打《う》つと、リシは「実《じつ》は……」と話《はなし》を切《き》り出《だ》した。

「毛利《もうり》さんが入国《にゅうこく》されたとの情報《じょうほう》を得《え》て、お待《ま》ちしていたのです」

「待《ま》ってた？」

「はい。観光客《かんこうきゃく》の多《おお》くはここに来《き》ますから。ここで待《ま》っていたら、きっとお会《あ》いできるだろうと」

「しかし……どうして俺《おれ》を？」

「実《じつ》は、毛利探偵《もうりたんてい》の力《ちから》をお借《か》りしたい事件《じけん》が起《お》きまして」

事件《じけん》という言葉《ことば》に、小五郎《こごろう》の眉《まゆ》がピクリと動《うご》く。小五郎《こごろう》はあおいでいた扇子《せんす》をパチンと閉《と》じ、横《よこ》に振《ふ》った。

「あーダメダメ。俺《おれ》は今休暇中《いまきゅうかちゅう》なの！」

すると、新一《しんいち》に扮《ふん》したキッドがスッと小五郎《こごろう》に近《ちか》づき、小声《こごえ》でささやいた。

「ああっと、ここは一緒《いっしょ》に行《い》った方《ほう》がいいと思《おも》いますよ」

「あん？　どうして？」

「予備警察官《よびけいさつかん》とはいえ、仲良《なかよ》くしとけば、安《やす》くて美味《おい》しい店《みせ》を紹介《しょうかい》してもらえるかもしれないし、カジノでも……わかるでしょ……」

キッドと何《なに》やらゴニョゴニョと密談《みつだん》をしていた小五郎《こごろう》は、バッと扇子《せんす》を開《ひら》き、

「んん！　まぁ、そうかもしれんなぁ」

リシを見《み》てニヤリと笑《わら》うと、ゴホンと咳払《せきばら》いした。

「よろしい！　特別《とくべつ》にこの名探偵《めいたんてい》、毛利《もうり》小五郎《こごろう》が力《ちから》を貸《か》しましょう！」

（おいおい……）

小五郎《こごろう》の手《て》のひらを返《かえ》すような態度《たいど》に、コナンが心《こころ》の中《なか》で突《つ》っ込《こ》む。

リシの顔《かお》が喜《よろこ》びでパッと明《あか》るくなった。

「光栄《こうえい》です！　毛利探偵《もうりたんてい》は父《ちち》の母国《ぼこく》のヒーローで、自分《じぶん》も大《だい》ファンなんです！」

にやけ顔《がお》の小五郎《こごろう》の脇《わき》で、蘭《らん》がひょっこりと顔《かお》を出《だ》した。

「お父《とう》さん、日本人《にほんじん》なんですね。それで日本語《にほんご》が……」

「で、事件《じけん》というのは？」

小五郎《こごろう》がきりりと表情《ひょうじょう》を引《ひ》き締《し》めてたずねると、

「実《じつ》は、ある実業家《じつぎょうか》の元《もと》にこんなものが届《とど》きまして……」

リシはスマホの画面《がめん》を見《み》せた。

小五郎《こごろう》や園子達《そのこたち》は、画面《がめん》をズイッとのぞきこむや、口々《くちぐち》に声《こえ》をあげた。

「怪盗《かいとう》キッド！」「キッド様《さま》！」

スマホの画面《がめん》には、怪盗《かいとう》キッドのマークが入《はい》ったカードが映《うつ》っていた。

3

シンガポールの高級住宅街《こうきゅうじゅうたくがい》に並《なら》ぶ豪邸《ごうてい》の中《なか》でも、ひときわ目立《めだ》つ大《おお》きな建物《たてもの》がレオン・ローの自宅《じたく》だった。重厚《じゅうこう》な門《もん》の向《む》こうには椰子《やし》の木《き》がたち並《なら》び、広大《こうだい》な敷地《しきち》の中《なか》を一台《いちだい》の車《くるま》が通《とお》っていく。

執務室《しつむしつ》の立派《りっぱ》なデスクに座《すわ》ったレオンは、スマホでメールを打《う》っていた。壁《かべ》にはモニターが並《なら》び、世界各国《せかいかっこく》の株価《かぶか》などが表示《ひょうじ》されている。

「大会《たいかい》の関係者《かんけいしゃ》から、鈴木財閥《すずきざいばつ》が京極《きょうごく》のスポンサーになったと報告《ほうこく》が来《き》た。けれども、君《きみ》は彼《かれ》に勝《か》てるのかな？」

レオンは唇《くちびる》に薄《うす》い笑《え》みを浮《う》かべて、デスクの前《まえ》に立《た》つ男《おとこ》に目《め》を向《む》けた。

「問題《もんだい》はありません。誰《だれ》が来《こ》ようと、一撃《いちげき》でマットに沈《しず》めてご覧《らん》に入《い》れます」

長身《ちょうしん》のレオンよりさらに背《せ》が高《たか》く筋骨《きんこつ》たくましい男《おとこ》は、自信《じしん》に満《み》ちた声《こえ》で言《い》った。

「頼《たの》もしいな」

そのとき、ドアをノックする音《おと》がした。

「入《はい》れ」

「失礼《しつれい》します」

少《すこ》し開《ひら》いたドアから、ジャケットにタイトスカート姿《すがた》の秘書《ひしょ》のレイチェル・チェオングが顔《かお》を出《だ》す。

「リシ様《さま》がご紹介《しょうかい》したいという人物《じんぶつ》と共《とも》に到着《とうちゃく》されましたが」

「早《はや》かったね。客間《きゃくま》に案内《あんない》しておいてもらえるかな」

「かしこまりました」

デスクの前《まえ》に立《た》つ男《おとこ》は、レイチェルに険《けわ》しい目《め》を向《む》けていた。ドアが閉《と》じると、レオンは再《ふたた》び男《おとこ》を見《み》た。

「それで、キッドの件《けん》は？」

「申《もう》し訳《わけ》ありません。まだ調査中《ちょうさちゅう》です」

「シェリリン・タンの件《けん》といい、どうやら情報《じょうほう》の管理《かんり》に問題《もんだい》があるようだ」

「犯人《はんにん》の目星《めぼし》はついています」

「後《あと》は頼《たの》むよ」

レオンは魅力的《みりょくてき》な笑《え》みを浮《う》かべると、おもむろに立《た》ち上《あ》がった。

リシと共《とも》にレオンの自宅《じたく》の玄関《げんかん》ホールに入《はい》った小五郎《こごろう》は、その広《ひろ》さと豪華《ごうか》な調度品《ちょうどひん》の数々《かずかず》に目《め》をむいた。

「うつひゃあ〜！　こりゃスゲーな……!!」

吹《ふ》き抜《ぬ》けの天井《てんじょう》からはクリスタルの豪華《ごうか》なシャンデリアが下《さ》がり、まばゆいばかりの光《ひかり》を放《はな》っている。

「お父《とう》さん、おとなしくして！」

「おっ、この甲冑《かっちゅう》もかぁっちょいい〰〰！」

蘭《らん》がたしなめるのも聞《き》かず、小五郎《こごろう》は大《おお》きな騎馬像《きばぞう》に駆《か》け寄《よ》った。

大《おお》きく蹴《け》り上《あ》げた馬《うま》の前脚《まえあし》を触《さわ》っていると、騎士像《きしぞう》が少《すこ》し揺《ゆ》れて、右手《みぎて》に持《も》った槍《やり》が外《はず》れた。

「うぉっっ!!」

小五郎《こごろう》はとっさに頭《あたま》をかばうように両手《りょうて》を上《あ》げた。が、槍《やり》が一向《いっこう》に落《お》ちてこないので、おそるおそる顔《かお》を上《あ》げると——京極《きょうごく》が大《おお》きな槍《やり》を片手《かたて》で受《う》け止《と》めていた。

「大丈夫《だいじょうぶ》ですか？」

「お、おう……」

「お父《とう》さん、ちゃんとして」

蘭《らん》は冷《ひ》ややかな目《め》で小五郎《こごろう》をにらむと、京極《きょうごく》に頭《あたま》を下《さ》げた。

「うちの父《ちち》がすみません！　ホントすみません！」

「いえ、お気《き》になさらずに。毛利《もうり》さんに何事《なにごと》もなくてよかったです」

やや離《はな》れたところで京極《きょうごく》と蘭《らん》のやりとりを見《み》ていたキッドは、「それで」とリシの方《ほう》を向《む》いた。

「レオン・ローというのは、何者《なにもの》なんです？」

「レオン先生《せんせい》は、元々著名《もともとちょめい》な犯罪行動心理学者《はんざいこうどうしんりがくしゃ》で、警察《けいさつ》と協力《きょうりょく》して何人《なんにん》もの凶悪犯《きょうあくはん》を逮捕《たいほ》してきました」

「へぇ……シンガポールの名探偵《めいたんてい》ってところか」

キッドは不敵《ふてき》な笑《え》みを浮《う》かべた。

「二年前《にねんまえ》、警察《けいさつ》を離《はな》れて、現在《げんざい》は警備会社《けいびがいしゃ》の社長《しゃちょう》として大成功《だいせいこう》を収《おさ》めています。私《わたし》もレオン先生《せんせい》から犯罪行動心理学《はんざいこうどうしんりがく》を学《まな》んでいました」

「なるほどね」

腕《うで》を組《く》んだキッドがうなずくと、小五郎《こごろう》が蘭《らん》に背中《せなか》を押《お》されて戻《もど》ってきた。

「このレオンってヤツのところに予告状《よこくじょう》が？」

「いえ、順《じゅん》を追《お》って説明《せつめい》します」

リシはそう言《い》うと、ズボンのポケットからスマホを取《と》り出《だ》した。

「まず、これを見《み》てください」

スマホの画面《がめん》に表示《ひょうじ》されたのは、大《おお》きな青《あお》い宝石《ほうせき》の写真《しゃしん》だった。

「怪盗《かいとう》キッドが狙《ねら》っているのは、『紺青《こんじょう》の拳《フィスト》』と呼《よ》ばれている宝石《ほうせき》で、所有者《しょゆうしゃ》は実業家《じつぎょうか》のジョンハン・チェン氏《し》です。キッドの予告状《よこくじょう》は彼《かれ》の元《もと》に届《とど》きました」

「だったら、そのジョンハンとかいうヤツのところへ行《い》った方《ほう》が……」

小五郎《こごろう》が言《い》うと、リシは「それが……」と大理石《だいりせき》の床《ゆか》を見《み》た。

「宝石《ほうせき》はこの屋敷《やしき》の地下《ちか》に保管《ほかん》されているのです」

「宝石《ほうせき》がここに？」

小五郎《こごろう》が眉《まゆ》をひそめる。

「ええ。所有者《しょゆうしゃ》の希望《きぼう》なのです。ここの金庫《きんこ》は独自開発《どくじかいはつ》された最新鋭《さいしんえい》のシステムで、銀行《ぎんこう》の金庫《きんこ》よりも安全《あんぜん》だということで……」

リシが言《い》い終《お》わらないうちに、キッドがフフ……と笑《わら》い出《だ》した。

「最新鋭《さいしんえい》か。今度《こんど》ばかりはキッドのヤツも手《て》こずりそうだな！」

(自分《じぶん》でよく言《い》うぜ……)

あきれ顔《がお》のコナンが心《こころ》の中《なか》で突《つ》っ込《こ》むと、

「何《なに》言《い》ってるの!?」

蘭《らん》のそばにいた園子《そのこ》が新一《しんいち》に扮《ふん》したキッドを指差《ゆびさ》した。

「どんな最新鋭《さいしんえい》の金庫《きんこ》だって、キッド様《さま》にかかればチョチョイのチョイよ！」

その言葉《ことば》を聞《き》いて、槍《やり》を持《も》っていた京極《きょうごく》の手《て》に力《ちから》が入《はい》った。メキッ……と槍《やり》がゆがむ。

「ねえ、園子《そのこ》」

その様子《ようす》を見《み》た蘭《らん》は園子《そのこ》に声《こえ》をかけたが、園子《そのこ》はまるで聞《き》こえていないようで、うっとりした表情《ひょうじょう》を浮《う》かべる。

「蘭《らん》だって知《し》ってるじゃない。キッド様《さま》の華麗《かれい》な盗《ぬす》みのテクニック。世界中《せかいじゅう》のどんな女性《じょせい》も、彼《かれ》にかかればハートも盗《ぬす》まれ放題《ほうだい》……」

「ストップ、園子《そのこ》」

「うん？」

蘭《らん》は園子《そのこ》の肩《かた》をつかんで、グイッと京極《きょうごく》の方《ほう》を向《む》かせた。無表情《むひょうじょう》で立《た》っている京極《きょうごく》を見《み》て、まずった！　と気《き》づく。

「ま、まぁ、わたしと蘭以外《らんいがい》はだけどね！　ねー、蘭《らん》!?」

「う、うん、もちろんよ！」

蘭《らん》が慌《あわ》ててフォローしたとき——ベギッ！　と大《おお》きな音《おと》がした。

京極《きょうごく》の手元《てもと》を見《み》ると、握《にぎ》った槍《やり》がグニャリと折《お》れ曲《ま》がっている。

コナンはビビッているキッドをチラリと見《み》た。

「オメー、下手《へた》すると無事《ぶじ》じゃ済《す》まねぇぞ」

「おいおいおい……」

京極《きょうごく》は何事《なにごと》もなかったように、折《お》れ曲《ま》がった槍《やり》を騎馬像《きばぞう》に戻《もど》した。すると、秘書《ひしょ》のレイチェルが玄関《げんかん》ホールに現《あらわ》れた。

「皆様《みなさま》。主《あるじ》は間《ま》もなく参《まい》りますので、いったんこちらへ」

玄関《げんかん》ホールの奥《おく》にある客間《きゃくま》に通《とお》された一同《いちどう》は、これまた見事《みごと》にしつらえられた豪華《ごうか》な広《ひろ》い部屋《へや》に驚《おどろ》いた。グランドピアノが置《お》かれた部屋《へや》の中央《ちゅうおう》には大《おお》きな応接《おうせつ》セットがあり、人数分《にんずうぶん》のコーヒーとコナン用《よう》のジュースが運《はこ》ばれてきた。

蘭《らん》と園子《そのこ》は大《おお》きな窓《まど》に歩《あゆ》み寄《よ》り、客間《きゃくま》の向《む》こうに広《ひろ》がる中国風《ちゅうごくふう》の中庭《なかにわ》をのぞいた。

「素敵《すてき》な中庭《なかにわ》〜！」

「まぁまぁね」

すると、ほどなくしてレオンが客間《きゃくま》に入《はい》ってきた。隣《となり》には執務室《しつむしつ》で一緒《いっしょ》にいた男《おとこ》が立《た》っている。

「皆《みな》さん、初《はじ》めまして。レオン・ローと申《もう》します。また、私《わたし》のボディガード兼《けん》、警備主任《けいびしゅにん》のヘッズリ・ジャマルッディンも同席《どうせき》させてください」

レオンが流暢《りゅうちょう》な日本語《にほんご》で紹介《しょうかい》すると、ジャマルッディンはレオンのそばを離《はな》れ、応接《おうせつ》セットのそばに立《た》っていた京極《きょうごく》に向《む》かった。

「ミスター・京極《きょうごく》。あなたに会《あ》いたかった」

「ありがとうございます」

英語《えいご》で話《はな》しかけられた京極《きょうごく》はとっさに差《さ》し出《だ》された手《て》を握《にぎ》った。

「俺《おれ》も空手《からて》をやっている。いつか対戦《たいせん》してみたいとずっと思《おも》っていた。この屋敷《やしき》には俺専《おれせん》用《よう》のジムがある。今晩《こんばん》一緒《いっしょ》にトレーニングでもしてみないか？」

「それは素晴《すば》らしいですね。ぜひともご一緒《いっしょ》させてください」

ソファに座《すわ》ったコナンは出《だ》されたジュースを飲《の》みながら、二人《ふたり》の様子《ようす》を見《み》ていた。

ジャマルッディンをどこかで見《み》たことがあると思《おも》ったら、シンガポール空手《からて》トーナメントのフラッグ広告《こうこく》に載《の》っていた選手《せんしゅ》だった。

リシはさっそくレオンに小五郎《こごろう》を紹介《しょうかい》した。

「おお、あなたが名探偵《めいたんてい》の毛利小五郎《もうりこごろう》さん！」

「いやあ、これはどうもどうも。まさかこんな外国《がいこく》の方《かた》にまで名《な》が知《し》れてるとは」

小五郎《こごろう》が照《て》れながら手《て》を差《さ》し出《だ》すと、レオンは両手《りょうて》を後《うし》ろに組《く》んだまま小五郎《こごろう》の手元《てもと》を見《み》た。そして顔《かお》を上《あ》げて小五郎《こごろう》の顔《かお》に目《め》を向《む》けると、眉根《まゆね》を寄《よ》せた。

（……？　妙《みょう》だ。何《なに》もオーラを感《かん》じない……）

一向《いっこう》に手《て》を差《さ》し出《だ》してこないレオンに、小五郎《こごろう》はばつが悪《わる》そうに右手《みぎて》を引《ひ》っ込《こ》め、照《て》れ笑《わら》いを浮《う》かべながら頭《あたま》をかいた。

小五郎《こごろう》の奥《おく》にいたコナンがニッコリ微笑《ほほえ》みかけると、レオンはハッと我《われ》に返《かえ》って微笑《ほほえ》み返《かえ》した。

（まさかな――）レオンはキッドに目《め》を移《うつ》した。

「そしてあなたが、高校生探偵《こうこうせいたんてい》の工藤新一《くどうしんいち》さん」

「よろしく」

軽《かる》く手《て》を上《あ》げて挨拶《あいさつ》をする新一《しんいち》になりすましたキッドに、レオンはふむ、と顎《あご》に手《て》をかけた。

「君《きみ》は探偵《たんてい》というよりは、マジシャンのようだね」

「!!」

言《い》い当《あ》てられたキッドは思《おも》わず息《いき》をのんだ。すると、レオンはキッドの指《ゆび》を手《て》で示《しめ》した。

「君《きみ》の指《ゆび》だよ。細《ほそ》くてしなやかだ」

「……探偵《たんてい》といっても、オレは腕《うで》っぷしより、ここで勝負《しょうぶ》する方《ほう》なんでね」

自分《じぶん》の手《て》を見《み》たキッドは、人差《ひとさ》し指《ゆび》で自分《じぶん》の頭《あたま》をコツコツと叩《たた》いた。

レオンは「なるほど」とうなずくと、窓際《まどぎわ》に立《た》っている園子《そのこ》に目《め》を向《む》けた。

「おや、あちらにいらっしゃるのは鈴木園子《すずきそのこ》さんでいらっしゃいますね。おじい様《さま》のお噂《うわさ》はかねがね……」

コナンは園子《そのこ》の方《ほう》へ歩《あゆ》み寄《よ》っていくレオンの姿《すがた》をじっと見《み》つめた。

まさか、キッドの指《ゆび》を見《み》ただけで、マジックが得意《とくい》だと見抜《みぬ》くとは——。

元犯罪行動心理学者《もとはんざいこうどうしんりがくしゃ》だけあって、レオンは人《ひと》を見抜《みぬ》く洞察力《どうさつりょく》に優《すぐ》れている。

(コイツは油断《ゆだん》できねぇぞ……)

コナンが警戒心《けいかいしん》を抱《いだ》きながらレオンの後《うし》ろ姿《すがた》を見《み》ていると、

「あの、困《こま》ります。お待《ま》ちください」

部屋《へや》の外《そと》からレイチェルの声《こえ》が聞《き》こえてきた。

「構《かま》わん、構《かま》わん。気《き》にするな」

レイチェルを振《ふ》り切《き》って客間《きゃくま》に入《はい》ってきたのは、部下《ぶか》を従《したが》えた小柄《こがら》な中国系《ちゅうごくけい》の老人《ろうじん》――

ジョンハン・チェンだった。

「おお、毛利小五郎先生《もうりこごろうせんせい》！」

小五郎《こごろう》に駆《か》け寄《よ》ったジョンハンは、いきなり小五郎《こごろう》の両手《りょうて》を握《にぎ》ったかと思《おも》うと、

「妻《つま》も私《わたし》もあなたの大《だい》ファンでして！」

カタコトの日本語《にほんご》でそう言《い》い、メガネの奥《おく》の瞳《ひとみ》を輝《かがや》かせた。

「お、おう」

「フォト、一枚《いちまい》いいですか？」

「フォト……？ああ写真《しゃしん》ね、OK《オーケー》、OK《オーケー》！」

すっかり上機嫌《じょうきげん》になった小五郎《こごろう》は、ジョンハンと並《なら》んで写真《しゃしん》を撮《と》り始《はじ》めた。

そんな二人《ふたり》を尻目《しりめ》に、レイチェルはレオンに歩《あゆ》み寄《よ》った。

「申《もう》し訳《わけ》ありません。急《きゅう》にいらしたものですから……」

「構《かま》わんよ」

レオンはフッと微笑《ほほえ》むと、ジョンハンの方《ほう》へ歩《ある》き出《だ》し、声《こえ》をかけた。

「これから皆様《みなさま》に、我《わ》が社《しゃ》の金庫室《きんこしつ》を見学《けんがく》してもらおうかと」

「それはいい！　私《わたし》も一緒《いっしょ》に行《い》きたい」

と申《もう》し出《で》たジョンハンは、小五郎《こごろう》の方《ほう》を向《む》いてグッと拳《こぶし》を握《にぎ》った。

「ついでじゃ。『紺青《こんじょう》の拳《フィスト》』もぜひ近《ちか》くで見《み》ていってもらいたい！」

ソファでコーヒーを飲《の》んでいたキッドは顔《かお》を上《あ》げ、静《しず》かに微笑《ほほえ》んだ。


コナン達一同《たちいちどう》は、レオンに案内《あんない》されて廊下《ろうか》の先《さき》にある専用《せんよう》エレベーターに乗《の》り込《こ》んだ。

やがてエレベーターが止《と》まり、扉《とびら》が開《ひら》いた。そこは大《おお》きな地下室《ちかしつ》だった。広々《ひろびろ》とした通《つう》路《ろ》の先《さき》に見《み》えたのは、巨大《きょだい》な扉《とびら》だった。中央《ちゅうおう》に特大《とくだい》の錠《じょう》がついていて、そこから斜《なな》め四方《しほう》に数本《すうほん》の太《ふと》い鉄柱《てっちゅう》が伸《の》びている。

「この扉《とびら》の先《さき》が、我《わ》が社自慢《しゃじまん》の金庫室《きんこしつ》になります。ここは限《かぎ》られた者《もの》しか開《ひら》くことができないのですよ」

レオンはそう言《い》うと、錠《じょう》の中心《ちゅうしん》にあるガラスモニターに右手《みぎて》を押《お》し当《あ》てた。そしてモニターの横《よこ》に設置《せっち》されたキーパッドでコードを打《う》ち込《こ》む。

すると、扉《とびら》の前《まえ》で斜《なな》めに交差《こうさ》していた鉄柱《てっちゅう》が次々《つぎつぎ》と外《はず》れて、特大《とくだい》の錠《じょう》が左右《さゆう》に分《わ》かれて大《おお》きく動《うご》いた。錠《じょう》の先《さき》にある扉《とびら》が上下《じょうげ》に大《おお》きく開《ひら》いていく。

金庫室《きんこしつ》は正八角形《せいはっかっけい》の広《ひろ》い部屋《へや》になっていた。部屋《へや》の中央《ちゅうおう》にある太《ふと》い柱《はしら》は数十《すうじゅう》メートル上《うえ》の天井《てんじょう》まで伸《の》びていて、八面《はちめん》の壁《かべ》には貸《か》し金庫《きんこ》のようなボックスが天井《てんじょう》まで無数《むすう》に並《なら》んでいる。

「壁面《へきめん》は耐熱合金《たいねつごうきん》でできており、決《けっ》して破壊《はかい》することはできません。また、外部《がいぶ》からの電波《でんぱ》も完全《かんぜん》に遮断《しゃだん》し、各《かく》カーゴの位置《いち》は定期的《ていきてき》に移動《いどう》されている仕組《しく》みです。この金庫《きんこ》は我《わ》が社《しゃ》が独自《どくじ》に開発《かいはつ》した世界《せかい》に一《ひと》つの特別製《とくべつせい》なのです」

レオンが説明《せつめい》する中《なか》、キッドは中央《ちゅうおう》の柱《はしら》に近《ちか》づいて、柱《はしら》を叩《たた》いた。中《なか》が空洞《くうどう》のような軽《かる》い音《おと》がする。

「……何《なに》か？」

柱《はしら》に設置《せっち》されたパネルを操作《そうさ》していたジャマルッディンが怪訝《けげん》そうにキッドを見《み》た。

「ソーリー、ソーリー！　なんでもないです！」

キッドは笑《わら》ってごまかすと、小五郎達《こごろうたち》の方《ほう》へ駆《か》けていった。

ジャマルッディンはパネルに視線《しせん》を戻《もど》し、キーボードで番号《ばんごう》を入力《にゅうりょく》した。すると、モニターに表示《ひょうじ》された無数《むすう》のボックスの一《ひと》つが光《ひか》った。同時《どうじ》に天井近《てんじょうちか》くのボックスの一《ひと》つが光《ひか》り、そのボックスを含《ふく》んだ八面《はちめん》の壁《かべ》の一部《いちぶ》がグルリと横《よこ》に大《おお》きく回転《かいてん》した。

「なっ、なんだぁ!?」

小五郎《こごろう》が驚《おどろ》いて壁《かべ》を見上《みあ》げると、

「皆《みな》さん、少《すこ》し離《はな》れてください」

レオンは壁《かべ》のそばに立《た》っていた一同《いちどう》を促《うなが》した。

天井近《てんじょうちか》くで光《ひか》っていたボックスはみるみる下降《かこう》して、レオンの前《まえ》で止《と》まった。大《おお》きなボックスが前《まえ》に出《で》てきて、中《なか》に入《はい》っていたのはガラスケースに収《おさ》められたチャンピオンベルトだった。ベルトの中央《ちゅうおう》に埋《う》め込《こ》まれた大《おお》きな青《あお》い石《いし》がまばゆいばかりに輝《かがや》いている。

「海賊王《かいぞくおう》の証《あかし》といわれた『紺青の拳《フィスト》』と呼《よ》ばれる宝石《ほうせき》です」

「これは大《おお》きなブルーサファイアですなぁ」

とのぞき込《こ》む小五郎《こごろう》のそばで、蘭《らん》はコナンを持《も》ち上《あ》げた。

「見《み》える？　アーサー君《くん》」

「うん！　ありがとう！」

宝石《ほうせき》から顔《かお》を上《あ》げた小五郎《こごろう》は、金庫室《きんこしつ》を見回《みまわ》して「なるほど」と言《い》った。

「ここにある限《かぎ》り、いかにキッドでも手出《てだ》しはできんでしょうなぁ」

「それがそうもいかないのですよ」

レオンは肩《かた》をすくめて苦笑《にがわら》いした。

「明日《あした》からの空手《からて》トーナメント開催中《かいさいちゅう》は、会場《かいじょう》にベルトを展示《てんじ》する決《き》まりになっていましてね。つまり、大会期間中《たいかいきかんちゅう》は会場《かいじょう》の金庫《きんこ》に保管《ほかん》することになるのです。厳重《げんじゅう》な警備体制《けいびたいせい》を敷《し》きますが、ここよりは劣《おと》る」

レオンが説明《せつめい》する中《なか》、キッドは宝石《ほうせき》をのぞき込《こ》みながら、ズボンのポケットから口紅《くちべに》のようなものを取《と》り出《だ》した。それでボックスの前面《ぜんめん》にすばやく薄《うす》い線《せん》をつける。線《せん》はあっという間《ま》に消《き》えて見《み》えなくなった。

「なるほど……」

事情《じじょう》を聞《き》いた小五郎《こごろう》が相《あい》づちを打《う》つと、ジョンハンが「しかし」と口《くち》を開《ひら》いた。

「試合会場《しあいかいじょう》の警備《けいび》も……」

「はい、我《わ》が社《しゃ》が責任《せきにん》を持《も》って」

レオンが答《こた》えると、ジョンハンはホッホッホ……と笑《わら》った。

「宝石《ほうせき》になにかあれば、君《きみ》は巨額《きょがく》の賠償金《ばいしょうきん》を支払《しはら》う羽目《はめ》になるからね」

「……」

金庫室《きんこしつ》を出《で》ていくジョンハンを、レオンが忌々《いまいま》しげな表情《ひょうじょう》で見送《みおく》る。すると入《い》れ替《か》わりにキッドが歩《あゆ》み寄《よ》ってきた。

「警備体制《けいびたいせい》がここより劣《おと》るとおっしゃいましたが、つまりキッドは、ブルーサファイアが会場《かいじょう》に移《うつ》されるのを待《ま》っているとお考《かんが》えなのですね」

「そのとおり。ここを狙《ねら》うのはリスクが高《たか》すぎる」

「ですね」

小《ち》さくうなずいたキッドは、レオンに手《て》を差《さ》し出《だ》した。

「僕《ぼく》も微力《びりょく》ながら、宝石《ほうせき》の警護《けいご》に協力《きょうりょく》させてください」

「ありがとう」

蘭《らん》に抱《だ》きかかえられたコナンは、がっちりと握手《あくしゅ》を交《か》わす二人《ふたり》を険《けわ》しい目《め》で見《み》つめた。


巨大《きょだい》なガラス張《ば》りの吹《ふ》き抜《ぬ》け空間《くうかん》になっているマリーナベイ・サンズホテルの一階《いっかい》ロビーは、夜《よる》になっても多《おお》くの人《ひと》でにぎわっていた。

「お待《ま》たせ、真《まこと》さん♥　はい、部屋《へや》のカードキー」

カウンターでチェックインの手続《てつづ》きを済《す》ませた園子《そのこ》は、京極《きょうごく》にカードキーを渡《わた》した。

「ありがとうございます」

「ねぇ、真《まこと》さん。後《あと》で最上階《さいじょうかい》のプールに泳《およ》ぎに行《い》かない？」

「プ、プールですか……？」

頬《ほお》を少《すこ》し赤《あか》らめた京極《きょうごく》に、園子《そのこ》はすり寄《よ》って微笑《ほほえ》んだ。

「夜景《やけい》がすごくキレイなんだって。今日《きょう》のために新《あたら》しい水着《みずぎ》買《か》ってきたんだから！」

水着《みずぎ》と聞《き》いた瞬間《しゅんかん》——京極《きょうごく》の顔《かお》がさらに赤《あか》くなった。

「すみません。この後《あと》トレーニングの約束《やくそく》がありまして……」

「え〜〜〜!!」

ガッカリする園子《そのこ》に、蘭《らん》が「そんな無茶《むちゃ》言《い》ったらダメよ」となだめる。

「はーい、わかりましたよ。じゃあ蘭《らん》、付《つ》き合《あ》ってよね！」

「う、うん。じゃあ、新一《しんいち》も一緒《いっしょ》に――」

と後《うし》ろを振《ふ》り返《かえ》ると――一緒《いっしょ》にいたはずの新一《しんいち》とアーサーがいなくなっていた。

「あれ？　新一《しんいち》は……？」

蘭《らん》は周囲《しゅうい》をキョロキョロと見回《みまわ》したが、新一姿《しんいちすがた》のキッドとコナンは、すでにどこかに行《い》ってしまっていた。

4

雲間《くもま》を破《やぶ》った細《ほそ》い三日月《みかづき》が、夜空《よぞら》を飛《と》ぶ三角形《さんかくけい》の白《しろ》い翼《つばさ》を照《て》らし出《だ》した。

それは怪盗《かいとう》キッドのハンググライダーだった。

マリーナベイ・サンズ付近《ふきん》からレオンの自宅《じたく》がある高級住宅街《こうきゅうじゅうたくがい》の方《ほう》へ颯爽《さっそう》と飛《と》んでいく。

レオン・ローの自宅《じたく》は、警備員《けいびいん》による厳重《げんじゅう》な警備《けいび》が敷《し》かれていた。広大《こうだい》な庭《にわ》でもドーベルマンを連《つ》れた警備員達《けいびいんたち》がライトを持《も》って見回《みまわ》りをしていて、キッドのハンググライダーはその遥《はる》か上《うえ》を飛《と》んでいった。

中庭《なかにわ》の暗《くら》がりに着地《ちゃくち》したキッドは、周囲《しゅうい》に誰《だれ》もいないのを確認《かくにん》すると、手《て》すりを飛《と》び越《こ》えて回廊《かいろう》を走《はし》った。首振《くびふ》り式《しき》の監視《かんし》カメラがあるところでは、タイミングをみて死角《しかく》のところで角《かど》を曲《ま》がって建物《たてもの》の中《なか》へ入《はい》る。

「楽勝《らくしょう》♪」

さらに廊下《ろうか》の角《かど》を曲《ま》がり、狭《せま》い通路《つうろ》に入《はい》ったとたん、キッドは「うおっと」と声《こえ》を上《あ》げた。

一見何《いっけんなに》もない通路《つうろ》には、赤外線《せきがいせん》センサーが張《は》り巡《めぐ》らされていた。

赤外線《せきがいせん》ゴーグルをつけていたキッドは、壁《かべ》に向《む》かってジャンプすると、壁《かべ》を蹴《け》ってセンサーを飛《と》び越《こ》えた。さらに反対側《はんたいがわ》の壁《かべ》を蹴《け》りつけ、三角飛《さんかくと》びの要領《ようりょう》で一気《いっき》に前方《ぜんぽう》へ移動《いどう》する。

金庫室《きんこしつ》に通《つう》じる専用《せんよう》エレベーターは、地下《ちか》で停止《ていし》したままだった。一階《いっかい》のエレベータードアを自力《じりき》で開《あ》けたキッドは、ワイヤー銃《じゅう》を使《つか》ってエレベーターのカゴに下《お》りると、天井《てんじょう》のハッチを開《あ》けて逆《さか》さに顔《かお》を出《だ》した。開《ひら》いた地下《ちか》のエレベータードアからまっすぐ伸《の》びた通路《つうろ》の先《さき》に、金庫室《きんこしつ》の扉《とびら》が見《み》える。周《まわ》りには誰《だれ》もいない。

ハッチに足《あし》をかけて逆《さか》さまにぶら下《さ》がったキッドは、金庫室《きんこしつ》の扉《とびら》に向《む》かってワイヤー銃《じゅう》を撃《う》った。銃口《じゅうこう》からワイヤーが射出《しゃしゅつ》されて、先端《せんたん》のカギが扉《とびら》に引《ひ》っかかった。ピンと張《は》られたワイヤーを確認《かくにん》するように引《ひ》っ張《ぱ》ると、ワイヤーを高速《こうそく》で巻《ま》き取《と》って一気《いっき》に金庫室前《きんこしつまえ》へ移動《いどう》する。

特大《とくだい》の錠《じょう》に着地《ちゃくち》したキッドは、右手《みぎて》にレオンの指紋《しもん》をプリントした手袋《てぶくろ》をはめて、ガラスのモニターに押《お》し当《あ》てた。レオンの指紋《しもん》は、昼間《ひるま》に握手《あくしゅ》したときに取《と》ったものだ。そして、モニター横《よこ》に設置《せっち》されたキーパッドでコードを打《う》ち込《こ》んだ。

扉《とびら》が開《あ》いて、キッドは金庫室《きんこしつ》に足《あし》を踏《ふ》み入《い》れた。

「簡単《かんたん》すぎ……か？」

レオンはここの警備体制《けいびたいせい》に相当《そうとう》の自信《じしん》を持《も》っていたが、あっけないほど簡単《かんたん》に侵入《しんにゅう》できた。ジョンハンにも『世界《せかい》に一《ひと》つの特別製《とくべつせい》』と断言《だんげん》していたが……。

薄暗《うすぐら》い室内《しつない》で、キッドはミニライトを取《と》り出《だ》して無数《むすう》のボックスが収納《しゅうのう》された八面《はちめん》の壁《かべ》を順《じゅん》に照《て》らした。すると、正面右側《しょうめんみぎがわ》の十《じゅう》メートルほどの高《たか》さにあるボックスがぼんやりと光《ひか》った。昼間《ひるま》にキッドがこっそり印《しるし》をつけたボックスだ。

「待《ま》っていたよ」

突然《とつぜん》、正面《しょうめん》から声《こえ》がした。キッドがハッとして前《まえ》を向《む》く。

「怪盗《かいとう》キッド。ここまで入《はい》り込《こ》むとは、さすがだね」

それはレオンの声《こえ》だった。中央《ちゅうおう》の柱《はしら》の陰《かげ》から出《で》てきたレオンは、キッドを見《み》て片眉《かたまゆ》を上《あ》げて微笑《ほほえ》んだ。

「たいした自信《じしん》だな」

「申《もう》し訳《わけ》ないが、宝石《ほうせき》を渡《わた》すわけにはいかないんだ。ジョンハン・チェンに賠償金《ばいしょうきん》など払《はら》いたくないからね」

「そんなお宝《たから》を盗《ぬす》み出《だ》すのが、オレの仕事《しごと》さ。そして、盗《ぬす》むのが難《むずか》しければ難《むずか》しいほど、オレは燃《も》えるタチで……ね！」

言《い》い終《お》わらないうちに後《うし》ろを振《ふ》り返《かえ》ったキッドは、忍《しの》び足《あし》で近《ちか》づいていたジャマルッディンにすばやくトランプ銃《じゅう》を二発撃《にはつう》った。

「ふん！」

ジャマルッディンは一枚目《いちまいめ》のトランプを蹴《け》り払《はら》い、二枚目《にまいめ》を後《うし》ろに倒《たお》れながら口《くち》でキャッチした。

そのとき、キッドの背中《せなか》に何《なに》かが刺《さ》さって、激《はげ》しい電流《でんりゅう》が全身《ぜんしん》を駆《か》け巡《めぐ》った。

「がはっ！」

それは、レオンが発射《はっしゃ》したテーザー銃《じゅう》だった。背中《せなか》に二《ふた》つの電極針《でんきょくばり》が刺《さ》さったキッドは、激《はげ》しく痙攣《けいれん》して、そのまま床《ゆか》に崩《くず》れ落《お》ちた。

「ふん、あっけない」

銃《じゅう》を下《お》ろしたレオンは、金庫室《きんこしつ》を出《で》た。扉《とびら》の前《まえ》では、体《からだ》を起《お》こしたジャマルッディンがトランプをプッと吐《は》き捨《す》てた。

扉《とびら》が閉《し》まり、左右《さゆう》に分《わ》かれた特大《とくだい》の錠《じょう》が扉《とびら》の前《まえ》で組《く》み合《あ》わさると、レオンはガラスモニターに右手《みぎて》を押《お》し当《あ》てた。すると八本《はっぽん》の鉄柱《てっちゅう》が床《ゆか》から出現《しゅつげん》して、錠《じょう》を貫通《かんつう》して斜《なな》めに交差《こうさ》する。モニターには『ＬＯＣＫ《ロック》』の文字《もじ》が表示《ひょうじ》された。

「シンガポールの水《みず》が君《きみ》のお口《くち》に合《あ》うといいね」

レオンは金庫室《きんこしつ》に向《む》かって言《い》うと、キッドを残《のこ》したままジャマルッディンと立《た》ち去《さ》っていった。

キッドが倒《たお》れている金庫室《きんこしつ》の床《ゆか》から水《みず》がチョロチョロと流《なが》れ出《で》てきたかと思《おも》うと、いきなり天井《てんじょう》のシャッターが閉《と》じた。さらに防水壁《ぼうすいへき》が床《ゆか》から出《で》てきて、八面《はちめん》の壁《かべ》を次々《つぎつぎ》と覆《おお》っていく。

水《みず》はどんどんあふれ出《で》てきて、あっという間《ま》に気絶《きぜつ》しているキッドの体《からだ》をのみ込《こ》んだ。

水位《すいい》がみるみる上《あ》がっていく室内《しつない》に、四本《よんほん》の水柱《みずばしら》が勢《いきお》いよく噴《ふ》き上《あ》がる。

「!!」

水《みず》に流《なが》されて漂《ただよ》っていたキッドは、息苦《いきぐる》しさでようやく目覚《めざ》め、ガハッと息《いき》を吐《は》き出《だ》した。

上《うえ》を見《み》ると、すでに天井近《てんじょうちか》くまで水位《すいい》が上《あ》がっている。

(まさか、テーザー銃《じゅう》を使《つか》ってくるとは……)

キッドは背中《せなか》に刺《さ》さったままの電極針《でんきょくばり》を外《はず》すと、柱《はしら》に向《む》かって泳《およ》いだ。しかし、急激《きゅうげき》な水流《すいりゅう》で流《なが》されてしまう。それでも床近《ゆかちか》くまで泳《およ》いで下《お》りて、なんとか柱《はしら》に近《ちか》づくと、パネルの隙間《すきま》に向《む》かってトランプ銃《じゅう》を連射《れんしゃ》した。

息《いき》を止《と》めているのももう限界《げんかい》だった。再《ふたた》びゴボッと息《いき》を吐《は》き出《だ》す。

キッドはトランプ銃《じゅう》を撃《う》ち込《こ》むのを止《や》めて、パネルを力《ちから》いっぱい蹴《け》った。するとパネルが外《はず》れて、柱《はしら》から大量《たいりょう》の空気《くうき》が噴《ふ》き出《だ》した。

空洞《くうどう》の柱《はしら》の中《なか》に一気《いっき》に水《みず》が流《なが》れ込《こ》み、キッドも水流《すいりゅう》に押《お》されて柱《はしら》の中《なか》へ入《はい》っていった。

水流《すいりゅう》に翻弄《ほんろう》されながら、柱《はしら》の中《なか》をぐんぐん上昇《じょうしょう》していく――。

その頃《ころ》。ジャマルッディンと約束《やくそく》をしていた京極真《きょうごくまこと》は、レオンの自宅《じたく》にあるトレーニングルームにいた。

ジャマルッディン専用《せんよう》だというトレーニングルームは、一人《ひとり》で使用《しよう》するにはもったいないほどの広《ひろ》さで、あらゆるマシンが揃《そろ》っていた。

道着《どうぎ》に着替《きが》えた京極《きょうごく》は、ベンチプレスのベンチに仰向《あおむ》けになると、ラックからバーベルをゆっくりと胸《むね》に下《お》ろした。


深《ふか》い地下《ちか》にある金庫室《きんこしつ》の上《うえ》には、巨大《きょだい》な設備《せつび》が詰《つ》め込《こ》まれた地下室《ちかしつ》があった。その中《なか》のハッチが突然開《とつぜんあ》いたかと思《おも》うと、水《みず》があふれ出《で》てきた。

大量《たいりょう》の水《みず》と共《とも》に出《で》てきたキッドはゲホゲホと水《みず》を吐《は》き出《だ》すと、立《た》ち上《あ》がって階段《かいだん》に向《む》かう。

「キッド！」

一階《いっかい》の通路《つうろ》に出《で》たキッドに、警備員《けいびいん》がすぐに気《き》づき追《お》う。

キッドがトランプ銃《じゅう》を撃《う》って走《はし》り出《だ》すと、トランプを受《う》けて倒《たお》れた警備員《けいびいん》はすぐに起《お》き上《あ》がってマシンガンを撃《う》ってきた。キッドが曲《ま》がった角《かど》の壁《かべ》が砕《くだ》け散《ち》る。

「マジかよ!?」

キッドは走《はし》りながら、持《も》っていたリモコンのスイッチを押《お》した。

「うおっ！」

追《お》ってきた警備員《けいびいん》の足元《あしもと》でスモーク弾《だん》が爆発《ばくはつ》し、大量《たいりょう》の煙《けむり》が広《ひろ》がっていく。

同時《どうじ》に建物《たてもの》のあちこちに仕掛《しか》けてあったスモーク弾《だん》が爆発《ばくはつ》して、大邸宅《だいていたく》は煙《けむり》に包《つつ》まれた。


ジャマルッディンとエレベーターに乗《の》っていたレオンのスマホが鳴《な》った。

「どうした？」

『キッドです‼』

部下《ぶか》の慌《あわ》てふためいた声《こえ》が聞《き》こえてきて、レオンはゆっくりと瞬《まばた》きをした。

「慌《あわ》てるな。私《わたし》は常《つね》に一《ひと》つ先《さき》を見越《みこ》しているからね」


スモーク弾《だん》から発生《はっせい》した大量《たいりょう》の煙《けむり》は中庭《なかにわ》にまで広《ひろ》がり、周辺《しゅうへん》は煙《けむり》に覆《おお》われていた。

「一流《いちりゅう》ってのは、いつも最悪《さいあく》の可能性《かのうせい》を考《かんが》えて行動《こうどう》しているんだ！」

リモコンを懐《ふところ》にしまったキッドは、回廊《かいろう》の手《て》すりを飛《と》び越《こ》えて中庭《なかにわ》に下《お》りた。

「さっさとここから脱出《だっしゅつ》しねぇとな！」

煙《けむり》で視界《しかい》が閉《と》ざされた中庭《なかにわ》を走《はし》り出《だ》す。

中庭《なかにわ》を半周《はんしゅう》したところで、キッドはただならぬ気配《けはい》を感《かん》じて立《た》ち止《ど》まった。振《ふ》り返《かえ》り、中央《ちゅうおう》にある東屋《あずまや》の向《む》こうをじっと見据《みす》える。

「いたぞ！」

右側《みぎがわ》の通路《つうろ》に現《あらわ》れたレオンの部下《ぶか》が、キッドに銃《じゅう》を向《む》けた。キッドは正面《しょうめん》を向《む》いたまま、右腕《みぎうで》を横《よこ》に伸《の》ばしてトランプ銃《じゅう》を撃《う》った。放《はな》たれたトランプが部下《ぶか》の拳銃《けんじゅう》をはじく。

フッと不敵《ふてき》な笑《え》みをもらしたキッドは、煙《けむり》の中《なか》をダッシュした。東屋《あずまや》の左側《ひだりがわ》に回《まわ》って突《つ》き進《すす》む。

すると、煙《けむり》の中《なか》から人影《ひとかげ》が現《あらわ》れた。ものすごいスピードで迫《せま》ってくる。

キッドはすばやくトランプ銃《じゅう》を構《かま》えて、人影《ひとかげ》に向《む》けて放《はな》った。が、人影《ひとかげ》は難《なん》なくトランプをかわし、疾風《しっぷう》のごとくキッドの横《よこ》をすり抜《ぬ》けた。

「！」

キッドは身《み》を翻《ひるがえ》してすぐにトランプ銃《じゅう》を二発《にはつ》撃《う》った。

煙《けむり》が薄《うす》れて姿《すがた》を現《あらわ》したのは――キッドが放《はな》ったトランプを指《ゆび》に挟《はさ》んだ、京極真《きょうごくまこと》だった。

「え!?」

キッドが目《め》を丸《まる》くした瞬間《しゅんかん》、身《み》を低《ひく》くした京極《きょうごく》が飛《と》び込《こ》んできた。

「せいっ!!」

強烈《きょうれつ》な上段回《じょうだんまわ》し蹴《げ》りをすんでのところでキッドがかわすと、京極《きょうごく》はすぐにキッドの胸元《むなもと》めがけて正拳突《せいけんづ》きを打《う》ち込《こ》んだ。わずかに身《み》を退《ひ》いてかわしたキッドが、ジャンプして回《まわ》し蹴《げ》りを放《はな》つ。両腕《りょううで》でブロックした京極《きょうごく》は、後《うし》ろ回《まわ》し蹴《げ》りでキッドのトランプ銃《じゅう》を蹴《け》り上《あ》げた。

「!!」

蹴《け》り飛《と》ばされたトランプ銃《じゅう》に気《き》を取《と》られたキッドに、強烈《きょうれつ》な拳《こぶし》が飛《と》んできた。キッドの体《からだ》が大《おお》きく後《うし》ろに吹《ふ》き飛《と》ぶ。

みぞおちを押《お》さえたキッドは、ゴホゴホと咳《せ》き込《こ》んだ。

「なんて突《つ》きだ……後《うし》ろに跳《と》んでなきゃヤバかったぜ……」

拳《こぶし》が当《あ》たる寸前《すんぜん》で後《うし》ろに跳《と》んで直撃《ちょくげき》は免《まぬが》れたものの、拳《こぶし》の風圧《ふうあつ》だけで体《からだ》がえぐられそうな威力《いりょく》だ。

拳《こぶし》を前《まえ》に出《だ》して構《かま》えた京極《きょうごく》は、握《にぎ》っていたトランプをパラパラと捨《す》てた。

「住居《じゅうきょ》……不法侵入《ふほうしんにゅう》……ですよね?」

「……ってか、なんでアンタがここに?」

キッドが顔《かお》を上《あ》げると、京極《きょうごく》は左眉《ひだりまゆ》の横《よこ》に貼《は》った絆創膏《ばんそうこう》を指《ゆび》でこすった。

「ここでトレーニングをしないかと誘《さそ》われたんですが、まさかあなたとお手合《てあ》わせできるとは」

「いやいや、こっちはしたくないんだが……」

片手《かたて》を前《まえ》に出《だ》して制《せい》したキッドは、ふと周囲《しゅうい》を見回《みまわ》した。レオンの部下達《ぶかたち》が集《あつ》まってきている。

「問答無用《もんどうむよう》！」

京極《きょうごく》は一気《いっき》にキッドに迫《せま》ると、突《つ》きや蹴《け》りを連続《れんぞく》で繰《く》り出《だ》した。

「ちょっ……！」

キッドはギリギリのところでかわしながら、京極《きょうごく》を押《おさ》えようとしたが、

「覚悟《かくご》おお……!!」

京極《きょうごく》は一心不乱《いっしんふらん》に向《む》かってくる——！

「クッ！」

キッドはそばに落《お》ちていたトランプ銃《じゅう》をすばやく取《と》り、銃口《じゅうこう》を京極《きょうごく》に向《む》けた。なぜかその口元《くちもと》に、フッと笑《え》みが浮《う》かぶ。

「!?」

京極《きょうごく》が後《うし》ろを振《ふ》り返《かえ》ると——夜空《よぞら》に丸《まる》く白《しろ》い光《ひかり》が見《み》えた。一瞬《いっしゅん》、月《つき》かと思《おも》ったが、違《ちが》う。大《おお》きくなってどんどん迫《せま》ってくる。

それは大《おお》きなサッカーボールだった。

「せいっ!!」

京極《きょうごく》は猛《もう》スピードで迫《せま》ってきたサッカーボールを拳《こぶし》で突《つ》いた。破裂《はれつ》したサッカーボールの破片《はへん》が砕《くだ》け散《ち》ると同時《どうじ》に、その風圧《ふうあつ》で東屋《あずまや》が吹《ふ》き飛《と》んで煙《けむり》が巻《ま》き起《お》こる。

「サ、サッカーボール……いったいどこから……」

京極《きょうごく》は呆然《ぼうぜん》と夜空《よぞら》を見上《みあ》げた。

とある高層《こうそう》ホテルの屋上《おくじょう》に、犯人追跡《はんにんついせき》メガネとボール射出《しゃしゅつ》ベルトをしたコナンが立《た》っていた。キック力増強《りょくぞうきょう》シューズを履《は》いたつま先《さき》をトントンと踏《ふ》み鳴《な》らす。

コナンの視線《しせん》の先《さき》には、煙《けむり》が上《あ》がるレオンの邸宅《ていたく》があった。

「ありがとよ、名探偵《めいたんてい》！」

キッドは中庭《なかにわ》に隠《かく》しておいたプロペラ付《つ》きのエンジンを背負《せお》うと、リコイルスターターのロープを引《ひ》っ張《ぱ》ってエンジンをかけた。プロペラが回《まわ》り始《はじ》めて、キッドは走《はし》り出《だ》した。

ハンググライダーの翼《つばさ》が勢《いきお》いよく開《ひら》いて飛《と》び立《た》ったかと思《おも》うと、建物《たてもの》の手前《てまえ》で垂直《すいちょく》に上昇《じょうしょう》して、二階《にかい》の回廊《かいろう》にいたレオンの部下《ぶか》は飛《と》び出《だ》してきたキッドに驚《おどろ》いて尻餅《しりもち》をついた。

レオンの邸宅《ていたく》から飛《と》び立《た》ったキッドのハンググライダーは、ぐんぐん上昇《じょうしょう》して、シンガポールの街《まち》の上空《じょうくう》を飛《と》んでいた。

キッドは背負《せお》ったエンジンから伸《の》びた大《おお》きなプロペラを振《ふ》り返《かえ》った。

「こいつはスゲェ！　無風《むふう》でも自由自在《じゆうじざい》で、ジイちゃんに感謝《かんしゃ》しねぇとな！」

しかし——小《ちい》さくなったレオンの邸宅《ていたく》を見下《みお》ろしたキッドの表情《ひょうじょう》が曇《くも》る。

（あそこまでとはな……）

常《つね》に最悪《さいあく》の可能性《かのうせい》を考《かんが》えているから脱出《だっしゅつ》できたものの、正直《しょうじき》レオンがあそこまで見通《みとお》しているとは思《おも》わなかった――。

高層《こうそう》ホテルが近《ちか》づいてくると、キッドは屋上《おくじょう》に向《む》かって下降《かこう》した。

屋上《おくじょう》にはコナンが険《けわ》しい顔《かお》をして立《た》っていて、背後《はいご》から近《ちか》づいたキッドはコナンの体《からだ》を両手《りょうて》で持《も》ち上《あ》げて、再《ふたた》び上昇《じょうしょう》した。

「助《たす》かったぜ。念《ねん》のため装備《そうび》を返《かえ》しておいて正解《せいかい》だった」

「助《たす》けたくなんか、なかったけどな」

キッドがハハ……と苦笑《にがわら》いする。

「そんなことより、そろそろ教《おし》えろよっ、オレをここに連《つ》れてきた本当《ほんとう》のワケを」

コナンがたずねると、キッドはフッと笑《わら》ってハンググライダーを急降下《きゅうこうか》させた。

「うわあぁっっ!!」

小《ちい》さかった高層《こうそう》ビルが目《め》の前《まえ》に迫《せま》ってきて、コナンは思《おも》わず悲鳴《ひめい》を上《あ》げた。キッドのハンググライダーは建《た》ち並《なら》ぶ高層《こうそう》ビルの谷間《たにま》へ吸《す》い込《こ》まれるように降下《こうか》すると、ノーズを上《あ》げてビルの間《あいだ》をすり抜《ぬ》けていく。

「今夜《こんや》のことだって、お前《まえ》らしくないぜ。いきなり敵陣《てきじん》に乗《の》り込《こ》むなんてな」

「『紺青《こんじょう》の拳《フィスト》』の引《ひ》き上《あ》げについては、ちょっとしたゴタゴタがあったんだ」

「ゴタゴタ？」

キッドはコナンの体《からだ》を抱《かか》え込《こ》み、ビルの間《あいだ》を左《ひだり》に旋回《せんかい》した。高層《こうそう》マンションの一室《いっしつ》にいた犬《いぬ》がハンググライダーに気《き》づいて吠《ほ》えてくる。

「レオンは『紺青《こんじょう》の拳《フィスト》』の捜索《そうさく》を何年《なんねん》も前《まえ》からやっていたが、引《ひ》き上《あ》げまであと一歩《いっぽ》というところで、ジョンハン・チェンに先《さき》を越《こ》されちまった。どうやら、沈没船《ちんぼつせん》の位置《いち》を何者《なにもの》かが彼《かれ》にリークしたらしいんだ」

高層《こうそう》ビルの壁面《へきめん》に設置《せっち》された大型《おおがた》モニターには、ニュース映像《えいぞう》が流《なが》れていた。マリーナベイ・サンズで殺害《さつがい》されたシェリリンの生前《せいぜん》の姿《すがた》や葬儀《そうぎ》の模様《もよう》が映《うつ》っている。

「最《もっと》も疑《うたが》わしいのが、シェリリン・タンだ。一時期《いちじき》はレオンの会社《かいしゃ》の顧問弁護士《こもんべんごし》を務《つと》めていたが、二人《ふたり》の関係《かんけい》は悪化《あっか》。噂《うわさ》によれば、彼女《かのじょ》が京極《きょうごく》のスポンサーになったのは――」

「ジャマルッディンの優勝《ゆうしょう》。つまり、レオンが宝石《ほうせき》を手《て》に入《い》れるのを妨害《ぼうがい》したかった」

コナンが先回《さきまわ》りして言《い》うと、キッドはニヤリと笑《わら》ってコナンを見《み》た。

「もしそれが本当《ほんとう》なら、沈没船《ちんぼつせん》の情報《じょうほう》をリークしたという噂《うわさ》の方《ほう》も真実味《しんじつみ》をもつ」

そのとき、突風《とっぷう》が吹《ふ》いた。

突風《とっぷう》にあおられてコントロールを失《うしな》ったハンググライダーは、回転《かいてん》しながらビルの間《あいだ》を落下《らっか》していった。キッドはすばやく体勢《たいせい》を立《た》て直《なお》して、ビルすれすれのところで上昇《じょうしょう》する。

「おっと。悪《わる》い悪《わる》い」

と軽《かる》く謝《あやま》ってきたが、コナンは冷《ひ》や汗《あせ》タラタラだった。

（おいおい、頼《たの》むぞ……）

機体《きたい》の動《うご》きを安定《あんてい》させたキッドは、話《はなし》の続《つづ》きを始《はじ》めた。

「そのシェリリン・タンが殺《ころ》された」

「リークの噂《うわさ》が本当《ほんとう》だとすれば、レオンにはシェリリン殺害《さつがい》の動機《どうき》があったことになる。警察《けいさつ》はどう考《かんが》えているんだ？」

ハンググライダーが大《おお》きく左《ひだり》に旋回《せんかい》した。ビル群《ぐん》を抜《ぬ》けて、マリーナベイの先《さき》に特徴的《とくちょうてき》な建物《たてもの》が見《み》えてくる。

「残念《ざんねん》ながら、レオンは容疑者《ようぎしゃ》リストから外《はず》れた」

「なぜだ？」

コナンがたずねる。

ハンググライダーはマリーナベイ・サンズの上空《じょうくう》を飛《と》んだ。ライトアップされた屋上《おくじょう》プールが眼下《がんか》に見《み》える。

「もっと有力《ゆうりょく》な容疑者《ようぎしゃ》がいるからさ」

「容疑者《ようぎしゃ》……？」

「警察《けいさつ》は発表《はっぴょう》していないが、シェリリン・タンの殺害現場《さつがいげんば》には、一枚《いちまい》のカードが残《のこ》されていた。オレの予告状《よこくじょう》さ」

コナンは目《め》を見張《みは》った。

「なるほどな……」

キッドは淡々《たんたん》と話《はな》したが、その胸《むね》では静《しず》かに怒《いか》りをたぎらせているはずだ。だから、いきなり敵陣《てきじん》に乗《の》り込《こ》むなんて無謀《むぼう》なことまでしたのだ。

(でも……)

コナンは眼下《がんか》に広《ひろ》がる宝石《ほうせき》をちりばめたような美《うつく》しい夜景《やけい》を見《み》た。

(なんでこんな絶景《ぜっけい》をコイツと見《み》なきゃなんねぇんだ)

どうせ一緒《いっしょ》に見《み》るなら——コナンの頭《あたま》に蘭《らん》の姿《すがた》が浮《う》かんだ。


キッドのハンググライダーは、屋上《おくじょう》プールの人気《ひとけ》のない一角《いっかく》に着地《ちゃくち》した。

ハンググライダーをマントの下《した》にすばやく収《おさ》めたキッドは、デッキチェアが並《なら》ぶスペースの植《う》え込《こ》みの陰《かげ》に隠《かく》れると、コナンのメガネ、ベルト、シューズを外《はず》し、サンダルを履《は》かせた。そしてコナンの背中《せなか》をトンと押《お》して、植《う》え込《こ》みから出《だ》す。

「アーサー・ヒライに戻《もど》るお時間《じかん》だぜ。ちなみに、アーサーはアーサー・コナン・ドイルだろうけど、ヒライってなんだよ?」

コナンは「それは……」と恥《は》ずかしそうに目《め》をそらした。

「江戸川乱歩《えどがわらんぽ》の本名《ほんみょう》、平井太郎《ひらいたろう》からいただいたんだ」

「なるほどね」

「それより、コイツは間違《まちが》いなく罠《わな》だぞ！」

コナンが忠告《ちゅうこく》すると、キッドは立《た》ち上《あ》がってシルクハットを少《すこ》し上《あ》げた。

「わかってるさ。だからお前《まえ》を連《つ》れてきたんだ、名探偵《めいたんてい》。この手《て》のことは得意《とくい》だろ？」

と手《て》にしたキック力増強《りょくぞうきょう》シューズを持《も》ち上《あ》げる。

「……理由《りゆう》はわかった。やり方《かた》は気《き》に入《い》らねぇがな」

「このキッド様《さま》が、このまま黙《だま》ってるわけにはいかないだろう!?」

キッドが服《ふく》をつかんでバッとひっぱると――瞬《また》く間《ま》に新一《しんいち》の姿《すがた》になっていた。


全長百五十《ぜんちょうひゃくごじゅう》メートルの細長《ほそなが》いプールの端《はし》では、蘭《らん》が水《みず》で覆《おお》われた縁《ふち》に手《て》をかけて一人《ひとり》ぼんやりと夜景《やけい》を眺《なが》めていた。

縁《ふち》の外側《そとがわ》は水《みず》が流《なが》れ落《お》ちる溝《みぞ》や柵《さく》があるものの、どれも水面《すいめん》より低《ひく》いため視界《しかい》を遮《さえぎ》るものはなく、まるで宙《ちゅう》に浮《う》いているような感覚《かんかく》でシンガポールの光《ひか》り輝《かがや》く摩天楼《まてんろう》を一望《いちぼう》することができる。

新一《しんいち》の姿《すがた》のキッドがプールに飛《と》び込《こ》むと、その水音《みずおと》で蘭《らん》が振《ふ》り返《かえ》る。

「遅《おそ》いじゃない、ずっと待《ま》ってたんだから」

文句《もんく》を言《い》いつつも、蘭《らん》は笑顔《えがお》になった。

「悪《わり》ぃ悪《わり》ぃ」

キッドが蘭《らん》の横《よこ》に並《なら》ぶと、蘭《らん》は「ねぇ見《み》て」と前《まえ》を向《む》いた。

「すごくキレイな夜景《やけい》……ロマンチックだね♥」

そう言《い》って一歩《いっぽ》近《ちか》づき、キッドの手《て》をギュッと握《にぎ》ると、さらに身《み》を寄《よ》せる。

「！」

蘭《らん》の大胆《だいたん》な行動《こうどう》に、キッドがドギマギしていると、

「もぉ照《て》れないでよ。わたし達《たち》、付《つ》き合《あ》ってるんでしょ？」

「あ、ああ……」（え、そうなのか⁉）

キッドが驚《おどろ》いてデッキチェアが並《なら》ぶプールサイドを振《ふ》り返《かえ》ると、階段下《かいだんした》に腰掛《こしか》けたコナンがムスッとした顔《かお》でにらんでいた。

すると、コナンの横《よこ》に二《ふた》つのペットボトルを手《て》にした園子《そのこ》がやってきた。

「ふふ。あの二人《ふたり》、やっぱお似合《にあ》いよねぇ。そう思《おも》わない？」

「そ、そう？」

「邪魔《じゃま》しちゃ悪《わる》いわね」

園子《そのこ》はそう言《い》うと、階段《かいだん》を上《のぼ》って通路《つうろ》を歩《ある》いていった。

一人残《ひとりのこ》ったコナンは、再《ふたた》びプールの方《ほう》を向《む》いた。蘭《らん》とキッドは仲《なか》むつまじげに肩《かた》を寄《よ》せ合《あ》いながら、夜景《やけい》を眺《なが》めている。

(くそっ、蘭《らん》のヤツ。ニセモノだって気《き》づかねぇのかよ。でも、気《き》づかれたら日本《にっぽん》に帰《かえ》れなくなるし……)

考《かん》えれば考《かん》えるほど悶々《もんもん》としてきて、コナンは(あ〰〰!!)と頭《あたま》をかきむしった。


その頃《ころ》。小五郎《こごろう》はシンガポールの名門《めいもん》『ラッフルズ・ホテル』の『ロングバー』で一人《ひとり》、酒《さけ》を飲《の》んでいた。

ラタンのテーブルセットで彩《いろど》られたノスタルジックな店内《てんない》では、ほとんどの人《ひと》がラッフルズ・ホテル発祥《はっしょう》のカクテル『シンガポール・スリング』を飲《の》んでいて、テーブルに用意《ようい》された山盛《やまも》りのピーナッツを食《た》べて、その殻《から》を床《ゆか》に落《お》としていた。

「カァ〰〰ッ! シンガポールっつったら、シンガポール・スリングだよなぁ!」

カウンターに座《すわ》った小五郎《こごろう》はシンガポール・スリングを一気《いっき》に飲《の》み干《ほ》すと、「もう一杯《いっぱい》!」と、空《から》になったグラスをバーテンダーに差《さ》し出《だ》した。

「毛利《もうり》さん?」

不意《ふい》に声《こえ》がして振《ふ》り返《かえ》ると、カクテルを手《て》にした中国系《ちゅうごくけい》の若《わか》い女性《じょせい》が立《た》っていた。

それはレオンの秘書《ひしょ》、レイチェル・チェオングだった。黒髪《くろかみ》のロングヘアで、眉《まゆ》の上《うえ》でまっすぐ切《き》りそろえられた前髪《まえがみ》が、美《うつく》しい顔立《かおだ》ちをより引《ひ》き立《た》たせている。

「あ、ああ……あなたは……」

「ここ、座《すわ》っても構《かま》いません？」

小五郎《こごろう》はすばやく立《た》ち上《あ》がり、隣《となり》のスツールを手《て》で示《しめ》した。

「ど、ど、どうぞどうぞどうぞ！　一緒《いっしょ》に飲《の》みましょう！」

レイチェルは小五郎《こごろう》に近《ちか》づき、右手《みぎて》をカウンターに乗《の》せた。その指先《ゆびさき》が、小五郎《こごろう》の左手《ひだりて》に触《ふ》れる。

「実《じつ》は私《わたし》……」

小五郎《こごろう》に顔《かお》を寄《よ》せたレイチェルは、視界《しかい》の端《はし》に見覚《みおぼ》えのある背中《せなか》が映《うつ》って、ハッと横《よこ》を見《み》た。

奥《おく》のテーブル席《せき》に、大《おお》きな男《おとこ》がこちらに背《せ》を向《む》けて座《すわ》っていた。その隣《となり》に座《すわ》っている男《おとこ》が、レイチェルの方《ほう》をチラリと見《み》る。

「あっ」

レイチェルは手《て》にしていたカクテルグラスを傾《かたむ》け、小五郎《こごろう》の胸元《むなもと》に酒《さけ》をかけた。

「大変《たいへん》。私《わたし》ったらなんてことを！」

ハンカチを取《と》り出《だ》して、小五郎《こごろう》の服《ふく》を拭《ふ》く。

「ホント、すみません」

レイチェルはさらに小五郎《こごろう》のベストのボタンを外《はず》し、胸元《むなもと》に手《て》を入《い》れて拭《ふ》き続《つづ》けた。

「あ、いや、どうぞお気遣《きづか》いなさらずに。へへへ……」

小五郎《こごろう》が目《め》の前《まえ》のレイチェルの色気《いろけ》にデレデレしていると、ホテルのボーイがやって来《き》た。

「ミスター毛利《もうり》、お電話《でんわ》です」

英語《えいご》でボーイに言《い》われた小五郎《こごろう》は、なんのことかわからずキョトンとしている。

「毛利《もうり》さん宛《あて》にお電話《でんわ》のようです」

すかさずレイチェルが通訳《つうやく》をした。

「俺《おれ》に？　誰《だれ》だ？」

小五郎《こごろう》が不思議《ふしぎ》に思《おも》いながら歩《ある》き出《だ》すと、レイチェルが「毛利《もうり》さん」と呼《よ》び止《と》めた。

「どうしてもお話《はな》したいことがあるんです」

レイチェルは小五郎《こごろう》に駆《か》け寄《よ》ると、両手《りょうて》をつかんで名刺《めいし》を握《にぎ》らせた。

「明日《あした》、ここへ」

そう言《い》うと、きびすを返《かえ》して去《さ》っていく。すると、奥《おく》の席《せき》に座《すわ》っていたジャマルッディンとレオンの部下《ぶか》が立《た》ち上《あ》がり、出入《でい》り口《ぐち》へ向《む》かった。

「………？　──ったく」

小五郎《こごろう》は慌《あわただ》しく出《で》ていくレイチェルを見送《みおく》ると、手渡《てわた》された名刺《めいし》を見《み》つめた。

ボーイに連《つ》れられてロビーまで来《き》た小五郎《こごろう》は、フロントスタッフから受話器《じゅわき》を受《う》け取《と》った。レイチェルの名刺《めいし》をうちわ代《が》わりにパタパタとあおぎながら、受話器《じゅわき》を耳《みみ》に近《ちか》づける。

「もしもし？　もしもし？」

しかし電話《でんわ》はすでに切《き》れていた。

「なんだよ、切《き》れてんじゃねぇかよ！」

ガチャンと受話器《じゅわき》を置《お》くと、

「もう！　飲《の》み直《なお》しだ〜〜〜！　たあ〜！　シンガポール・スリング！」

再《ふたた》びロングバーへ向《む》かった。

5

翌朝《よくあさ》。シンガポール空手《からて》トーナメントが行《おこな》われる『シンガポール・インドア・スタジアム』の上空《じょうくう》に、パン、パン、パンと白煙花火《はくえんはなび》が上《あ》がった。

スタジアムは厳重《げんじゅう》な警戒態勢《けいかいたいせい》が敷《し》かれていた。入場《にゅうじょう》ゲートに続《つづ》く階段《かいだん》には警察官《けいさつかん》が等間隔《とうかんかく》で並《なら》び、観客《かんきゃく》は手荷物検査場《てにもつけんさじょう》で厳重《げんじゅう》なボディチェックを受《う》けて場内《じょうない》に入《はい》っていった。

階段状《かいだんじょう》の観客席《かんきゃくせき》に囲《かこ》まれたフィールドには選手達《せんしゅたち》が並《なら》び、ステージでは主催者《しゅさいしゃ》のジョンハン・チェンがマイクの前《まえ》に立《た》って開幕《かいまく》の挨拶《あいさつ》を行《おこな》った。ジョンハンの横《よこ》には、ガラスケースに収《おさ》められたチャンピオンベルトが置《お》かれている。

「では選手《せんしゅ》の諸君《しょくん》！　健闘《けんとう》を祈《いの》る‼」

ジョンハンが体《からだ》の前《まえ》で交差《こうさ》した両腕《りょううで》を勢《いきお》いよく振《ふ》り下《お》ろすと、選手《せんしゅ》や観客《かんきゃく》から歓声《かんせい》が上《あ》がった。

開幕式《かいまくしき》が終《お》わり、すぐに試合《しあい》が始《はじ》まった。

試合《しあい》スペースは全部《ぜんぶ》で七面《ななめん》あり、中央《ちゅうおう》の天井《てんじょう》から吊《つ》り下《さ》がったマルチモニターには選手《せんしゅ》の顔写真《かおじゃしん》やポイントなどが表示《ひょうじ》されていた。

優勝候補最有力《ゆうしょうこうほさいゆうりょく》のヘッズリ・ジャマルッディンがマットに立《た》つと、観客席《かんきゃくせき》が沸《わ》いた。

拳《けん》サポーターをつけて構《かま》えたジャマルッディンは、その鋭《するど》い目《め》で対戦相手《たいせんあいて》をにらみつけた。その迫力《はくりょく》に、対戦相手《たいせんあいて》が一瞬怯《いっしゅんひる》む。が、対戦相手《たいせんあいて》はすぐに踏《ふ》み込《こ》んで足《あし》を振《ふ》り上《あ》げた。いきなりの踵落《かかとお》としを、ジャマルッディンは上体《じょうたい》を後《うし》ろに反《そ》らしてかわした。続《つづ》けざまに来《き》た後《うし》ろ蹴《げ》りも余裕《よゆう》でかわすと、ジャマルッディンは目《め》を閉《と》じた。

「雑魚《ざこ》が――」薄《うす》く目《め》を開《あ》けたジャマルッディンは、強烈《きょうれつ》な下段蹴《げだんげ》りを放《はな》った。相手《あいて》の軸足《じくあし》の膝裏《ひざうら》に決《き》まって体勢《たいせい》が崩《くず》れると、ジャマルッディンは高《たか》く足《あし》を振《ふ》り上《あ》げ、相手《あいて》の側頭部《そくとうぶ》に撃《う》ち下《お》ろした。

対戦相手《たいせんあいて》はマットに顔面《がんめん》から叩《たた》きつけられ、ジャマルッディンは残心《ざんしん》の構《かま》えを取《と》った。

次《つぎ》の瞬間《しゅんかん》、観客席《かんきゃくせき》から「うおぉぉぉー!!」と大歓声《だいかんせい》が上《あ》がる。

蘭《らん》と並《なら》んで試合《しあい》を見《み》ていた園子《そのこ》も、思《おも》わず座席《ざせき》から身《み》を乗《の》り出《だ》していた。

「はええ〜。ジャマルッディンって人《ひと》、メチャクチャ強《つよ》そうねぇ」

「重量級《じゅうりょうきゅう》のパワーに、スピードとテクニックも兼《か》ね備《そな》えている……手強《てごわ》そうね」

真面目《まじめ》な顔《かお》で分析《ぶんせき》する蘭《らん》に、園子《そのこ》はフフッと笑《わら》った。

「さすが帝丹高空手部主将《ていたんこうからてぶしゅしょう》、目《め》のつけ所《どころ》が違《ちが》うのぉ〜♪」

主審《しゅしん》に勝利《しょうり》を宣告《せんこく》されたジャマルッディンは、正面《しょうめん》、主審《しゅしん》、そしてすでに運《はこ》び出《だ》された対戦相手《たいせんあいて》に礼《れい》をして、退場《たいじょう》した。

「A組《エーぐみ》はあの人《ひと》の突破《とっぱ》が確実《かくじつ》ね。対《たい》するB組《ビーぐみ》勝《か》ち抜《ぬ》けは、もちろん真《まこと》さんで決《き》まり！　つまり、決勝《けっしょう》は真《まこと》さんとあの人《ひと》の対決《たいけつ》ということに……うぬぅ」

園子《そのこ》が熟読《じゅくどく》していたトーナメント表《ひょう》を強《つよ》く握《にぎ》り締《し》める。

キッドとコナンは蘭《らん》から一《ひと》つ席《せき》を空《あ》けたところに並《なら》んで座《すわ》っていた。コナンが前《まえ》を見《み》ながら「なぁ」と話《はな》しかける。

「京極《きょうごく》さんの手元《てもと》に宝石《ほうせき》が行《い》っちまったら、もう手《て》が出《だ》せなくなるんじゃねぇか？」

「そうだな。アイツにはなるべく近《ちか》づきたくねぇからな」

二人《ふたり》が前《まえ》を向《む》いたまま会話《かいわ》していると、会場《かいじょう》に京極真《きょうごくまこと》が入《はい》ってきた。真《ま》っ先《さき》に見《み》つけた園子《そのこ》が、すばやくオペラグラスを取《と》り出《だ》す。

「あー真《まこと》さんキター！　ほら、みんなも応援《おうえん》！」

と横《よこ》に座《すわ》る蘭達《らんたち》に向《む》いた園子《そのこ》は、コナンを見《み》て眉《まゆ》をひそめた。

「……って、なんで現地《げんち》のガキンチョがついてきてんのよ」

「なーんかなつかれちまってなぁ」

キッドが平然《へいぜん》と答《こた》える。

京極《きょうごく》の対戦相手《たいせんあいて》は、上背《うわぜい》が二《に》メートルを超《こ》える大男《おおおとこ》だった。身長百八十四《しんちょうひゃくはちじゅうよん》センチの京極《きょうごく》が小《ちい》さく見《み》える。

「神前《しんぜん》に礼《れい》！　主審《しゅしん》に礼《れい》！　互《たが》いに礼《れい》！」

主審《しゅしん》の掛《か》け声《ごえ》で頭《あたま》を下《さ》げると、京極《きょうごく》は左眉《ひだりまゆ》の絆創膏《ばんそうこう》に触《ふ》れて構《かま》えた。

「……？」

そのしぐさが気《き》になった園子《そのこ》は、オペラグラスを外《はず》して、自分《じぶん》の左眉《ひだりまゆ》に指《ゆび》をやった。

「勝負《しょうぶ》、始《はじ》め！」

開始《かいし》の合図《あいず》がされるやいなや――ドンッ！と京極《きょうごく》の強烈《きょうれつ》な突《つ》きが対戦相手《たいせんあいて》のみぞおちに決《き》まった。対戦相手《たいせんあいて》が隣《となり》の試合《しあい》のマットまで吹《ふ》き飛《と》ぶ。

京極《きょうごく》が試合終了《しあいしゅうりょう》の礼《れい》をすると、観客席《かんきゃくせき》から大歓声《だいかんせい》が上《あ》がった。

「やったぁ～!!　真《まこと》さんカッコイイ～～～!!」

立《た》ち上《あ》がって万歳《ばんざい》した園子《そのこ》は、両手《りょうて》を胸《むね》の前《まえ》で握《にぎ》った。

「はぁ～、今《いま》すぐ会《あ》いに行《い》きたい」

すると、その横《よこ》で蘭《らん》の携帯《けいたい》が鳴《な》った。

「あ、お父《とう》さんからだ」

スタジアムの二階席《にかいせき》にあるガラス張《ば》りのＶＩＰ《ビップ》ルームで、レオンは試合《しあい》を観《み》ていた。レオンが座《すわ》るソファの奥《おく》では、試合《しあい》を終《お》えたジャマルッディンが腕《うで》を組《く》んで立《た》っている。

「強《つよ》いな、京極《きょうごく》は」

試合開始早々《しあいかいしそうそう》に一本勝《いっぽんが》ちを決《き》めた京極《きょうごく》に、レオンは感嘆《かんたん》の声《こえ》をあげた。しかし、あまりに強《つよ》すぎるのも、いささか問題《もんだい》だった。計画《けいかく》は進行中《しんこうちゅう》で、些細《ささい》なミスも許《ゆる》されない――。

「いちおう、手《て》を打《う》っておくか」

レオンはスマホを取《と》り出《だ》し、電話《でんわ》をかけた。

「私《わたし》だ。……ああ、そうだ。一《ひと》つ頼《たの》みたいことがあるんだが……」


小五郎《こごろう》に電話《でんわ》で呼《よ》ばれた蘭《らん》は、観客席《かんきゃくせき》を出《で》てスタジアムの入《い》り口《ぐち》に向《む》かった。新一姿《しんいちすがた》のキッドとコナンも一緒《いっしょ》についてくる。

すると、入《い》り口《ぐち》に設置《せっち》された金属探知《きんぞくたんち》ゲートの前《まえ》で小五郎《こごろう》が警備員《けいびいん》と何《なに》やらもめていた。

「だから、怪《あや》しいもんじゃねぇって言《い》ってるだろうが！」

「お父《とう》さん！　何《なに》があったの!?」

蘭《らん》が駆《か》け寄《よ》ると、小五郎《こごろう》はいらついた様子《ようす》で警備員《けいびいん》を指差《ゆびさ》した。

「蘭《らん》、コイツらに説明《せつめい》してくれよ！　金属製《きんぞくせい》のもんは全部出《ぜんぶだ》したんだ」

そばのテーブルのトレイには、小五郎《こごろう》の財布《さいふ》、鍵《かぎ》、小銭《こぜに》、スマホ、ライター、ズボンのベルトなどが載《の》せられていた。

「だがしかし！」

小五郎《こごろう》がゲートをくぐろうとすると、ブザーが鳴《な》る。

「もういいだろ!?」

「ダメです！」

警備員《けいびいん》に止《と》められた小五郎《こごろう》は「くそ〜！」と地団太《じだんだ》を踏《ふ》んだ。

「これじゃあ中《なか》に入《はい》れねぇじゃねぇか！」

すると、そこにリシが走《はし》ってきた。

「毛利《もうり》さん！　大丈夫《だいじょうぶ》ですか⁉」

「リシさん！」

「この方《かた》は関係者《かんけいしゃ》だ。通《とお》してあげてくれ」

リシが英語《えいご》で説明《せつめい》すると、警備員《けいびいん》は「わかりました」と金属探知《きんぞくたんち》ゲートから退《しりぞ》いた。

「サンキュー！　ミスターリシ‼（ありがとう、リシさん！）」

「合流《ごうりゅう》できてよかったです」

あえて英語《えいご》で礼《れい》をいう小五郎《こごろう》に、リシはニッコリと微笑《ほほえ》んだ。

「チャンピオンベルトは開幕式《かいまくしき》でお披露目《ひろめ》した後《あと》、今《いま》は地下金庫《ちかきんこ》で保管《ほかん》されています。よろしければこの後《あと》にご案内《あんない》します。——それにしても、今《いま》までどちらに？」

トレイからベルトを取《と》って締《し》め直《なお》していた小五郎《こごろう》は、ギクリと手《て》を止《と》めた。

「い、いやぁ、ちょっとパトロールに……」

（二日酔《ふつかよ》いで寝坊《ねぼう》だろ）

コナンは頭《あたま》の後《うし》ろで手《て》を組《く》みながら、心《こころ》の中《なか》で突《つ》っ込《こ》んだ。

小五郎《こごろう》、キッド、コナンは、リシの案内《あんない》で地下金庫室《ちかきんこしつ》にやってきた。金庫室《きんこしつ》の前《まえ》には警備員《けいびいん》が立《た》っていて、リシは扉《とびら》の横《よこ》に設置《せっち》されたキーパッドを示《しめ》した。

「暗証番号《あんしょうばんごう》は十分《じっぷん》ごとに変《か》わります。管理《かんり》はコンピュータが行《おこな》い、メールで知《し》らせてくれます」

リシのスマホが震《ふる》えて、画面《がめん》が明《あか》るくなった。暗証番号《あんしょうばんごう》を知《し》らせるメールが届《とど》いたのだ。

「これが届《とど》くのはアイダン警部補《けいぶほ》と僕《ぼく》、それに金庫《きんこ》の管理者《かんりしゃ》であるレオン先生《せんせい》の三人《さんにん》だけです」

リシはスマホを見《み》ながら、キーパッドで番号《ばんごう》を入力《にゅうりょく》していった。少《すこ》し離《はな》れたところでコナンと一緒《いっしょ》に立《た》っていたキッドがチラリとリシを見《み》る。

リシが実行《じっこう》キーを押《お》すと、金庫室《きんこしつ》のドアが自動《じどう》で開《ひら》いた。

「こりゃまた何《なに》もない部屋《へや》だな」

無味乾燥《むみかんそう》な四角《しかく》い部屋《へや》の中《なか》には、中央《ちゅうおう》に一《いち》メートル四方《しほう》の台座《だいざ》があった。その上《うえ》には透明《とうめい》なケースに入《はい》ったチャンピオンベルトが置《お》かれている。

「そんなことはありません。床《ゆか》には重量《じゅうりょう》センサー、天井《てんじょう》には監視《かんし》カメラ、ケースには衝撃《しょうげき》感知《かんち》システム。そして会場《かいじょう》の周《まわ》りは警官《けいかん》が包囲《ほうい》していますし」

扉《とびら》の前《まえ》でリシの説明《せつめい》を聞《き》く小五郎《こごろう》の後《うし》ろから、コナンは金庫室《きんこしつ》をのぞき込《こ》んだ。

「おー！　これならあの怪盗《かいとう》、手《て》も足《あし》も出《で》んでしょうなぁ」

小五郎《こごろう》はそう言《い》って、ズボンのポケットから煙草《たばこ》の箱《はこ》を取《と》り出《だ》した。箱《はこ》を軽《かる》く振《ふ》って煙草《たばこ》を一本出《いっぽんだ》すと、

「毛利《もうり》さん、ここは禁煙《きんえん》です」

リシが注意《ちゅうい》した。

「ああ、そいつは失敬《しっけい》」

煙草《たばこ》の箱《はこ》をポケットに戻《もど》そうとした小五郎《こごろう》は、箱《はこ》と包装《ほうそう》ビニールの間《あいだ》に名刺《めいし》が挟《はさ》まれているのに気《き》づいた。

「んん？」

「小五郎《こごろう》おじさん、何《なに》それ？」

「酔《よ》っ払《ぱら》ってて、すっかり忘《わす》れてた。ゆうべ、バーで渡《わた》されたんだ。話《はなし》があるってな」

小五郎《こごろう》が名刺《めいし》を持《も》っている手《て》を下《お》ろすと、コナンは名刺《めいし》を見《み》た。

「これ、レオンさんの秘書《ひしょ》の名刺《めいし》だよ」

「ええ？　そうなのか？　実《じつ》は酔《よ》っ払《ぱら》ってて、よく覚《おぼ》えてねぇんだよ。なんでわかったんだ？」

「レオンさんの会社《かいしゃ》のマークが入《はい》ってるよ」

コナンは小五郎《こごろう》の手《て》をひねって名刺《めいし》の裏《うら》を見《み》た。手書《てが》きで何《なに》か書《か》いてある。

「『午後三時《ごごさんじ》、ナショナル・スタジアム裏《うら》、3番扉《ばんとびら》の前《まえ》で待《ま》つ』って書《か》いてあるよ。あと『誰《だれ》にも知《し》らせないで』だってさ」

「なるほど。午後三時《ごごさんじ》っつうことはだ……」

コナンが言《い》い終《お》わるやいなや名刺《めいし》を胸《むね》ポケットにしまいこんだ小五郎《こごろう》は、警備員《けいびいん》の腕《うで》を引《ひ》っ張《ぱ》って腕時計《うでどけい》を見《み》た。

「もうすぐじゃねぇか！」

と警備員《けいびいん》の腕《うで》を放《はな》して、走《はし》り出《だ》す。

「あ、毛利《もうり》さん!?」

「レディを待《ま》たせるのは男《おとこ》の恥《はじ》！」

リシが小五郎《こごろう》を追《お》いかけると、コナンも後《あと》に続《つづ》いた。後《うし》ろをチラリと振《ふ》り返《かえ》ると、壁《かべ》に寄《よ》りかかっていたキッドが唇《くちびる》に薄《うす》い笑《え》みを浮《う》かべていた。


選手控《せんしゅひか》え室《しつ》には、着替《きが》えを終《お》えた京極《きょうごく》が一人《ひとり》いるだけだった。

京極《きょうごく》が鏡《かがみ》の前《まえ》でメガネをかけていると、ドアが開《ひら》いた。入《はい》ってきたのはレオンだった。

「実《じつ》にいい試合《しあい》だった。明日《あした》の準決勝《じゅんけっしょう》、決勝《けっしょう》が今《いま》から楽《たの》しみだよ」

「ありがとうございます」

近《ちか》づいてくるレオンに、京極《きょうごく》は頭《あたま》を下《さ》げた。

「君《きみ》の強《つよ》さは特別《とくべつ》だ。どうだろう、私《わたし》のボディガードになる気《き》はないか？」

「失礼《しつれい》します」

京極《きょうごく》はバッグを手《て》にして歩《ある》き出《だ》した。

「まぁ待ちたまえ。もちろん今《いま》のは冗談《じょうだん》さ。実《じつ》は君《きみ》に一《ひと》つ聞《き》きたくてね」

京極《きょうごく》が立《た》ち止《ど》まると、レオンはその後《うし》ろに回《まわ》り込《こ》んだ。「教《おし》えてくれ」と京極《きょうごく》の肩《かた》に手《て》を置《お》く。レオンの冷《ひ》ややかで妖《あや》しげな瞳《ひとみ》が、京極《きょうごく》を捉《とら》えた。

「君《きみ》の拳《こぶし》はなんのためにある？　強《つよ》さを追《お》い求《もと》めて、その先《さき》に何《なに》がある？　君《きみ》を駆《か》り立《た》てているものはいったいなんだ？」

京極《きょうごく》はレオンの視線《しせん》に捉《とら》えられたまま、目《め》そらすことができずにいた。京極《きょうごく》の指《ゆび》がわずかに動《うご》いて、軽《かる》く拳《こぶし》を握《にぎ》る。

レオンはねっとりとした笑《え》みを浮《う》かべた。

「答《こた》えられないのか？　目的《もくてき》を持《も》たない不完全《ふかんぜん》な拳《こぶし》は、危険《きけん》だ。自分《じぶん》だけではない、周《まわ》りの人々《ひとびと》も不幸《ふこう》にしてしまう」

「周《まわ》りの人《ひと》？　不幸《ふこう》……？」

「そう。例《たと》えば、君《きみ》の愛《あい》する人《ひと》。君《きみ》にもいるのだろう？　そういう人《ひと》が」

レオンはそう言《い》うと、さらに顔《かお》を京極《きょうごく》に寄《よ》せた。

「君《きみ》の拳《こぶし》が危険《きけん》を呼《よ》び、愛《あい》する人《ひと》が傷《きず》つくかもしれない。そんなことになったら、君《きみ》はどうする？」

レオンは目《め》を細《ほそ》めると、京極《きょうごく》の肩《かた》をポンと叩《たた》いた。暗示《あんじ》が解《と》けたかのように、京極《きょうごく》がハッと目《め》を見開《みひら》く。

「明日《あした》の試合《しあい》も楽《たの》しみにしているよ」

と軽《かる》く手《て》を上《あ》げ、レオンは控《ひか》え室《しつ》を出《で》ていった。

残《のこ》された京極《きょうごく》はしばし呆然《ぼうぜん》と宙《ちゅう》を見《み》て、自分《じぶん》の拳《こぶし》に目《め》を移《うつ》した。じっと見《み》つめながら、何《なに》やら考《かんが》え込《こ》む。

すると、コンコンとノックする音《おと》がした。

「まだ何《なに》か……？」

京極《きょうごく》が顔《かお》を上《あ》げると、開《ひら》いた扉《とびら》から園子《そのこ》がひょこっと顔《かお》を出《だ》した。

「お疲《つか》れさま♥」

「園子《そのこ》さん……！」

「もぉ、なかなか来《こ》ないから見《み》に来《き》ちゃった」

「すみません、お待《ま》たせして」

京極《きょうごく》が控《ひか》え室《しつ》から出《で》てくると、園子《そのこ》のそばに蘭《らん》もいた。

「じゃあ、みんなでお昼食《ひるた》べに行《い》こう！　わたし、行《い》きたいお店《みせ》があって……」

「ごめん、園子《そのこ》！」

突然《とつぜん》、蘭《らん》が顔《かお》の前《まえ》で手《て》を合《あ》わせた。

「食事《しょくじ》は二人《ふたり》で行《い》ってきて」

「えー？　なんでよ〜」

「ホントごめん！　でも新一《しんいち》、宝石《ほうせき》の警護《けいご》でここ離《はな》れられそうもないから」

理由《りゆう》を聞《き》いた園子《そのこ》は「そっかー」と納得《なっとく》した様子《ようす》でうなずいた。

「じゃあ、しょうがないわね。――二人《ふたり》で行《い》こっか、真《まこと》さん」

「はい」

「また後《あと》でね、蘭《らん》」

「お先《さき》に失礼《しつれい》します」

仲《なか》むつまじげに歩《ある》いていく二人《ふたり》に、蘭《らん》は笑顔《えがお》で手《て》を振《ふ》った。そして二人《ふたり》が見《み》えなくなると、急《きゅう》に険《けわ》しい表情《ひょうじょう》になった。


レイチェルが指定《してい》したナショナル・スタジアムは、インドア・スタジアムと同《おな》じくさまざまなスポーツ施設《しせつ》が集結《しゅうけつ》した『シンガポール・スポーツ・ハブ』の中《なか》にある、世界最大《せかいさいだい》級《きゅう》の開閉式《かいへいしき》ドームをもつ競技場《きょうぎじょう》だった。

小五郎《こごろう》とコナンは、名刺《めいし》に書《か》かれた３番扉《ばんとびら》の前《まえ》に来《き》てみたが、レイチェルの姿《すがた》はなかった。

「ったく、おっせぇな」

「レイチェルさん、他《ほか》に何《なに》か言《い》ってなかったの？」

「だからよく覚《おぼ》えてねぇんだって。ただ、これだけはハッキリと言《い》える。実《じつ》に美人《びじん》だった！」

自信満々《じしんまんまん》に答《こた》える小五郎《こごろう》に、コナンはため息《いき》をついた。

（つたく。しっかりしてくれよ、おっちゃん……）

インドア・スタジアムの入口前《いりぐちまえ》では、アイダン警部補《けいぶほ》が警官達《けいかんたち》に指示《しじ》を出《だ》していた。

「いいか、各自《かくじ》気《き》を引《ひ》き締《し》めて警戒《けいかい》に当《あ》たれ！　少《すこ》しでも不審《ふしん》な点《てん》があれば報告《ほうこく》の上《うえ》、即《そく》時対応《じたいおう》！　それから……あ！」

「きゃあ！」

後《うし》ろ歩《ある》きで指示《しじ》をしていたアイダン警部補《けいぶほ》は、歩《ある》いてきたレイチェルとぶつかってしまった。

「大丈夫《だいじょうぶ》ですか？　申《もう》し訳《わけ》ありません」

「いえ、こちらこそ」

レイチェルは笑顔《えがお》でこたえると、軽《かる》くお辞儀《じぎ》をして歩《ある》いていった。

そして、アイダン警部補《けいぶほ》からやや離《はな》れたところまで来《く》ると、レイチェルの手《て》の中《なか》からスマホがマジックのように出《で》てきた。

そのスマホにメールが届《とど》いた。メールの内容《ないよう》を見《み》てほくそ笑《え》む。

「アイダン警部補《けいぶほ》！」

レイチェルはアイダン警部補《けいぶほ》に駆《か》け寄《よ》ると、体《からだ》を寄《よ》せて左手《ひだりて》をアイダン警部補《けいぶほ》の左肩《ひだりかた》に乗《の》せた。埃《ほこり》を払《はら》うフリをして、アイダン警部補《けいぶほ》の左脇《ひだりわき》の下《した》に右手《みぎて》を伸《の》ばし、すばやくスマホをポケットに滑《すべ》り込《こ》ませる。

「あの、どうしても気《き》になってしまって」

上目遣《うわめづか》いで見《み》つめるレイチェルに、アイダン警部補《けいぶほ》はドキッとした。

「す、すみません、あの……」

「はい、できた♥」

レイチェルはアイダン警部補《けいぶほ》のネクタイを締《し》め直《なお》し、スッと体《からだ》を離《はな》した。

「警備《けいび》よろしくお願《ねが》いしますね」

「は、はっ！　お任《まか》せを！」

思《おも》わずドキドキしてしまったアイダン警部補《けいぶほ》は、それを隠《かく》すかのように威勢《いせい》よく敬礼《けいれい》した。

軽《かる》く手《て》を振《ふ》ったレイチェルが去《さ》っていく。

アイダン警部補《けいぶほ》に背中《せなか》を向《む》けたレイチェルは、謎《なぞ》めいた笑《え》みを浮《う》かべた。

インドア・スタジアムの警備室《けいびしつ》では、数名《すうめい》の警備員《けいびいん》がモニターに張《は》りつき、スタジアム内《ない》をチェックしていた。

「金庫室《きんこしつ》に異常《いじょう》はないか？」

「はい。問題《もんだい》はないかと」

四《よっ》つのモニターには金庫室内《きんこしつない》がさまざまな方向《ほうこう》から映《うつ》っていたが、異常《いじょう》はなかった。

金庫室《きんこしつ》の前《まえ》には二名《にめい》の警官《けいかん》が立《た》ち、警備《けいび》に当《あ》たっていた。すると、

「すみません！」

突然《とつぜん》、レイチェルが慌《あわ》てた様子《ようす》で駆《か》け込《こ》んできた。

「アイダン警部補《けいぶほ》がお二人《ふたり》を呼《よ》んでいます。急《いそ》いで来《き》てほしいと」

「い、いや、しかし……」

「ここは私《わたし》が見《み》てますから」

「わ、わかりました。すぐ戻《もど》りますので、よろしくお願《ねが》いします」

警官達《けいかんたち》はレイチェルを残《のこ》して駆《か》けていった。

遠《とお》ざかっていく警官達《けいかんたち》の後《うし》ろ姿《すがた》を見送《みおく》りながら、レイチェルが意味《いみ》ありげな笑《え》みを浮《う》かべる。

「さてと……」

金庫室《きんこしつ》の前《まえ》に立《た》ったレイチェルのスカートが下《お》りると同時《どうじ》に、白《しろ》いマントがその体《からだ》を覆《おお》

った。バサリと翻《ひるがえ》ったマントから現《あらわ》れたのは——純白《じゅんぱく》のシルクハットとスーツに身《み》を包《つつ》んだ怪盗《かいとう》キッドだった。

「お宝《たから》はいただくぜ」

不敵《ふてき》な笑《え》みを浮《う》かべたキッドは、金庫室《きんこしつ》の扉横《とびらよこ》にモニターのついた小《ちい》さな機械《きかい》を取《と》りつけた。機械《きかい》からアンテナが伸《の》びると、モニターの画面《がめん》が四分割《よんぶんかつ》されてそれぞれ金庫室内《きんこしつない》の映像《えいぞう》が映《うつ》った。警備室《けいびしつ》のモニターに映《うつ》っていたのと同《おな》じ、金庫室《きんこしつ》の監視《かんし》カメラの映像《えいぞう》だ。

キッドはアイダン警部補《けいぶほ》のスマホに送《おく》られてきた暗証番号《あんしょうばんごう》をキーパッドに打《う》ち込《こ》んだ。

扉《とびら》が自動《じどう》で開《ひら》き、部屋《へや》の中央《ちゅうおう》で台座《だいざ》に鎮座《ちんざ》するチャンピオンベルトが見《み》えてくる。

キッドは台座《だいざ》の真上《まうえ》の天井《てんじょう》に向《む》かって、ワイヤー銃《じゅう》を撃《う》った。銃口《じゅうこう》から伸《の》びたワイヤーが天井《てんじょう》に突《つ》き刺《さ》さり、巻《ま》き上《あ》げられたワイヤーに引《ひ》っ張《ぱ》られて一気《いっき》に天井《てんじょう》へ上昇《じょうしょう》すると、台座《だいざ》の上《うえ》にフワリと降《お》りる。

金庫室内《きんこしつない》を映《うつ》す警備室《けいびしつ》のモニターに、一瞬《いっしゅん》ノイズが走《はし》った。

「ん……？」

警備員《けいびいん》が顔《かお》を上《あ》げてモニターを見《み》ると、すでにノイズは消《き》えて、無人《むじん》の金庫室内《きんこしつない》の映像《えいぞう》が映《うつ》っていた。

台座《だいざ》の上《うえ》に降《お》りたキッドは腰《こし》を落《お》とし、足元《あしもと》にあるチャンピオンベルトを見《み》て、ニヤリとした。

「いただき」

手《て》にしたワイヤー銃《じゅう》を変形《へんけい》させて、グリップエンドからガラスカッターを出《だ》す。

すると、キッドのマントで半分《はんぶん》ほど覆《おお》われた台座《だいざ》からカチッと音《おと》がした。

「？　何《なに》か引《ひ》っかかったか？」

キッドが下《した》を見《み》ると——台座《だいざ》の側面《そくめん》が開《ひら》いて、ゴロリと何《なに》かが転《ころ》がり出《で》てきた。

「死体《したい》!?　しかも……」

それはレイチェルの遺体《いたい》だった。背中《せなか》にナイフが突《つ》き刺《さ》さっている。シェリリン・タンと同《おな》じだ——。

「ヤベエ、すぐにズラからねえと！」

キッドがガラスカッターを懐《ふところ》にしまうと同時《どうじ》に、警報《けいほう》が鳴《な》り響《ひび》いた。赤色灯《せきしょくとう》が明滅《めいめつ》し、部屋《へや》が赤《あか》く染《そ》まる。

キッドは台座《だいざ》から飛《と》び降《お》りて、倒《たお》れているレイチェルのそばに着地《ちゃくち》した。レイチェルの体越《からだご》しに、台座《だいざ》の内部《ないぶ》が見《み》える。

「ん？　何《なに》か文字《もじ》が……」

台座《だいざ》の裏側《うらがわ》に、『ｓｈｅ《シー》』と赤《あか》い文字《もじ》が書《か》かれていた。

倒《たお》れているレイチェルの右手人差し指《みぎてひとさしゆび》に血《ち》がついている――。

そのとき、金庫室《きんこしつ》の扉《とびら》がゆっくりと閉《と》じ始《はじ》めているのに気《き》づいた。すばやく立《た》ち上《あ》がって、扉《とびら》に向《む》かう。

キッドは扉《とびら》の前《まえ》でジャンプし、体《からだ》をひねりながら、ギリギリの隙間《すきま》を縫《ぬ》って廊下《ろうか》に飛《と》び出《だ》した。廊下《ろうか》を転《ころ》がって起《お》き上《あ》がったキッドの目《め》に、正面《しょうめん》から銃《じゅう》を手《て》に走《はし》ってくる警官達《けいかんたち》が見《み》えた。

「止《と》まれ――!!」

キッドはすかさずトランプ銃《じゅう》を撃《う》った。放《はな》たれたトランプが警官達《けいかんたち》の銃《じゅう》を次々《つぎつぎ》と弾《はじ》き飛《と》ばす。トランプ銃《じゅう》を構《かま》えながら数歩下《すうほさ》がると、右手《みぎて》の廊下《ろうか》からも大勢《おおぜい》の警官《けいかん》が駆《か》けつけてきた。

「銃《じゅう》を今《いま》すぐ捨《す》てろ!」

「キッド、逮捕《たいほ》だ――!!」

左手《ひだりて》の廊下《ろうか》からも、アイダン警部補《けいぶほ》が警官隊《けいかんたい》を引《ひ》き連《つ》れて走《はし》ってくる。

金庫室《きんこしつ》の扉《とびら》を背《せ》に追《お》い込《こ》まれたキッドは、トランプ銃《じゅう》を下《お》ろすと見《み》せかけて左手《ひだりて》に持《も》ち替《か》えると、ニヒッと笑《わら》った。そしてアイダン警部補《けいぶほ》の方《ほう》へ駆《か》け出《だ》した。

「!?」

右手《みぎて》にはいつの間《ま》にかワイヤー銃《じゅう》が握《にぎ》られ、走《はし》りながらワイヤーを発射《はっしゃ》すると、そのまま飛《と》び上《あ》がった。

巻《ま》き上《あ》げられたワイヤーに引《ひ》っ張《ぱ》られて、キッドがアイダン警部補《けいぶほ》の頭上《ずじょう》を飛《と》んでいく。

慌《あわ》ててキッドを追《お》いかけようと逆戻《ぎゃくもど》りしたアイダン警部補《けいぶほ》は、後《うし》ろを走《はし》っていた警官隊《けいかんたい》と次々《つぎつぎ》と衝突《しょうとつ》して、団子状態《だんごじょうたい》になってしまった。


小五郎《こごろう》とコナンはナショナル・スタジアムの3番扉《ばんとびら》の前《まえ》でしばらく待《ま》っていたが、レイチェルは一向《いっこう》に現《あらわ》れなかった。

「なぁ、もうレイチェルさんは来《こ》ないんじゃないのか？」

「あと十分《じっぷん》待《ま》って……」

コナンが言《い》いかけたとき——警報《けいほう》がけたたましく鳴《な》った。インドア・スタジアムの方《ほう》からだ。

「な、なんだぁ？」

「もしかしてキッドが……！」

コナンがインドア・スタジアムへ駆《か》け出《だ》すと、

「あ、おい待《ま》てよ！」

小五郎《こごろう》も慌《あわ》てて後《あと》を追《お》った。

インドア・スタジアム内部《ないぶ》を脱出《だっしゅつ》して外周通路《がいしゅうつうろ》を走《はし》っていたキッドは、封鎖《ふうさ》されている北側入口前《きたがわいりぐちまえ》に出《で》た。先《さき》ほどまで大勢《おおぜい》いた警官《けいかん》はアイダン警部補《けいぶほ》に付《つ》いていったのか、誰《だれ》もいない。

と思《おも》いきや、反対側《はんたいがわ》の階段《かいだん》から警官隊《けいかんたい》がわらわらと駆《か》け上《あ》がってきた。

「いたぞ！　こっちだ！」

「うわっ！　こりゃヤベェな」

キッドはとっさに立《た》ち止《ど》まって、引《ひ》き返《かえ》した。銃《じゅう》を持《も》った警官隊《けいかんたい》が追《お》いかけてくる。

「だけど外《そと》に出《で》ればこっちのもんさ」

ドォルン！

全力疾走《ぜんりょくしっそう》するキッドの背中《せなか》でエンジンが始動《しどう》し、閉《と》じた状態《じょうたい》のプロペラが回転《かいてん》した。キッドがジャンプすると同時《どうじ》にハンググライダーの翼《つばさ》が開《ひら》いて、階段《かいだん》を駆《か》け上《あ》がる警官達《けいかんたち》の頭上《ずじょう》を飛《と》んだ。プロペラが開《ひら》いて、一気《いっき》に上昇《じょうしょう》する。

「こんなにいたのかよ……！」

上空《じょうくう》からスタジアムを見下《みお》ろしたキッドは、場外《じょうがい》にいる警官《けいかん》の数《かず》に驚《おどろ》いた。隣《となり》のナショナル・スタジアムから走《はし》ってくるコナンと小五郎《こごろう》の姿《すがた》も見《み》える。

キッドは下降《かこう》して、コナンに近《ちか》づいた。

「おい待《ま》て!!」

立《た》ち止《ど》まって空《そら》を見上《みあ》げるコナンと視線《しせん》が交錯《こうさく》すると、キッドは再《ふたた》び上昇《じょうしょう》して飛《と》び去《さ》っていった――。

「追《お》え！　必《かなら》ず捕《つか》まえるんだ！」

北側入口《きたがわいりぐち》から出《で》てきたアイダン警部補《けいぶほ》は、警官隊《けいかんたい》を引《ひ》き連《つ》れて、キッドが飛《と》んでいった方向《ほうこう》へ走《はし》っていった。

「おいおい、大丈夫《だいじょうぶ》かよ」

立《た》ち止《ど》まった小五郎《こごろう》が心配《しんぱい》げに見《み》ていると、

「いた！　毛利《もうり》さん、探《さが》していたんです！」

リシがナショナル・スタジアムの方《ほう》から走《はし》ってきた。

「いやぁ、えらいことになりましたなぁ。こんな白昼堂々《はくちゅうどうどう》とキッドが現《あらわ》れるとは……。さすがご安心《あんしん》ください！」

小五郎《こごろう》は自信満々《じしんまんまん》な表情《ひょうじょう》で上《うえ》を向《む》いた。

「この名探偵《めいたんてい》・毛利小五郎《もうりこごろう》、すぐさま追跡《ついせき》を開始《かいし》して、たちどころにかの怪盗《かいとう》をひっ捕《と》らえてご覧《らん》に……」

「それどころじゃないんです！」

「え？」

「大変《たいへん》なことが起《お》こったんです！　今《いま》すぐ金庫室《きんこしつ》に来《き》てください！」

リシのただならぬ顔《かお》つきと緊迫《きんぱく》した声《こえ》に、コナンは嫌《いや》な予感《よかん》がした。


「見《み》て！　すごく大《おお》きな鳥《とり》が飛《と》んでる！」

マリーナベイ・シティ地区《ちく》にあるシンガポール最大《さいだい》の教会《きょうかい》、セント・アンドリュース大《だい》聖堂《せいどう》の上空《じょうくう》を、キッドのハンググライダーが通過《つうか》した。

空《そら》を見上《みあ》げる人々《ひとびと》の横《よこ》を、パトライトを点灯《てんとう》させたパトカーが何台《なんだい》も猛《もう》スピードで走《はし》っていく。

「現在《げんざい》、コールマン・ストリートを追跡中《ついせきちゅう》」

パトカーに乗《の》った警官《けいかん》が無線機《むせんき》で報告《ほうこく》すると、無線機《むせんき》からアイダン警部補《けいぶほ》の声《こえ》が流《なが》れた。

『相手《あいて》は世界的《せかいてき》な盗賊《とうぞく》、しかも連続殺人犯《れんぞくさつじんはん》の疑《うたが》いがある。絶対《ぜったい》に逃《に》がすな！　状況《じょうきょう》によっては市街地《しがいち》での発砲《はっぽう》も許可《きょか》する！』

路上駐車《ろじょうちゅうしゃ》した車《くるま》がずらりと並《なら》ぶ、人通《ひとどお》りのない裏道《うらみち》があった。

上空《じょうくう》からその道《みち》を確認《かくにん》したキッドは、プロペラを閉《と》じて降下《こうか》した。そして地面《じめん》を滑《すべ》るように着地《ちゃくち》する。

「ここまで来《く》れば……」

と息《いき》をついたのもつかの間《ま》——背後《はいご》でキキキー！　と急《きゅう》ブレーキを踏《ふ》む音《おと》がして、一台《いちだい》のパトカーが脇道《わきみち》から突《つ》っ込《こ》んできた。

「くっ！」

キッドがとっさにトランプ銃《じゅう》を構《かま》える。

すると、パトカーから飛《と》び出《だ》した警官達《けいかんたち》が一斉《いっせい》に発砲《はっぽう》して、パンッ、パンッ、パンッと乾《かわ》いた音《おと》が辺《あた》りに響《ひび》いた。

リシに連《つ》れられてインドア・スタジアム内《ない》の金庫室《きんこしつ》に駆《か》けつけた小五郎《こごろう》とコナンは、開《ひら》いた扉《とびら》の前《まえ》に立《た》った。

「こ、これは……」

中央《ちゅうおう》の台座《だいざ》のそばに転《ころ》がっている女《おんな》の遺体《いたい》を見《み》つけて、小五郎《こごろう》が声《こえ》をもらす。

「被害者《ひがいしゃ》はレオン先生《せんせい》の秘書《ひしょ》、レイチェルさんです」

「レイチェルさん!?」

小五郎《こごろう》は驚《おどろ》いて、あらためて遺体《いたい》を見《み》た。

「そうか……彼女《かのじょ》は待《ま》ち合《あ》わせ場所《ばしょ》に来《こ》なかったんじゃなくて、来《こ》られなかったのか……」

リシが「残念《ざんねん》ながら」とうなずく。

「監視《かんし》カメラは調《しら》べたのか？」

小五郎《こごろう》の問《と》いに、リシは「ダメです」とうつむいた。

「ハッキングされ、無人状態《むじんじょうたい》で撮《と》られた映像《えいぞう》が繰《く》り返《かえ》し送信《そうしん》されるようになっていました」

「それで、犯人《はんにん》の目星《めぼし》は？」

「もちろんついています。今《いま》、全力《ぜんりょく》を挙《あ》げて追跡中《ついせきちゅう》ですから」

「追跡中《ついせきちゅう》って、つまり……」

「犯人《はんにん》は怪盗《かいとう》キッドに間違《まちが》いありません！」

リシはきっぱりと言《い》い切《き》った。小五郎《こごろう》の隣《となり》で思案《しあん》にふけっていたコナンが顔《かお》を上《あ》げると、リシは金庫室《きんこしつ》へ入《はい》っていった。

コナンは室内《しつない》を見回《みまわ》した。台座《だいざ》の真上《まうえ》の天井《てんじょう》には、キッドが撃《う》ったワイヤー銃《じゅう》の跡《あと》があった。

（なんにせよ、警備装置《けいびそうち》を解除《かいじょ》しとかなかったのは落《お》ち度《ど》だぜ、キッド）

犯行《はんこう》を怪盗《かいとう》キッドのしわざだと信《しん》じて疑《うたが》わない様子《ようす》のリシに、コナンは「ねぇねぇ」と子供《こども》っぽい口調《くちょう》で話《はな》しかけた。

「本当《ほんとう》ならその時間《じかん》、レイチェルさんはおじさんとの待《ま》ち合《あ》わせでナショナル・スタジアムに来《き》てたはずだよね？　どうして金庫室《きんこしつ》にいたのかな？」

「おお、そういやそうだな」

と小五郎《こごろう》も同調《どうちょう》する。リシはすぐに答《こた》えた。

「金庫室《きんこしつ》の前《まえ》にいた警官《けいかん》によれば、アイダン警部補《けいぶほ》の用事《ようじ》を伝《つた》えに来《き》たそうです。急用《きゅうよう》らしくて、それを優先《ゆうせん》したんじゃないでしょうか。その後《ご》すぐにあの騒《さわ》ぎでしたから」

「でも、キッドが殺人《さつじん》なんて聞《き》いたことねぇぞ」

腑《ふ》に落《お》ちないという表情《ひょうじょう》の小五郎《こごろう》の横《よこ》で、コナンは思案《しあん》にふけった。

金庫室《きんこしつ》にやってきたレイチェルは、おそらくキッドの変装《へんそう》だろう。警官《けいかん》を金庫室《きんこしつ》から離《はな》れさせるために、警官《けいかん》が信用《しんよう》しそうで、かつインドア・スタジアムでかち合《あ》わない人物《じんぶつ》に変装《へんそう》したのだ——。

レイチェルの遺体《いたい》をあらためて見《み》たコナンは、その右手《みぎて》の人差《ひとさ》し指《ゆび》に血《ち》がついているのに気《き》づいた。

「あっ、おい！　勝手《かって》に入《はい》るな！　こいつまたぁ！」

コナンは駆《か》け出《だ》して室内《しつない》に入《はい》った。台座《だいざ》を回《まわ》って遺体《いたい》のそばで片膝《かたひざ》をつく。すると、台《だい》座《ざ》の裏側《うらがわ》に『ｓｈｅ《シー》』の血文字《ちもじ》が見《み》えた。

「ねぇ、この血文字《ちもじ》だけど……」

「コラッ‼」

室内《しつない》に入《はい》ってきた小五郎《こごろう》が、コナンの後《うし》ろ襟《えり》をつかんで持《も》ち上《あ》げた。

「ガキはすっこんでろ！」

コナンは廊下《ろうか》へ放《ほう》り出《だ》されてしまった。金庫室《きんこしつ》を振《ふ》り返《かえ》ると、リシと小五郎《こごろう》が検分《けんぶん》を始《はじ》めていて、コナンは仕方《しかた》なく歩《ある》き出《だ》した。

(完全《かんぜん》にはめられやがったな、キッド)

西日《にしび》が差《さ》す人気《ひとけ》のない路地裏《ろじうら》を、キッドがふらふらと歩《ある》いていた。よろりと壁《かべ》にもたれ、ハァハァと苦《くる》しそうに肩《かた》で息《いき》をする。手《て》で押《お》さえた左肩《ひだりかた》には血《ち》がにじんでいた。顔《かお》にも血《ち》がついている。

「……フン……上等《じょうとう》だ……、お、面白《おもしろ》く……なってきたじゃねえ……か」

笑《わら》いながらつぶやいたキッドはクッと顔《かお》をゆがめると、壁《かべ》に背中《せなか》を滑《すべ》らせてその場《ば》に崩《くず》れ落《お》ちた。

6

チャイナタウンにある屋台村《ホーカー》『マックスウェル・フードセンター』では、大勢《おおぜい》の人《ひと》が食事《しょくじ》を楽《たの》しんでいた。

「ごちそうさまでした」

京極真《きょうごくまこと》は空《から》になった皿《さら》にスプーンを置《お》いた。

「園子《そのこ》さんのセレクトだけあって、チキンライスもスイカジュースもとても美味《おい》しかったです」

「でしょう？」

京極《きょうごく》が食《た》べているのをじっと見《み》つめていた園子《そのこ》が、嬉《うれ》しそうに微笑《ほほえ》む。

「……何《なに》か？」

園子《そのこ》の視線《しせん》に気《き》づいた京極《きょうごく》が顔《かお》を上《あ》げると、園子《そのこ》は慌《あわ》てて目《め》をそらした。

「さ、さてお腹《なか》もふくれたことだし。真《まこと》さん、わたし行《い》きたいところがあるんだけど」

「どこにでもお供《とも》します」

二人《ふたり》が立《た》ち上《あ》がり、園子《そのこ》が膝《ひざ》の上《うえ》のバッグを肩《かた》にかけていると——後《うし》ろからトレイを持《も》って歩《ある》いてきた男《おとこ》がいきなりぶつかってきた。

「きゃあ！」「Wow《ワァウ》!」

ガシャーン！　とトレイが床《ゆか》に落《お》ちて、載《の》っていたチキンライスがぶちまかれた。

「あーっ！　オレのチキンライスがーっ！」

「うわぁ〜、こりゃひでぇ！」

いつの間《ま》にか寄《よ》ってきた別《べつ》の男《おとこ》が英語《えいご》で大《おお》げさに叫《さけ》ぶ。

「姉《ねえ》ちゃん、どうしてくれるんだ。あぁっ？」

いかにも柄《がら》の悪《わる》そうな男二人組《おとこふたりぐみ》が、園子《そのこ》にすごんできた。

「ぶ……ぶつかってきたのは、そっちでしょ！」

「あぁっ？　意味《いみ》わかんねーぞ！　こっち来《こ》いよ！」

男《おとこ》が園子《そのこ》に手《て》を伸《の》ばした。すると京極《きょうごく》が出《で》てきて、その腕《うで》をガッチリとつかむ。

「Shit《シット》!」

男《おとこ》はズボンのポケットから飛《と》び出《だ》しナイフを取《と》り出《だ》して、振《ふ》り回《まわ》した。京極《きょうごく》は難《なん》なくかわし、男《おとこ》の腕《うで》をねじり上《あ》げる。さらに、苦《くる》しそうにのけぞる男《おとこ》の背中《せなか》に、横蹴《よこげ》りを食《く》らわせた。

奥《おく》のテーブルに突《つ》っ込《こ》んだ男《おとこ》は、皿《さら》をなぎ払《はら》い、テーブルを投《な》げ飛《と》ばした。周《まわ》りの客《きゃく》が悲鳴《ひめい》を上《あ》げて外《そと》へ逃《に》げ出《だ》す。

ナイフを持《も》った男《おとこ》とその仲間《なかま》は、京極《きょうごく》と園子《そのこ》にじりじりと迫《せま》った。

「他《ほか》にも仲間《なかま》が潜《ひそ》んでるかもしれません。園子《そのこ》さん、自分《じぶん》から離《はな》れないでください」

「う、うん！」

男《おとこ》の仲間《なかま》が三本《さんぼん》の棒《ぼう》を連結《れんけつ》した武器《ぶき》、三節棍《さんせつこん》を取《と》り出《だ》し、一本《いっぽん》の長《なが》い棒《ぼう》のように構《かま》えて殴《なぐ》りかかってきた。京極《きょうごく》が軽《かる》くかわすと、男《おとこ》はさらに連続《れんぞく》して振《ふ》り回《まわ》す。

「きゃあ！」

京極《きょうごく》がすばやく上体《じょうたい》を前《まえ》にかがめてかわすと、後《うし》ろにいた園子《そのこ》に棒《ぼう》が当《あ》たりそうになった。

しまった——京極《きょうごく》はすぐさま上体《じょうたい》を起《お》こし、男《おとこ》の首筋《くびすじ》に手刀《てがたな》を放《はな》った。

男《おとこ》が崩《くず》れ落《お》ち、男《おとこ》を打《う》ちつけた自分《じぶん》の手《て》を目《め》にしたとたん、京極《きょうごく》の頭《あたま》にレオンの言葉《ことば》がよぎった。

『君《きみ》の拳《こぶし》が危険《きけん》を呼《よ》び、愛《あい》する人《ひと》が傷《きず》つくかもしれない』

「うらあああ！」

そのとき、ナイフを持《も》った男《おとこ》が右側《みぎがわ》から突進《とっしん》してきた。

京極《きょうごく》はナイフの刃《は》を指《ゆび》で挟《はさ》んで受《う》け止《と》めると、その腕《うで》を大《おお》きく振《ふ》り抜《ぬ》いて男《おとこ》を投《な》げ飛《と》ばす。

ドサッと男《おとこ》が床《ゆか》に落《お》ちる音《おと》がして、テーブルの下《した》で縮《ちぢ》こまっていた園子《そのこ》が肩《かた》を跳《は》ね上《あ》げた。おそるおそる目《め》を開《あ》けると——奥《おく》の裏口《うらぐち》のドアが開《あ》いていて、ゆっくりと進《すす》むパトカーが見《み》えた。

助《たす》けを呼《よ》ぼうと、園子《そのこ》はテーブルの下《した》から飛《と》び出《だ》した。

「園子《そのこ》さん！」

京極《きょうごく》が追《お》いかけようとすると、

「ほおたあああー!!」

屋台《やたい》を派手《はで》にぶち抜《ぬ》いて、新《あら》たな男《おとこ》が現《あらわ》れた。カンフーの構《かま》えをするその男《おとこ》は、今《いま》までの中《なか》で一番強《いちばんつよ》そうに見《み》える。

京極《きょうごく》の背後《はいご》には三節棍《さんせつこん》を手《て》にした男《おとこ》が忍《しの》び寄《よ》っていて、京極《きょうごく》はカンフー男《おとこ》と対峙《たいじ》しつつ背後《はいご》に視線《しせん》を向《む》けた。

園子《そのこ》が裏口《うらぐち》から飛《と》び出《だ》すと、そこは人気《ひとけ》のない寂《さび》れた裏道《うらみち》だった。道《みち》の両端《りょうたん》には路上駐《ろじょうちゅう》車《しゃ》の車《くるま》がずらりと並《なら》んでいるが、パトカーの姿《すがた》はない。

少《すこ》し先《さき》に曲《ま》がり角《かど》があり、園子《そのこ》はあたりを見回《みまわ》しながらそこまで走《はし》った。すると、曲《ま》がり角《かど》の先《さき》に店内《てんない》から見《み》かけたパトカーが停《と》まっていた。

「見《み》つけた！　助《たす》けてください!!」

園子《そのこ》が叫《さけ》びながら走《はし》っていくと――後部座席《こうぶざせき》のドアが開《あ》いて、二人《ふたり》の警官《けいかん》が倒《たお》れ込《こ》むように出《で》てきた。気《き》を失《うしな》っているのか、そのまま路上《ろじょう》に倒《たお》れて動《うご》かない。

ヘッドライトをつけたパトカーは急発進《きゅうはっしん》して方向転換《ほうこうてんかん》すると、立《た》ちすくむ園子《そのこ》に向《む》かって突《つ》っ込《こ》んできた。

「あたあああー!!」

京極《きょうごく》と対峙《たいじ》したカンフー男《おとこ》は、いきなり鋭《するど》い突《つ》きを繰《く》り出《だ》した。難《なん》なくさばく京極《きょうごく》の背《はい》後《ご》で、別《べつ》の男《おとこ》が三節棍《さんせつこん》を振《ふ》り回《まわ》す。

京極《きょうごく》はすばやく伏《ふ》せてかわし、さらにカンフー男《おとこ》の回《まわ》し蹴《げ》りをのけぞってかわすと、そのみぞおちに強烈《きょうれつ》な蹴《け》りを放《はな》った。吹《ふ》っ飛《と》ばされたカンフー男《おとこ》が三節棍男《さんせつこんおとこ》に激突《げきとつ》して、一《いっ》緒《しょ》くたに倒《たお》れる。そのとき、

「きゃあああ!」

遠《とお》くから園子《そのこ》の悲鳴《ひめい》がした。

(園子《そのこ》さん!?)

京極《きょうごく》が気《き》を取《と》られている隙《すき》に、

「うおおおー!!」

三節棍男《さんせつこんおとこ》が再《ふたた》び襲《おそ》いかかってきた。京極《きょうごく》は振《ふ》り下《お》ろされた三節棍《さんせつこん》を手刀《てがたな》でへし折《お》ると、間髪《かんはつ》をいれず顔面《がんめん》に蹴《け》りを入《い》れた。

続《つづ》いてカンフー男《おとこ》が飛《と》び込《こ》んできた。京極《きょうごく》は柱《はしら》を足場《あしば》に高《たか》く飛《と》ぶと、カンフー男《おとこ》の顔面《がんめん》

に飛《と》び蹴《げ》りをかけた。

男達《おとこたち》を倒《たお》した京極《きょうごく》は、すぐさま裏口《うらぐち》から外《そと》に出《で》た。

人《ひと》の声《こえ》がする方《ほう》へ走《はし》って行《い》くと、曲《ま》がり角《かど》の先《さき》に何《なに》かを囲《かこ》むように十人《じゅうにん》ほどの人《ひと》だかりができていた。英語《えいご》で何《なに》やら騒《さわ》いでいる。

まさか——京極《きょうごく》が人《ひと》だかりの中心《ちゅうしん》へ近《ちか》づくと、傷《きず》を負《お》った園子《そのこ》が横《よこ》たわっていた。

「……園子《そのこ》さん……」

一瞬《いっしゅん》、京極《きょうごく》の頭《あたま》の中《なか》が真《ま》っ白《しろ》になった。すぐに我《われ》に返《かえ》り、駆《か》け寄《よ》って抱《だ》き起《お》こす。

「園子《そのこ》さん……園子《そのこ》さん……園子《そのこ》さん！」

必死《ひっし》に呼《よ》びかけたが、園子《そのこ》は目《め》を閉《と》じたまま反応《はんのう》がない。

絶望的《ぜつぼうてき》な表情《ひょうじょう》を浮《う》かべる京極《きょうごく》の耳《みみ》に、救急車《きゅうきゅうしゃ》のサイレンが聞《き》こえてきた——。


園子《そのこ》が運《はこ》び込《こ》まれた病院《びょういん》の待合室《まちあいしつ》は、夜《よる》になると人気《ひとけ》がなくなり、コナン達《たち》だけが残《のこ》っていた。待合室《まちあいしつ》の奥《おく》では清掃員《せいそういん》がモップをかけていて、ベンチに一人《ひとり》腰掛《こしか》けた京極《きょうごく》が膝《ひざ》に肘《ひじ》をついてうなだれている。

しばらくすると、医師《いし》に話《はなし》を聞《き》きに行《い》っていた蘭《らん》が戻《もど》ってきた。

「怪我《けが》の状態《じょうたい》はどうだって？」

小五郎《こごろう》が心配《しんぱい》そうにたずねる。

「命《いのち》に別状《べつじょう》はないって。今《いま》は眠《ねむ》ってるから今夜《こんや》は入院《にゅういん》して、明日検査《あしたけんさ》をするそうよ」

蘭《らん》は「ホントよかった……」と胸《むね》に手《て》を当《あ》てた。

「にしても悪質《あくしつ》なひき逃《に》げって許《ゆる》せねぇ!!」

「……自分《じぶん》のせいです」

突然《とつぜん》、ベンチでうなだれていた京極《きょうごく》がつぶやいた。

「自分《じぶん》のせいで、園子《そのこ》さんが……」

京極《きょうごく》のひどい落《お》ち込《こ》みように、蘭《らん》と小五郎《こごろう》はかける言葉《ことば》もなかった。するとそこにリシが駆《か》け込《こ》んできた。

「お待《ま》たせしました。遅《おそ》くなりましてすみません」

「おお、ご苦労《くろう》さん。捜査《そうさ》の状況《じょうきょう》は？」

「現場《げんば》は人通《ひとどお》りの少《すく》ない裏道《うらみち》で、目撃者《もくげきしゃ》もなく……いえ、正確《せいかく》には人《ひと》はいたのですが、パトカーを奪《うば》われる際《さい》に不意《ふい》を突《つ》かれて気絶《きぜつ》させられていました」

コナンがリシの報告《ほうこく》を聞《き》きながら考《かんが》え込《こ》んでいると、リシが「京極《きょうごく》さん」と呼《よ》んだ。

京極《きょうごく》が弱《よわ》りきった顔《かお》を上《あ》げる。

「園子《そのこ》さんが被害《ひがい》に遭《あ》う直前《ちょくぜん》まで、一緒《いっしょ》にいたんですよね？」

「はい。食事《しょくじ》をしていると男達《おとこたち》が襲《おそ》ってきて……それで、あの三人《さんにん》は今《いま》どこに？」

京極《きょうごく》がたずねると、リシは「それが……」と面目《めんぼく》なさげに頭《あたま》を下《さ》げた。

「我々《われわれ》が駆《か》けつけたときには姿《すがた》がありませんでした。あのあたりを縄張《なわば》りにしてるチンピラだと思《おも》うのですが……」

コナンは「ねぇねぇ」と京極《きょうごく》に話《はな》しかけた。

「どうして京極《きょうごく》さん達《たち》が襲《おそ》われたの？」

「それがわからないんです。いきなり言《い》いがかりをつけてきて……」

「ふーん。でもなんで園子姉《そのこねえ》ちゃん、京極《きょうごく》さんから離《はな》れちゃったんだろ？　一緒《いっしょ》にいれば安全《あんぜん》なのに」

コナンの言葉《ことば》が、京極《きょうごく》の胸《むね》に突《つ》き刺《さ》さった。

あのとき、裏口《うらぐち》からパトカーが見《み》えたことを知《し》らない京極《きょうごく》は、園子《そのこ》がどうして一人《ひとり》で逃《に》げ出《だ》したのかわからなかったのだ。

リシはハァ……とため息《いき》をついた。

「次《つぎ》から次《つぎ》へと事件《じけん》が……正直手《しょうじきて》が足《た》りません」

「キッドはどうなったの？」

コナンがたずねる。

「あと少《すこ》しのところで逃《に》げられてしまったらしい。今《いま》も捜索中《そうさくちゅう》……って、坊《ぼう》や。もういい加減《かげん》家《いえ》に帰《かえ》る時間《じかん》だよ？」

ヤバイ、とコナンが思《おも》ったとき、

「お邪魔《じゃま》してしまったかな」

花束《はなたば》を持《も》ったレオンが現《あらわ》れた。

「レオン先生《せんせい》！　どうしてここに？」

「事故《じこ》のことを聞《き》き、飛《と》んできました」

「園子《そのこ》はまだ眠《ねむ》っていて……」

蘭《らん》が言《い》うと、レオンは花束《はなたば》を差《さ》し出《だ》した。

「ではこれをお渡《わた》しいただけますか」

「わかりました。ありがとうございます」

花束《はなたば》を渡《わた》したレオンは、ベンチに座《すわ》る京極《きょうごく》を振《ふ》り返《かえ》り、京極《きょうごく》の前《まえ》で片膝《かたひざ》をついた。

「どうやら僕《ぼく》の心配《しんぱい》が的中《てきちゅう》してしまったようだね」

京極《きょうごく》を見《み》つめるレオンの瞳《ひとみ》は、労《ねぎら》っているようでどこか冷《ひ》ややかだった。

「戦《たたか》いの神《かみ》が君《きみ》に試練《しれん》を与《あた》えているんだよ。君《きみ》にはまだ、拳《こぶし》を振《ふ》るう心技体《しんぎたい》が備《そな》わっていないのだと……。そうだ。君《きみ》にお守《まも》りをあげよう」

レオンは上着《うわぎ》のポケットを探《さぐ》ると、京極《きょうごく》の右手首《みぎてくび》にヒモを巻《ま》きつけた。そして、選手控《せんしゅひか》え室《しつ》のときと同《おな》じ冷《ひ》ややかで妖《あや》しげな瞳《ひとみ》で、京極《きょうごく》を捉《とら》える。

「ミサンガのようなものだよ。これが切《き》れたら、心技体《しんぎたい》が備《そな》わったと神《かみ》に認《みと》められた証《あかし》だが、切《き》れる前《まえ》に拳《こぶし》を振《ふ》るえば……わかっているよね？」

魅入《みい》られたようにレオンの瞳《ひとみ》を見《み》つめていた京極《きょうごく》は、気《き》づかなかった。巻《ま》きつけられたミサンガに、スチールワイヤーが仕込《しこ》まれていたことを――。

レオンは立《た》ち上《あ》がると、小五郎達《こごろうたち》に軽《かる》く会釈《えしゃく》しつつ出口《でぐち》に向《む》かった。

一同《いちどう》がレオンを見送《みおく》る中《なか》、清掃《せいそう》を終《お》えた清掃員《せいそういん》が後《うし》ろを通《とお》り過《す》ぎていき、コナンはチラリとその姿《すがた》を見《み》た。


コナンが病院《びょういん》の屋上《おくじょう》に出《で》ると、貯水槽《ちょすいそう》のそばでキッドが肩《かた》の傷《きず》の手当《てあ》てをしていた。キッドのそばには清掃業者《せいそうぎょうしゃ》の制服《せいふく》が脱《ぬ》ぎ捨《す》てられ、バッグの中《なか》には病院《びょういん》から盗《ぬす》んだ医療用品《いりょうようひん》が入《はい》っていた。

「いてっ！」

「ひどくやられたな」

コナンは貯水槽《ちょすいそう》の陰《かげ》から声《こえ》をかけた。

「この程度《ていど》なんでもねぇよ。ったく、遠慮《えんりょ》なく撃《う》ちやがって……今回《こんかい》はしてやられたぜ」

「レイチェルさんの殺害《さつがい》はお前《まえ》の仕業《しわざ》ってことになってる。全《すべ》ては罠《わな》だ。お前《まえ》に罪《つみ》を着《き》せるためのな」

コナンがそう言《い》いながらキッドに近《ちか》づいていくと、キッドは大雑把《おおざっぱ》に包帯《ほうたい》を巻《ま》いている手《て》を止《と》めて顔《かお》を上《あ》げた。

「まるでマジックだな。オレはそこに存在《そんざい》しねぇのに、観客《かんきゃく》にはまさにオレが殺人犯《さつじんはん》としてその場《ば》にいたかのように見《み》えている」

「つまり視点《してん》を入《い》れ替《か》えれば、タネが見《み》えてくるって寸法《すんぽう》か……」

不意《ふい》に、キッドのマントがバサッと広《ひろ》がってコナンの視界《しかい》を覆《おお》った。マントが下《お》りると、そこには純白《じゅんぱく》のシルクハットとスーツに身《み》を包《つつ》んだキッドが立《た》っていた。

「ああ。握《にぎ》った拳《こぶし》の中《なか》にまるで何《なに》かがあるように思《おも》わせるのがマジシャンで、その拳《こぶし》を開《ひら》く前《まえ》に中身《なかみ》を言《い》い当《あ》てるのが探偵《たんてい》だろ？」

振《ふ》り返《かえ》ってニヤリと笑《え》みを浮《う》かべたキッドは、コナンの横《よこ》を通《とお》り過《す》ぎた。

（ん？）

手《て》にズシリと重《おも》みを感《かん》じたコナンが手元《てもと》を見《み》ると——犯人追跡《はんにんついせき》メガネ、蝶《ちょう》ネクタイ型変《がたへん》声機《せいき》、腕時計型麻酔銃《うでどけいがたますいじゅう》、そしてボール射出《しゃしゅつ》ベルトが戻《もど》っていた。

驚《おどろ》いて振《ふ》り返《かえ》ると、キッドは軽《かろ》やかにジャンプして巨大《きょだい》な配管《はいかん》の上《うえ》に乗《の》った。

「中身《なかみ》を言《い》い当《あ》ててくれよ、名探偵《めいたんてい》。殺人《さつじん》という名《な》の謎《なぞ》めいた拳《こぶし》の中身《なかみ》をな」

キッドはコナンに向《む》けた拳《こぶし》をパッと開《ひら》いて見《み》せると、マントを翻《ひるがえ》して配管《はいかん》から飛《と》び降《お》りた。瞬時《しゅんじ》にハンググライダーが開《ひら》いて、夜空《よぞら》を飛《と》び去《さ》っていく。

「……ったく」

気安《きやす》く言《い》いやがって――コナンは夜空《よぞら》を飛《と》ぶハンググライダーを見上《みあ》げながら、道具《どうぐ》をポケットにしまった。

病院《びょういん》から出《で》てきたリシがロータリー脇《わき》に停《と》めた車《くるま》に乗《の》ろうとしたとき、柱《はしら》のそばでしょんぼりとうつむいているコナンを見《み》つけた。

「坊《ぼう》や、まだ帰《かえ》ってなかったのかい？」

「ねぇ……今夜《こんや》一晩《ひとばん》、泊《と》めてくれない？」

「ええ⁉ 僕《ぼく》の家《うち》にかい？」

「家《うち》に帰《かえ》っても、ボク一人《ひとり》なんだ」

話《はなし》を聞《き》いたリシが車《くるま》から離《はな》れてコナンに歩《あゆ》み寄《よ》ると、コナンは顔《かお》を上《あ》げた。

「あんなことがあったばかりだし、怖《こわ》くって……。リシさんと一緒《いっしょ》って言《い》えば、お父《とう》さん達《たち》も安心《あんしん》すると思《おも》うんだ」

リシは、うーん……と困《こま》った顔《かお》をした。コナンが後《うし》ろめたそうに目《め》をそらす。

(アイツと二日《ふつか》続《つづ》けて同《おな》じ部屋《へや》とか最悪《さいあく》だしな……)

昨夜《さくや》、キッドと同《おな》じベッドで寝《ね》たコナンは、キッドのイビキと寝相《ねぞう》の悪《わる》さでちっとも眠《ねむ》れなかったのだ。

「お願《ねが》い！」

コナンが手《て》を合《あ》わせると、リシは「んんー……」と考《かんが》え込《こ》んだ。

国土《こくど》が狭《せま》いシンガポールでは、国民《こくみん》の多《おお》くが『HDB《エイチディービー》』と呼《よ》ばれるマンションタイプの公営住宅《こうえいじゅうたく》に住《す》んでいるといわれ、リシの自宅《じたく》も高層《こうそう》マンションの高層階《こうそうかい》にあった。

部屋《へや》は広《ひろ》くはないがよく片付《かたづ》けられていて、リビングの棚《たな》にはリシの父親《ちちおや》らしき写真《しゃしん》と共《とも》に、たくさんのメダルや盾《たて》が飾《かざ》られていた。

「うわぁ、すごい！　これみんなリシさんのお父《とう》さんがもらったものなの？」

「そうだよ。親父《おやじ》は海洋学者《かいようがくしゃ》でね。五年前《ごねんまえ》に亡《な》くなってしまったんだけど。研究《けんきゅう》の過程《かてい》で海《うみ》に沈《しず》んだ遺跡《いせき》を見《み》つけたりしていたんだ」

「自慢《じまん》のお父《とう》さんだね」

コナンが言《い》うと、リシは「うん」と誇《ほこ》らしそうにうなずいた。

「じゃあ僕《ぼく》はまだ仕事《しごと》が残《のこ》ってるから、アーサー君《くん》は先《さき》に寝《ね》ててくれ」

「はーい」

と元気《げんき》に返事《へんじ》をしたコナンは、ふと机《つくえ》の方《ほう》へ目《め》をやった。机《つくえ》の前《まえ》にはシンガポール周辺《しゅうへん》の大《おお》きな地図《ちず》が貼《は》られ、所々《ところどころ》に赤《あか》い印《しるし》がつけられている。

「ねぇ、リシさん。この地図《ちず》についてる赤《あか》い印《しるし》は何《なに》？」

「ああ、これは海賊《かいぞく》に船《ふね》が襲《おそ》われた場所《ばしょ》を示《しめ》しているんだ」

「海賊《かいぞく》って、今《いま》でもいるの？」

「いるさ。昔《むかし》はシンガポールの近《ちか》くにもたくさんいたんだよ」

「海賊《かいぞく》の目的《もくてき》はなんなの？　やっぱりお金《かね》？」

コナンがたずねると、リシは「そうだね」と地図《ちず》を見《み》たままうなずいた。

「でもそのやり口《くち》は昔《むかし》とずいぶん変《か》わってる」

「へぇ」

「彼《かれ》らは小舟《こぶね》で大《おお》きなタンカーにそっと近《ちか》づいて乗船《じょうせん》する。船員達《せんいんたち》が気《き》づいたとき、船《ふね》はもう制圧《せいあつ》されてるってワケさ。海賊達《かいぞくたち》は積荷《つみに》を奪《うば》ったり船員《せんいん》を人質《ひとじち》にして、身代金《みのしろきん》を取《と》ったりするんだ」

リシはそう言《い》うと、机《つくえ》に置《お》かれたスリープ状態《じょうたい》のノートパソコンのエンターキーを押《お》した。スリープが解除《かいじょ》されて、パスワード入力《にゅうりょく》画面《がめん》になった。

「ま、目下《もっか》の悩《なや》みは海賊《かいぞく》より殺害事件《さつがいじけん》なんだよなぁ。それに怪盗《かいとう》キッド……アイダン警部《けいぶ》補《ほ》から資料《しりょう》を借《か》りたんだけど、今夜《こんや》は徹夜《てつや》だぞ……っと」

パスワードを入力《にゅうりょく》するリシの後《うし》ろで、コナンは腕時計型麻酔銃《うでどけいがたますいじゅう》を構《かま》えた。

リシがエンターキーを押《お》すと同時《どうじ》に、その首筋《くびすじ》に麻酔針《ますいばり》が命中《めいちゅう》する。

「……！」

ピクッと顔《かお》を上《あ》げたリシは、すぐに目《め》がトロンとしてその場《ば》に崩《くず》れ落《お》ちた。

(リシさんには申《もう》し訳《わけ》ねぇけど、一眠《ひとねむ》りしてもらうよ)

コナンは腕時計《うでどけい》をポケットにしまい、机《つくえ》に向《む》かった。

椅子《いす》によじ登《のぼ》ってすばやくマウスに手《て》を乗《の》せると、パソコンを操作《そうさ》して事件《じけん》のデータを次々《つぎつぎ》と見《み》ていった。


病院《びょういん》の薄暗《うすぐら》い待合室《まちあいしつ》で、小五郎《こごろう》と蘭《らん》が肩《かた》を寄《よ》せ合《あ》って眠《ねむ》っていた。

京極《きょうごく》は園子《そのこ》の病室《びょうしつ》にいた。テーブルランプだけ灯《とも》した薄暗《うすぐら》い部屋《へや》で、ベッドの脇《わき》に座《すわ》り、眠《ねむ》っている園子《そのこ》を見守《みまも》っている。

不意《ふい》に、膝《ひざ》に置《お》いた手《て》に巻《ま》かれたミサンガが目《め》に入《はい》った。同時《どうじ》にレオンの言葉《ことば》が頭《あたま》をよぎる。

『これが切《き》れたら、心技体《しんぎたい》が備《そな》わったと神《かみ》に認《みと》められた証《あかし》だが、切《き》れる前《まえ》に拳《こぶし》を振《ふ》るえば……わかっているよね?』

「ねぇ、それ何《なに》? そんなのしてたっけ?」

声《こえ》に驚《おどろ》いて顔《かお》を上《あ》げると、園子《そのこ》が京極《きょうごく》を見《み》て微笑《ほほえ》んでいた。

「園子《そのこ》さん! 気《き》がついたんですか!?」

「んふふ、実《じつ》は結構前《けっこうまえ》から」

椅子《いす》から立《た》ち上《あ》がった京極《きょうごく》は、ハァ……と安堵《あんど》の息《いき》をもらした。

「よかったです！　本当《ほんとう》に……」

「ねぇ、それ。何《なに》かのおまじない？」

「え、ええ……そのようなものです」

京極《きょうごく》は反射的《はんしゃてき》にミサンガを左手《ひだりて》で隠《かく》した。

隠《かく》された京極《きょうごく》の右手《みぎて》をじっと見《み》つめた園子《そのこ》は「よっ」と布団《ふとん》をはねのけた。

「ダメですよ。ゆっくり休《やす》んでください」

「全然眠《ぜんぜんねむ》くないのよね」

園子《そのこ》は左腕《ひだりうで》を上《あ》げ、手首《てくび》につけた患者認識用《かんじゃにんしきよう》のリストバンドを見《み》た。

「せっかくシンガポールまで来《き》たのにつまんない」

「無理《むり》をすると体《からだ》にさわります。今夜《こんや》はおとなしくしていてください」

京極《きょうごく》はそう言《い》って布団《ふとん》をかけ直《なお》した。京極《きょうごく》の顔《かお》が近《ちか》づいて、左眉《ひだりまゆ》の絆創膏《ばんそうこう》が園子《そのこ》の視界《しかい》に入《はい》る。

「ねぇ、前《まえ》から聞《き》きたかったんだけど、その左眉《ひだりまゆ》の絆創膏《ばんそうこう》、なんで取《と》らないの？」

「い、いや、これは特《とく》に話《はな》すようなことでは……」

京極《きょうごく》は絆創膏《ばんそうこう》を手《て》で隠《かく》すと、そそくさと窓際《まどぎわ》へ行《い》ってしまった。

その挙動不審《きょどうふしん》な態度《たいど》が、園子《そのこ》を不安《ふあん》にさせた。

さっきのミサンガといい、絆創膏《ばんそうこう》といい、どうして教《おし》えてくれないんだろう――。

園子《そのこ》は京極《きょうごく》に背《せ》を向《む》けるように寝返《ねがえ》りを打《う》つと、布団《ふとん》を頭《あたま》までかぶった。


日付《ひづけ》が変《か》わった明《あ》け方《がた》。閉鎖《へいさ》されて何年《なんねん》も経《た》つ造船所《ぞうせんじょ》の前《まえ》に、レオンの車《くるま》が停《と》まった。

車《くるま》から出《で》てきたレオンとジャマルッディンは、埠頭《ふとう》から伸《の》びた桟橋《さんばし》に降《お》りて、先端《せんたん》に立《た》った。

波《なみ》のない穏《おだ》やかな海面《かいめん》には、きれいな月《つき》が映《うつ》っている。

すると、まだ真《ま》っ暗《くら》な海《うみ》の向《む》こうからボートが走《はし》る音《おと》が聞《き》こえてきた。

桟橋《さんばし》に横付《よこづ》けされたエンジン付《つ》きの小型《こがた》ボートには、三人《さんにん》の男《おとこ》が乗《の》っていた。船首《せんしゅ》に立《た》つチャイナシャツを着《き》た五十代半《ごじゅうだいなか》ばの長髪《ちょうはつ》の男《おとこ》は、サングラスをかけたレオンをにらむように見《み》た。

「全《すべ》てが終《お》わるまで、会《あ》わない約束《やくそく》のはずでは？」

レオンはボートの方《ほう》を見《み》ずに言《い》った。

「完璧《かんぺき》な計画《けいかく》だと抜《ぬ》かしていたが、本当《ほんとう》に大丈夫《だいじょうぶ》なんだろうな？」

「クッ、その面構《つらがま》えの割《わり》には心配性《しんぱいしょう》のようだ」

と鼻《はな》で笑《わら》うレオンに、男《おとこ》は眉《まゆ》をひそめた。

「お前《まえ》は口《くち》の利《き》き方《かた》を知《し》らんようだな」

ボートに乗《の》っていた男《おとこ》の手下《てした》が立《た》ち上《あ》がり、桟橋《さんばし》を登《のぼ》ろうとした。すると、ジャマルッディンが回《まわ》し蹴《げ》りで一人《ひとり》を海《うみ》にたたき落《お》とし、続《つづ》けざまに後《うし》ろ回《まわ》し蹴《げ》りで二人目《ふたりめ》を蹴《け》り飛《と》ばす。

レオンはボートに一人残《ひとりのこ》った男《おとこ》の方《ほう》を向《む》いて、冷《ひ》ややかな笑《え》みを浮《う》かべた。

「約束《やくそく》は守《まも》るよ、私《わたし》はね」

コンテナ船《せん》が着《つ》く岸壁《がんぺき》にそびえ立《た》つ大型《おおがた》クレーンの頂上《ちょうじょう》に、キッドの姿《すがた》があった。

カメラ機能《きのう》付《つ》きの暗視《あんし》ゴーグルをかけたキッドは、レオン達《たち》がいる桟橋《さんばし》をズームアップして見《み》ていた。さらにボートに乗《の》っている男《おとこ》の顔《かお》をズームアップしてシャッターを切《き》る。

「やられたら、やり返《かえ》す。それがオレの流儀《りゅうぎ》でね」

やがてレオンとジャマルッディンが桟橋《さんばし》を去《さ》っていくのを見届《みとど》けると、キッドはハンググライダーで夜明《よあ》けの空《そら》に飛《と》び立《た》った。

7

シンガポール空手《からて》トーナメント二日目《ふつかめ》。

大会《たいかい》の会場《かいじょう》であるインドア・スタジアムで殺人事件《さつじんじけん》が起《お》きたが、主催者側《しゅさいしゃがわ》は捜査当局《そうさとうきょく》に全面的《ぜんめんてき》な協力《きょうりょく》をした上《うえ》で、大会《たいかい》の予定《よてい》に変更《へんこう》はないと発表《はっぴょう》した。

A組《エーぐみ》の準決勝《じゅんけっしょう》に進《すす》んだジャマルッディンは、試合開始早々《しあいかいしそうそう》に中段下突《ちゅうだんしたづ》きと上段回《じょうだんまわ》し蹴《げ》りを決《き》めて、相手《あいて》をノックアウトした。

試合《しあい》が終《お》わってジャマルッディンが控《ひか》え室《しつ》に戻《もど》ろうとしたとき、場内《じょうない》アナウンスが流《なが》れた。

『ここで皆様《みなさま》にお知《し》らせします。準決勝第二試合《じゅんけっしょうだいにしあい》、京極真対《きょうごくまことたい》タン・リーは、京極真選手《きょうごくまことせんしゅ》の棄権《きけん》によりタン・リー選手《せんしゅ》が決勝進出《けっしょうしんしゅつ》となります』

観客席《かんきゃくせき》がどよめき、ジャマルッディンは目《め》の前《まえ》の壁《かべ》に拳《こぶし》を叩《たた》きつけた。

「余計《よけい》なことを……っ！」

その頃《ころ》。京極《きょうごく》は園子《そのこ》の病室《びょうしつ》にいた。

頭《あたま》に包帯《ほうたい》を巻《ま》いて車椅子《くるまいす》に座《すわ》る園子《そのこ》の前《まえ》で膝《ひざ》をつき、大会《たいかい》を棄権《きけん》したことを伝《つた》えた。

「なんでよ？　わたしのせい⁉」

園子《そのこ》が身《み》を乗《の》り出《だ》してたずねると、京極《きょうごく》はどこかさばさばした表情《ひょうじょう》で言《い》った。

「我々《われわれ》を襲《おそ》った連中《れんちゅう》がまた襲《おそ》ってこないとも限《かぎ》りませんので、園子《そのこ》さんのそばを離《はな》れるわけには……」

「やっぱわたしのせいじゃない。大会《たいかい》に出《で》てよ。戦《たたか》いたい相手《あいて》がいるんでしょ？」

「……ええ」

京極《きょうごく》は微妙《びみょう》な笑《え》みを浮《う》かべると、立《た》ち上《あ》がって車椅子《くるまいす》の後《うし》ろに回《まわ》った。

「ですが、園子《そのこ》さん一人守《ひとりまも》れなかった自分《じぶん》には、まだ何《なに》か欠《か》けていると感《かん》じ……」

「そりゃ欠《か》けてるでしょうね」

うつむいた園子《そのこ》が冷《ひ》ややかな口調《くちょう》で言《い》った。

「真《まこと》さん、隠《かく》し事《ごと》ばっかだし」

「……隠《かく》し事《ごと》？」

「ミサンガのことも、絆創膏《ばんそうこう》のことも、教《おし》えてくれないじゃない」

「いえ、これは本当《ほんとう》にその……」

京極《きょうごく》が慌《あわ》てて絆創膏《ばんそうこう》を手《て》で隠《かく》すと、

「出《で》てって！」

園子《そのこ》が声《こえ》を荒《あら》らげた。

「そんな偽《いつわ》りだらけの男《おとこ》に守《まも》られたくなんかないわ！」

振《ふ》り返《かえ》った園子《そのこ》は目《め》に涙《なみだ》をためていた。

京極《きょうごく》は無言《むごん》で病室《びょうしつ》を出《で》た。ドアの前《まえ》でしばらくうつむいていたが、クルリとドアに背《せ》を向《む》け、そのまま仁王立《におうだ》ちしてドアの前《まえ》から動《うご》かなかった。


蘭《らん》と新一《しんいち》に変装《へんそう》したキッドは街《まち》のカフェで遅《おそ》めの朝食《ちょうしょく》を摂《と》っていた。

ココナッツミルク、卵《たまご》、砂糖《さとう》、パンダンリーフという香草《こうそう》を煮詰《につ》めて作《つく》ったカヤジャムとバターを挟《はさ》んだカヤトーストを食《た》べて、コーヒーを飲《の》む。

「昨日《きのう》はホント心配《しんぱい》したんだからね。ずっと連絡取《れんらくと》れなくなっちゃってさ」

向《む》かい合《あ》って座《すわ》る蘭《らん》に言《い》われて、キッドは「悪《わり》い悪《わり》い」と謝《あやま》った。

「キッドを追《お》いかけるのに夢中《むちゅう》になっちまって。さすが月下《げっか》の奇術師《きじゅつし》だぜ。この工藤新一《くどうしんいち》をもってしても、とらえるのは無理《むり》……ぎえええー！」

話《はな》している途中《とちゅう》で突然《とつぜん》、足《あし》を踏《ふ》みつけられたキッドは、悲鳴《ひめい》を上《あ》げた。

「あら、アーサー君《くん》」

キッドの足《あし》を踏《ふ》んだのは、いつの間《ま》にか現《あらわ》れたコナンだった。

「こんにちは。お友《とも》だちの園子《そのこ》お姉《ねえ》さんは大丈夫《だいじょうぶ》だった？」

「うん。さっき病院《びょういん》に寄《よ》ってきたんだけど、検査《けんさ》の結果《けっか》、問題《もんだい》ないって。午後《ごご》には退院《たいいん》してホテルに戻《もど》るみたいよ」

「へぇー、よかったね」

「心配《しんぱい》してくれてありがと」

蘭《らん》が礼《れい》を言《い》うと、痛《いた》みにもだえ苦《くる》しんでいたキッドがようやく顔《かお》を上《あ》げた。

「そういや、小五郎《こごろう》のおっちゃんはどうしてんだ？」

「朝《あさ》からプラウンミー（蝦麺《えびめん》）のお店《みせ》で飲《の》んでるわ」

「懲《こ》りねぇな」

「ホントよ。お酒《さけ》こぼされてシャツ一枚《いちまい》ダメにしたばっかりなのに」

蘭《らん》はあきれ顔《がお》でそう言《い》うと、席《せき》を立《た》った。

「じゃ、そろそろホテルに戻《もど》ろ。帰《かえ》りの荷物《にもつ》まとめたいし」

「園子《そのこ》お姉《ねえ》さん達《たち》はほっといていいの？」

コナンがたずねると、蘭《らん》は「うん……」と少《すこ》し困《こま》った顔《かお》をした。

「しばらくそっとしておこうかなぁって……、あの二人《ふたり》、なんかもめてたっぽいから……京極《きょうごく》さんは試合棄権《しあいきけん》しちゃったし……」

眉根《まゆね》を寄《よ》せて話《はな》していた蘭《らん》が顔《かお》を上《あ》げると——いつの間《ま》にか目《め》の前《まえ》の新一《しんいち》とアーサーがいなくなっていた。

「あれ？　新一《しんいち》⁉」

カフェを出《で》たキッドとコナンは、複合施設《ふくごうしせつ》『サンテック・シティ』にある世界最大級《せかいさいだいきゅう》の噴水《ふんすい》『富の泉《とみのいずみ》』の前《まえ》に来《き》ていた。地下一階《ちかいっかい》にある噴水《ふんすい》は円形《えんけい》のロータリー交差点《こうさてん》の中心《ちゅうしん》でもあり、コナンとキッドは階段《かいだん》を上《あ》がって地上《ちじょう》に出《で》ると、車道《しゃどう》の内側《うちがわ》にある公園《こうえん》スペースの段差《だんさ》に腰《こし》掛《か》けた。

「で、ゆうべの収穫《しゅうかく》はあったのか？　名探偵《めいたんてい》」

キッドがたずねると、コナンは噴水《ふんすい》の方《ほう》を向《む》いたまま「ああ」とうなずいた。

「リシさんの家《いえ》で見《み》た捜査資料《そうさしりょう》によると、こうだ。目撃者《もくげきしゃ》の証言《しょうげん》からシェリリンさんが刺《さ》されたのは倒《たお》れたショッピングモールではなく、タワー3のエレベーターの中《なか》ではないかということだ。でも、なんでわざわざエレベーターの中《なか》で……」

「下手《へた》すれば逃《に》げ場《ば》がないのにな」

キッドも疑問《ぎもん》に思《おも》うところは同《おな》じだった。

「彼女《かのじょ》は背中《せなか》を市販《しはん》のナイフで刺《さ》されたまま、ショッピングモールまで移動《いどう》。そして倒《たお》れた直後《ちょくご》、地下駐車場《ちかちゅうしゃじょう》で彼女《かのじょ》の車《くるま》が爆発《ばくはつ》。その影響《えいきょう》で、ホテル全体《ぜんたい》が停電《ていでん》する」

「これでホテル内《ない》にある防犯《ぼうはん》カメラの映像《えいぞう》は、全《すべ》て消《き》えてしまったってワケか」

「気《き》になるのは、現場《げんば》にレオンがいたことだ。彼《かれ》は自分《じぶん》の部屋《へや》とシェリリンさんの部屋《へや》まで手配《てはい》していた。だが、彼女《かのじょ》が殺害《さつがい》されたとき、レオンはスーツケースを持《も》って別《べつ》のエレベーターに乗《の》っていたとの目撃者《もくげきしゃ》も多数《たすう》……」

「アリバイが確認《かくにん》されたため、捜査線上《そうさせんじょう》からは外《はず》されたってことか」

キッドは肩《かた》をすくめて両手《りょうて》の手《て》のひらを上《うえ》に向《む》けた。

コナンが「そのとおり」とうなずく。

「そういえば、どうしてレオンはスーツケースを持《も》っていたんだ？」

キッドは疑問《ぎもん》に思《おも》った。ホテルに部屋《へや》を取《と》っていたとはいえ、旅行《りょこう》に行《い》くわけでもないのにスーツケースを持《も》っているのはいささか不自然《ふしぜん》だ。

「ああ、もちろん、この中《なか》も警察《けいさつ》は調《しら》べたが、中身《なかみ》は空《から》。スーツケースは修理《しゅうり》に出《だ》していたものを引《ひ》き取《と》ってきただけだった。ホテルの近《ちか》くの店《みせ》が依頼《いらい》を受《う》けていたことも確認済《かくにんず》み」

「アリバイは完璧《かんぺき》、か」

キッドはそう言《い》うと、不快《ふかい》げに眉《まゆ》をひそめた。

「あとは一《ひと》つ、こいつだ。なぜオレの予告状《よこくじょう》が現場《げんば》に残《のこ》されていたのか……オレを巻《ま》き込《こ》む必要《ひつよう》がどこにある？」

「しかもわざわざ血糊《ちのり》を塗《ぬ》ってまでな」

コナンは捜査資料《そうさしりょう》にあったキッドの予告状《よこくじょう》の写真《しゃしん》を思《おも》い浮《う》かべた。

「んで、レイチェルさん殺《ごろ》しの罪《つみ》もお前《まえ》に着《き》せようとしている。凶器《きょうき》のナイフはシェリリンさん殺《ごろ》しのときと同《おな》じものだった」

「レイチェルさんはオレが金庫室《きんこしつ》に入《はい》る前《まえ》から台座《だいざ》の中《なか》に入《い》れられていた。だが、部屋《へや》に入《はい》るには警備員《けいびいん》や幾《いく》つもの防犯装置《ぼうはんそうち》を突破《とっぱ》しなくてはならない」

「警備《けいび》の目《め》をかいくぐり、センサーにも触《ふ》れずに侵入《しんにゅう》できる者《もの》……」

コナンはそう言《い》って、横《よこ》にいるキッドをチラリと見《み》た。

「いや、オレじゃねぇよ！」

キッドににらまれたコナンは、フッと笑《わら》った。

「疑《うたが》わしいのはやはり、レオン・ローだ。金庫室《きんこしつ》の管理者《かんりしゃ》のレオンなら、警備《けいび》システムも熟知《じゅくち》している。さらに、チャンピオンベルトがスタジアムに搬入《はんにゅう》されたのは昨日《きのう》の午前中《ごぜんちゅう》だ。そして、レイチェルさんは一昨日《おととい》の夜《よる》までは生存《せいぞん》が確認《かくにん》されている。つまり、犯行《はんこう》はその夜《よる》からベルトが運《はこ》ばれる前《まえ》までの可能性《かのうせい》が高《たか》い」

「だが、なんのために？　自分《じぶん》の秘書《ひしょ》をどうして殺害《さつがい》する必要《ひつよう》があったんだ？」

「もしかすると、動機《どうき》はアレかもしれない」

コナンは、小五郎《こごろう》がバーでレイチェルに渡《わた》されたという名刺《めいし》を思《おも》い出《だ》した。名刺《めいし》には、待《ま》ち合《あ》わせ場所《ばしょ》と時間《じかん》が書《か》いてあった。そして『誰《だれ》にも知《し》らせないで』と――。

「レイチェルさんはおっちゃんに何《なに》かを伝《つた》えようとしていた……」

考《かんが》え込《こ》むコナンの隣《となり》で、キッドは金庫室《きんこしつ》の台座《だいざ》の裏側《うらがわ》に書《か》かれた血文字《ちもじ》を思《おも》い浮《う》かべた。

「残《のこ》された手《て》がかりは、あの血文字《ちもじ》だ。『ｓｈｅ《シー》』……『彼女《かのじょ》』？　誰《だれ》のことだ？」

「レイチェルさんはまだ息《いき》のあるうちに台座《だいざ》に入《い》れられたんだ。そして、その最期《さいご》の瞬間《しゅんかん》まで何《なに》かを言《い》い残《のこ》そうとしていた。いったい何《なに》を……？」

コナンは小《ちい》さく首《くび》を振《ふ》った。

「ダメだ。何《なに》かとてつもないことが起《お》こりそうなのに、考《かんが》えがまとまらねぇ」

「さすがの名探偵《めいたんてい》もお手上《てあ》げか？　ならひとまず休憩《きゅうけい》しようぜ」

キッドは皮肉《ひにく》っぽく微笑《ほほえ》むと、軽《かる》く握《にぎ》った左手《ひだりて》をコナンに向《む》けた。

「ちなみにこの拳《こぶし》に何《なに》が？」

「……ココナッツウォーター」

あっさり言《い》い当《あ》てられたキッドは、目《め》を丸《まる》くした。

「どうしてわかったんだ⁉」

「さっき買《か》ってただろ」

「見《み》られてたか」

身《み》も蓋《ふた》もない種明《たねあ》かしにしらけつつも、キッドはココナッツウォーターをコナンに渡《わた》した。コナンはじっとココナッツウォーターを見《み》つめる……。

（マジックか……！　なるほどな）

「そういや園子《そのこ》お嬢様《じょうさま》、あの空手野郎《からてやろう》ともめてんのか？」

カフェで蘭《らん》が言《い》っていたのを思《おも》い出《だ》してキッドがたずねると、コナンは「らしいな」と答《こた》えた。

「まぁ旅先《たびさき》で乱闘騒《らんとうさわ》ぎに交通事故《こうつうじこ》じゃ、気持《きも》ちも不安定《ふあんてい》になるか」

「そういうことか」

「あん？」

ココナッツウォーターを飲《の》んでいたコナンはキャップを閉《し》めると、キッドに返《かえ》した。

「園子《そのこ》に怪我《けが》を負《お》わせて、京極《きょうごく》さんを精神的《せいしんてき》に揺《ゆ》さぶる。ジャマルッディンを優勝《ゆうしょう》させるのに最《もっと》も障害《しょうがい》となるのが京極《きょうごく》さんだからな」

「……なるほど。あの事故《じこ》もレオンが仕掛《しか》けたってワケね」

コナンは小《ちい》さくうなずいた。

「狙《ねら》いどおり京極《きょうごく》さんは大会《たいかい》を棄権《きけん》した。これでチャンピオンベルトは間違《まちが》いなくジャマルッディンのもの。つまり、雇《やと》い主《ぬし》であるレオンの手《て》に渡《わた》るということだ」

「……『紺青《こんじょう》の拳《フィスト》』と共《とも》にな」

キッドは険《けわ》しい顔《かお》をして言《い》った。

「だが、なぜレオンは『紺青《こんじょう》の拳《フィスト》』にそこまでこだわるのか……」

コナンにはわからなかった。レオンは宝石《ほうせき》のコレクターでもなんでもないのに、どうして——。

「そのヒントになりそうなものをつかんだぜ」

キッドはニヤリと笑《わら》うと、ココナッツウォーターを持《も》った左手《ひだりて》と右手《みぎて》をすばやく交差《こうさ》した。するとココナッツウォーターがパッと消《き》えてなくなり、コナンに伸《の》ばした左手《ひだりて》からスマホが現《あらわ》れた。

その画面《がめん》には、チャイナシャツを着《き》た長髪《ちょうはつ》の男《おとこ》の画像《がぞう》が表示《ひょうじ》されていた。

「明《あ》け方《がた》、レオンが会《あ》っていた男《おとこ》だ。探偵《たんてい》、コイツの身元《みもと》を突《つ》き止《と》められないか？」

「まぁできなくはないけど……」

コナンはポケットからスマホを取《と》り出《だ》した。


阿笠邸《あがさてい》のリビングのソファで本《ほん》を読《よ》んでいた灰原哀《はいばらあい》に、コナンから電話《でんわ》がかかってきた。

その後《うし》ろでは、遊《あそ》びに来《き》ていた吉田歩美《よしだあゆみ》、円谷光彦《つぶらやみつひこ》、小嶋元太《こじまげんた》が何《なに》やら騒《さわ》ぎながら走《はし》り回《まわ》っている。

「あなたねぇ！　『やっぱ北海道《ほっかいどう》に行《い》く』って突然博士《とつぜんはかせ》に電話《でんわ》してきたっきりで、今何《いまなに》してるの!?」

『わりぃ、灰原《はいばら》。こっちもいろいろあって……』

電話《でんわ》の声《こえ》が聞《き》こえにくくて、灰原《はいばら》は走《はし》り回《まわ》っている子供達《こどもたち》を振《ふ》り返《かえ》った。

「アンタ達《たち》、ちょっと静《しず》かにしてて！」

「は〜い」と返事《へんじ》した子供達《こどもたち》は、なんだろう？　とソファの後《うし》ろから灰原《はいばら》をのぞき込《こ》む。

「まったく……どうせまたどこかで事件《じけん》に巻《ま》き込《こ》まれてるんでしょ」

『実《じつ》はそのとおりでさ。今《いま》キッドの撮《と》った写真《しゃしん》のデータをそっちに送《おく》ったんだけど……』

思《おも》いがけない名前《なまえ》が出《で》てきて、灰原《はいばら》は目《め》を丸《まる》くした。

「キッド？　今《いま》キッドって言《い》った⁉」

「うそー！　怪盗《かいとう》キッドが出《で》たの⁉」

キッドの名前《なまえ》が聞《き》こえて、子供達《こどもたち》が飛《と》びついてきた。

「電話《でんわ》、コナン君《くん》ですよね？　コナン君《くん》が今《いま》いるのって、北海道《ほっかいどう》でしたっけ？」

「キッドが何盗《なにぬす》むんだよ」

「木彫《きぼ》りのクマさんとか？」

「札幌《さっぽろ》ラーメンじゃね？」

「そんなの盗《ぬす》みませんよ」

北海道《ほっかいどう》の話《はなし》で盛《も》り上《あ》がる三人《さんにん》は、「哀《あい》ちゃーん！」と灰原《はいばら》の元《もと》へ駆《か》け出《だ》した。

「電話代《でんわか》わってください！」

「オ、オレもー！」

最後《さいご》に走《はし》ってきた元太《げんた》が勢《いきお》い余《あま》って倒《たお》れ、歩美《あゆみ》と光彦《みつひこ》も巻《ま》き込《こ》まれて「わぁ〜‼」と総《そう》倒《だお》れになる。

電話《でんわ》をしていた灰原《はいばら》は、倒《たお》れている子供達《こどもたち》の反対側《はんたいがわ》を向《む》いた。

「ごめん、今《いま》、子供達《こどもたち》が遊《あそ》びに来《き》てて……」

『そ、そうか。詳《くわ》しい話《はなし》は帰《かえ》ってするから、今《いま》はそれに写《うつ》ってる男《おとこ》の身元《みもと》を調《しら》べてほしいんだ』

「ハイハイ、わかったわ」

灰原《はいばら》はソファに置《お》いてあったノートパソコンを膝《ひざ》の上《うえ》で開《ひら》いた。

「あなた、本当《ほんとう》に大丈夫《だいじょうぶ》なのね？」

『ああ、なんとかな』

コナンの声《こえ》に灰原《はいばら》の表情《ひょうじょう》が一瞬《いっしゅん》和《やわ》らいだかと思《おも》うと、

「どうせ言《い》ってもムダなんでしょうけど、無茶《むちゃ》しないように！」

いつもの調子《ちょうし》で電話《でんわ》を切《き》った。

灰原《はいばら》に電話《でんわ》を切《き》られたコナンは、フゥ……と息《いき》をついてスマホを耳《みみ》から下《お》ろした。

「サンキュ、ふう。これで大丈夫《だいじょうぶ》だ」

「で、この後《あと》どうする？　名探偵《めいたんてい》」

キッドにきかれたコナンは立《た》ち上《あ》がり、噴水《ふんすい》に目《め》を向《む》けた。

「様子《ようす》を見《み》る。『紺青の拳《こんじょうフィスト》』を手《て》に入《い》れたレオンがどう動《うご》くのか。だが、その前《まえ》におっちやんだ」

そう言《い》って走《はし》り出《だ》すと、

「え？　あ、おい！　待《ま》てよ！」

キッドは慌《あわ》てて追《お》いかけた。


インドア・スタジアムでは、ジャマルッディンとタン・リーの決勝戦《けっしょうせん》が行《おこな》われていた。

ジャマルッディンは決勝戦《けっしょうせん》の相手《あいて》にも圧倒的《あっとうてき》な強《つよ》さを見《み》せた。

試合開始早々《しあいかいしそうそう》に連続《れんぞく》で技《わざ》を繰《く》り出《だ》し、最後《さいご》は強烈《きょうれつ》な蹴《け》りでタン・リーの体《からだ》を吹《ふ》っ飛《と》ばす。

大型《おおがた》モニターに映《うつ》し出《だ》されたジャマルッディンの下《した》に『WIN《ウィン》』の文字《もじ》が出《で》ると、観客《かんきゃく》席《せき》から大歓声《だいかんせい》が上《あ》がった。

『ジョンハンカップ、空手《からて》の王《おう》の座《ざ》は、ジャマルッディン選手《せんしゅ》に決《き》まりました――!!』

VIP《ビップ》ルームで試合《しあい》を観《み》ていたレオンは、冷酷《れいこく》な笑《え》みを浮《う》かべた。

その脳裏《のうり》に、若《わか》い頃《ころ》の記憶《きおく》がよみがえる――。

＊　　＊　　＊

『いかがでしょうか？　私《わたし》の都市計画《としけいかく》は』

計画書《けいかくしょ》を片手《かたて》に説明《せつめい》を終《お》えたレオンは、会議室《かいぎしつ》を見渡《みわた》した。

コロニアル調《ちょう》の室内《しつない》の中央《ちゅうおう》には大《おお》きなテーブルが置《お》かれ、その両脇《りょうわき》には年配《ねんぱい》の男達《おとこたち》がずらりと並《なら》んでいた。

　財界《ざいかい》の重鎮《じゅうちん》だけあってみな恰幅《かっぷく》がよく貫禄《かんろく》もある男《おとこ》ばかりだが、紅茶《こうちゃ》と共《とも》にテーブルに置《お》かれた計画書《けいかくしょ》をほとんどめくることはなく、レオンの説明《せつめい》もろくに聞《き》いていないようだった。

　その中《なか》で、レオンの正面《しょうめん》に座《すわ》ったジョンハン・チェンだけが熱心《ねっしん》に計画書《けいかくしょ》を読《よ》んでいた。そしてめくっていた書類《しょるい》を閉《と》じると、レオンを見《み》た。

『君《きみ》の提案《ていあん》は受《う》け入《い》れられん』

『なぜです？』

　レオンは怒《いか》りを抑《おさ》えながらたずねた。

『この計画《けいかく》ならあなた方《がた》にも損《そん》はないはず。国《くに》のためにもなる』

　ジョンハンはメガネを外《はず》して拭《ふ》き始《はじ》めた。

『急《いそ》ぎすぎだ。これだけの開発《かいはつ》を行《おこな》うとなれば、住処《すみか》を追《お》われる者《もの》も出《で》てくる』

『彼《かれ》らには別《べつ》の場所《ばしょ》を与《あた》えれば済《す》む。私《わたし》の計画《けいかく》は完璧《かんぺき》だ！』

　レオンが強《つよ》く訴《うった》えると、ジョンハンは鼻《はな》で笑《わら》った。そしてゆっくりとメガネをかけ直《なお》す。

『君《きみ》は若《わか》いな。もう少《すこ》し勉強《べんきょう》してから出直《でなお》すことだ』

　突《つ》き放《はな》すようなジョンハンの言葉《ことば》を受《う》けて、年配《ねんぱい》の男達《おとこたち》は大笑《おおわら》いした。

　彼《かれ》らの嘲笑《ちょうしょう》を浴《あ》びたレオンは、その屈辱《くつじょく》に顔《かお》をゆがめた――。

歓声《かんせい》と拍手《はくしゅ》の中《なか》、ステージに上《あ》がったジャマルッディンの腰《こし》に、チャンピオンベルトが巻《ま》かれた。

＊　＊　＊

ジャマルッディンの顔《かお》に笑顔《えがお》はなく、険《けわ》しい表情《ひょうじょう》でＶＩＰ《ビップ》ルームの方《ほう》を見上《みあ》げている。

その傍《かたわ》らには、拍手《はくしゅ》をするジョンハンの姿《すがた》があった。

ＶＩＰ《ビップ》ルームの窓際《まどぎわ》に立《た》ったレオンは、淡々《たんたん》と拍手《はくしゅ》をしていた。その顔《かお》は野心《やしん》にあふれ、口元《くちもと》にいびつな笑《え》みを浮《う》かべる。

「お前達《まえたち》の時代《じだい》はもう終《お》わりだ。私《わたし》が新《あたら》しい街《まち》をつくり上《あ》げてやる……！」

8

シンガポール沖合《おきあ》いの海上《かいじょう》を、巨大《きょだい》タンカーが進《すす》んでいた。

時速二十七《じそくにじゅうなな》キロほどで進《すす》むタンカーの後《うし》ろから、小型《こがた》ボートが猛《もう》スピードで迫《せま》ってきた。

小型《こがた》ボートには武装《ぶそう》した海賊達《かいぞくたち》が数人乗《すうにんの》っていた。タンカーの船尾付近《せんびふきん》で併走《へいそう》しながら、タンカーの手《て》すりに梯子《はしご》をかける。

海賊達《かいぞくたち》が次々《つぎつぎ》と梯子《はしご》に飛《と》び移《うつ》って、甲板《かんぱん》へ上《のぼ》っていった。銃《じゅう》を手《て》にした海賊達《かいぞくたち》は甲板《かんぱん》に誰《だれ》もいないのを確認《かくにん》すると、操舵室《そうだしつ》に向《む》かう。

「手《て》を上《あ》げろ！」

操舵室《そうだしつ》の扉《とびら》を開《あ》けてすばやく突入《とつにゅう》した海賊達《かいぞくたち》は、船長達《せんちょうたち》に銃《じゅう》を突《つ》きつけた。あっという間《ま》に制圧《せいあつ》された操舵室《そうだしつ》の中《なか》に、海賊《かいぞく》の親玉《おやだま》らしき男《おとこ》が銃《じゅう》を構《かま》えて入《はい》ってくる。

それは、明《あ》け方《がた》に埠頭《ふとう》でレオン・ローと会《あ》っていた長髪《ちょうはつ》の男《おとこ》だった。


その頃《ころ》。自宅《じたく》に戻《もど》ったレオンは、執務室《しつむしつ》の応接《おうせつ》セットで中富禮次郎《なかとみれいじろう》と向《む》かい合《あ》っていた。禮次郎《れいじろう》の後《うし》ろには数人《すうにん》のボディガード、レオンの後《うし》ろにはジャマルッディンが腕《うで》を組《く》んで立《た》っている。

「君《きみ》とはよくよく縁《えん》でつながっているな。この計画《けいかく》が成功《せいこう》した暁《あかつき》には、互《たが》いにパートナーだ」

一人用《ひとりよう》ソファで組《く》んだ足《あし》に手《て》を置《お》いたレオンが言《い》うと、禮次郎《れいじろう》はニヤリと笑《わら》った。

「よろしく頼《たの》むよ。アンタにはずいぶんと世話《せわ》になった。盗《ぬす》みの疑《うたが》いをかけられて警察《けいさつ》に連《つ》れていかれそうになった俺《おれ》を、アンタが助《たす》けてくれたのが最初《さいしょ》だった。それからもまぁいろいろとな」

当時《とうじ》、高級《こうきゅう》レストランで金持《かねも》ち風《ふう》の男《おとこ》から盗《ぬす》みの疑《うたが》いをかけられ、もめていた禮次郎《れいじろう》を、偶然居合《ぐうぜんいあ》わせたレオンが間《あいだ》に入《はい》って助《たす》けたのだ。

「君《きみ》があの中富禮次郎《なかとみれいじろう》とわかったものだからね。日本《にっぽん》の海運王《かいうんおう》と呼《よ》ばれた、中富十三《なかとみじゅうぞう》の息子《むすこ》の――」

「親父《おやじ》の名前《なまえ》は口《くち》にしないでくれ！」

急《きゅう》に不機嫌《ふきげん》になった禮次郎《れいじろう》に、レオンは眉《まゆ》をひそめながらも笑《え》みを浮《う》かべた。

「これは失敬《しっけい》。いずれにせよ、今夜《こんや》で全《すべ》てが変《か》わる。その瞬間《しゅんかん》を間近《まぢか》で見物《けんぶつ》するのはどうだい？」

「……」

「さぁ共《とも》に行《い》こう。シンガポールの歴史《れきし》に刻《きざ》む一《いち》ページの目撃者《もくげきしゃ》となるために」

にこやかに微笑《ほほえ》むレオンの背後《はいご》には、シンガポールの街並《まちな》みが描《えが》かれた絵《え》が飾《かざ》られていた。現在《げんざい》のシンガポールにはない、どこか近未来的《きんみらいてき》な建物《たてもの》が建《た》ち並《なら》び、どの建物《たてもの》にもレオンの会社《かいしゃ》のロゴマークが入《はい》っていた。

サンテック・シティを出《で》たコナンと新一姿《しんいちすがた》のキッドは、ビーチ・ロードという大《おお》きな通《とお》りを走《はし》っていた。

「なんなんだよ、毛利探偵《もうりたんてい》に確《たし》かめたいことって？」

「例《れい》の金属探知機《きんぞくたんちき》だよ！」

コナンはインドア・スタジアムの入口《いりぐち》にあった金属探知機《きんぞくたんちき》を思《おも》い出《だ》していた。

「大会一日目《たいかいいちにちめ》のときにおっちゃんだけ引《ひ》っかかってただろ？　もし本人《ほんにん》も知《し》らないうちに、探知機《たんちき》に反応《はんのう》するものを持《も》たされたとしたら、どうだ？　誰《だれ》にも知《し》られずにおっちゃんに何《なに》かを託《たく》す。そうする必要《ひつよう》があり、かつ、おっちゃんと接触《せっしょく》のあった人物《じんぶつ》といえば……」

「秘書《ひしょ》のレイチェル……！」

キッドはカフェで蘭《らん》が言《い》っていたことを思《おも》い出《だ》した。酒《さけ》をこぼされてシャツをダメにした、と。小五郎《こごろう》に近《ちか》づくだけなら、何《なに》も酒《さけ》をこぼすなんて派手《はで》なことをする必要《ひつよう》はない。小五郎《こごろう》はパスポートを入《い》れたケースをずっと首《くび》から下《さ》げていた。レイチェルは酒《さけ》を拭《ふ》きながら、その中《なか》に何《なに》かを入《い》れたのだ——。

ブラウンミーの店《みせ》では、小五郎《こごろう》が蝦麺《えびめん》や揚《あ》げ物《もの》をつまみに酒《さけ》を飲《の》んで酔《よ》っ払《ぱら》っていた。

「はにゃっ」

「悪《わり》いな、おっちゃん！」

コナンが断《ことわ》りを入《い》れると、キッドは小五郎《こごろう》の背後《はいご》に回《まわ》り、羽交《はが》い絞《じ》めして席《せき》から立《た》たせた。

「えっ——？　なんだ、いきなり!?」

椅子《いす》の上《うえ》に立《た》ったコナンは、小五郎《こごろう》の胸《むね》の辺《あた》りをシャツの上《うえ》からまさぐった。

「あひゃひゃひゃひゃ、あ、嫌《いや》っ！　やめて！　エッチ〜〜〜!!」

シャツをめくり上《あ》げると、胸《むね》の辺《あた》りにパスポートの入《はい》ったケースがあった。

「!!　これだ！」

ケースの中《なか》には、パスポートの他《ほか》にメダルが一枚入《いちまいはい》っていた。コナンはケースからメダルを取《と》り出《だ》して、手《て》のひらに載《の》せた。

メダルには『NAKATOMI《ナカトミ》』の文字《もじ》と船《ふね》のレリーフが浮《う》き彫《ぼ》りにされていた。

「中富《なかとみ》……？」

「中富って……中富海運《なかとみかいうん》のことか？」

キッドは羽交《はが》い絞《し》めしていた小五郎《こごろう》を放《ほう》り出《だ》した。

「おそらく……おっちゃん！　これ借《か》りてくぜ！」

コナンはメダルを握《にぎ》ると、走《はし》って店《みせ》を出《で》ていった。キッドも後《あと》に続《つづ》く。

半裸《はんら》になって床《ゆか》に倒《たお》れた小五郎《こごろう》は、うつろな目《め》で二人《ふたり》を見送《みおく》った。

「……今《いま》、おっちゃんって言《い》わなかったか？　あのガキ……ヒック。……どーでもいーや、それより、ホテル帰《かえ》って飲《の》み直《なお》すとすっかー！」

店《みせ》を出《で》たコナンとキッドは路地《ろじ》に入《はい》り、コナンのスマホで中富禮次郎《なかとみれいじろう》に関《かん》する日本《にほん》のニュース動画《どうが》を観《み》た。

ニュース動画《どうが》では、禮次郎《れいじろう》が立派《りっぱ》な屋敷《やしき》の前《まえ》でレポーターに囲《かこ》まれていた。

『突然《とつぜん》日本《にほん》を離《はな》れるのはなぜですか？』

『バカンスだよ、バカンス』

『シンガポールには五年前《ごねんまえ》にも行《い》かれてますね』

『ああ、それ以来《いらい》だ。それが!?』

いらついた禮次郎《れいじろう》の映像《えいぞう》が小《ちい》さくなり、スタジオのキャスターが出《で》てきた。

『中富社長《なかとみしゃちょう》には現在《げんざい》、政治家《せいじか》への贈賄疑惑《ぞうわいぎわく》がかけられており、福島議員《ふくしまぎいん》との関係性《かんけいせい》を……』

「マーライオンパークにいたヤツか」

ニュース動画《どうが》を観《み》たコナンは、禮次郎《れいじろう》がマーライオンパークで園子《そのこ》に声《こえ》をかけた男《おとこ》だと知《し》った。

「あの空手野郎《からてやろう》にやられてたけどな」

キッドが笑《わら》うと、コナンのスマホが震《ふる》えて着信画面《ちゃくしんがめん》に切《き》り替《か》わった。

灰原《はいばら》からだ——コナンは応答《おうとう》ボタンをタップして、スマホを耳《みみ》に当《あ》てた。

「お、灰原《はいばら》か？　例《れい》の男《おとこ》の身元《みもと》がわかったのか？」

『ええ、なんとかね。名前《なまえ》はユージーン・リム。なんとビックリ、海賊《かいぞく》よ』

「海賊《かいぞく》？」

『最近《さいきん》はシンガポールでの目撃情報《もくげきじょうほう》があるわね』

コナンは隣《となり》で聞《き》いていたキッドと目《め》を合《あ》わせてうなずいた。

「さすが灰原《はいばら》！　頼《たよ》りになるぜ！」

『おだてるってことは、まだ何《なに》か調《しら》べてほしいことがあるのかしら？』

「あ、ああ。中富禮次郎《なかとみれいじろう》って名前《なまえ》、聞《き》いたことあるか？　中富海運《なかとみかいうん》の……」

『知《し》ってるわ』

灰原《はいばら》は即答《そくとう》した。

「中富海運《なかとみかいうん》が所有《しょゆう》する船《ふね》の状況《じょうきょう》が知《し》りたい。シンガポール周辺《しゅうへん》にいる船《ふね》だけでいい！」

『……わかった。少《すこ》し時間《じかん》をちょうだい』

灰原《はいばら》から再《ふたた》び電話《でんわ》がかかってきたのは、コナン達《たち》がマーライオンパークに続《つづ》く歩道橋《ほどうきょう》を渡《わた》っているときだった。対岸《たいがん》には傾《かたむ》きかけた日《ひ》を受《う》けたマリーナベイ・サンズが見《み》える。

『シンガポール周辺《しゅうへん》には貨物船《かもつせん》が二隻《にせき》とタンカーが一隻《いっせき》。ちょっと気《き》になるのは、そのタンカーが予定《よてい》の航路《こうろ》を外《はず》れていること』

「そいつだ。そのタンカーのデータを送《おく》ってくれ！」

『OK《オーケー》！　また連絡《れんらく》する』

「頼《たの》む！」

コナンが通話《つうわ》を切《き》ってスマホをポケットにしまうと、

「タンカーがどうかしたのか？」

キッドがたずねた。

「レイチェルさんの残《のこ》した『she《シー》』の文字《もじ》だよ。『she《シー》』は『船《ふね》』をさす代名詞《だいめいし》でもある！」

コナンはメダルと取《と》り出《だ》して指《ゆび》で弾《はじ》いた。落《お》ちてきたところをキャッチして、メダルの船《ふね》のレリーフをキッドに見《み》せる。

「！　なるほどな」

全《すべ》てわかったぜ――キッドは得意《とくい》げな顔《かお》で顎《あご》に手《て》を当《あ》てた。

キッドはリシを電話《でんわ》で呼《よ》び出《だ》した。

待《ま》ち合《あ》わせ場所《ばしょ》は、リシと初《はじ》めて会《あ》ったマーライオンパークの桟橋近《さんばしちか》くの通路《つうろ》だ。昼間《ひるま》とは違《ちが》い、夕方《ゆうがた》は人通《ひとどお》りもまばらだった。

「電話《でんわ》の話《はなし》は本当《ほんとう》なのか？　今起《いまお》きている全《すべ》てがレオン先生《せんせい》の企《くわだ》てなんて……僕《ぼく》にもわかるように説明《せつめい》してほしい」

待《ま》ち合《あ》わせ場所《ばしょ》に現《あらわ》れたリシは、信《しん》じられないという顔《かお》つきで言《い》った。

「発端《ほったん》は、ジョンハン・チェンが見《み》つけたブルーサファイア『紺青《こんじょう》の拳《フィスト》』だ」

キッドはコナンの代《か》わりに、工藤新一《くどうしんいち》として説明《せつめい》し始《はじ》めた。

「彼《かれ》はそれを空手《からて》トーナメントのベルトにはめ込《こ》み、優勝者《ゆうしょうしゃ》に進呈《しんてい》するとした」

「レオンさんはジャマルッディンさんを出場《しゅつじょう》させ、宝石《ほうせき》を手《て》に入《い》れようとしたんだよ」

コナンがフォローを入《い》れる。

「ところが、思《おも》わぬ横《よこ》やりが入《はい》った。空手四百戦無敗《からてよんひゃくせんむはい》、京極真《きょうごくまこと》の大会《たいかい》エントリーだ。彼《かれ》を招待《しょうたい》した者《もの》——それが殺害《さつがい》されたシェリリン・タンさ」

「ど、動機《どうき》がそうだとしても、レオン先生《せんせい》にはアリバイがある。彼女《かのじょ》が刺《さ》されたとき、別《べつ》のエレベーターに乗《の》っていたんだから……」

納得《なっとく》がいかない様子《ようす》のリシに、キッドは「リシさん」と呼《よ》びかけた。

「真相《しんそう》はこうさ」

キッドはポケットに手《て》を入《い》れて歩《ある》き出《だ》した。そしてリシを通《とお》り越《こ》すと、立《た》ち止《ど》まって振《ふ》り返《かえ》る。

「レオンとホテル屋上《おくじょう》のプールサイドで会《あ》った後《あと》、彼女《かのじょ》は自分《じぶん》の部屋《へや》に戻《もど》るためにエレベーターに乗《の》った。だが、彼女《かのじょ》が宿泊《しゅくはく》していたタワー3の部屋《へや》は十六階《じゅうろくかい》。ホテルの構造上《こうぞうじょう》、三十四階《さんじゅうよんかい》で必《かなら》ず乗《の》り換《か》えなければ戻《もど》れなかった。彼女《かのじょ》は自分《じぶん》の部屋《へや》に戻《もど》る途中《とちゅう》に薬《くすり》をかがされ、別《べつ》の部屋《へや》へと連《つ》れ込《こ》まれてしまった。秘書《ひしょ》レイチェルによって」

リシは目《め》を丸《まる》くした。

「レイチェルが共犯者《きょうはんしゃ》？　まさか……」

「レオンがその日《ひ》、プールサイドの宿泊者専用《しゅくはくしゃせんよう》のレストランに入《はい》るためだけに取《と》った部屋《へや》は三十四階《さんじゅうよんかい》だった。そして、下《お》りてきたレオンはその部屋《へや》でシェリリンさんを刺殺《しさつ》。死体《したい》をトランクに入《い》れた。シェリリンに変装《へんそう》したレイチェルと、スーツケースを持《も》ったレオンは部屋《へや》を出《で》て、別々《べつべつ》のエレベーターに乗《の》った。トリックに使《つか》われたのは、マジックナイフの一種《いっしゅ》だろうな。あらかじめ服《ふく》に切《き》れ目《め》を入《い》れておき、衝撃《しょうげき》で柄《え》と血《ち》が出《で》る仕組《しく》みだ。血《ち》はシェリリンさん本人《ほんにん》の物《もの》」

本職《ほんしょく》の目《め》からすれば、マジックともいえないちゃちな仕掛《しか》けだが――キッドは心《こころ》の中《なか》で笑《わら》った。

「刺《さ》されたフリをしたレイチェルは倒《たお》れる。その直後《ちょくご》、地下駐車場《ちかちゅうしゃじょう》の車《くるま》が爆発《ばくはつ》して、ショッピングモールはパニック状態《じょうたい》になった。レオンは逃《に》げまどう人々《ひとびと》に殺人現場《さつじんげんば》が踏《ふ》み荒《あ》らされるからと、死《し》んだフリをしているレイチェルに布《ぬの》をかけたんだ。そして人気《ひとけ》がなくなった頃《ころ》、レオンの合図《あいず》で起《お》き上《あ》がったレイチェルは、背中《せなか》につけた仕掛《しか》けを外《はず》し、コートを羽織《はお》って外《そと》に出《で》た。そしてレオンはスーツケースから取《と》り出《だ》したシェリリンの遺体《いたい》を床《ゆか》に寝《ね》かせて、布《ぬの》をかけ直《なお》した。全《すべ》ては爆発《ばくはつ》による停電《ていでん》の中《なか》、人知《ひとし》れず行《おこな》われた」

「そ、そんな……」

力《ちから》なくつぶやくリシを、コナンは隣《となり》で見上《みあ》げた。キッドが推理《すいり》を続《つづ》ける。

「レオンの真《しん》の計画《けいかく》を知《し》ってしまったレイチェルは、その恐《おそ》ろしさに、毛利探偵《もうりたんてい》に一切《いっさい》を打《う》ち明《あ》ける気《き》でいたんだ。それをレオンに気《き》づかれた」

キッドは海《うみ》の方《ほう》へ歩《ある》いていき、コナンも後《あと》に続《つづ》く。

「彼女《かのじょ》はキッドが殺《ころ》したんじゃ……」

「違《ちが》うよ」

キッドのところに行《い》きかけたコナンは、立《た》ち止《ど》まって振《ふ》り返《かえ》った。

「金庫室《きんこしつ》に来《き》たレイチェルさんは、キッドの変装《へんそう》だったんだ。キッドも利用《りよう》されたんだよ、レオンさんの計画《けいかく》に。本物《ほんもの》のレイチェルさんはもう殺《ころ》されていて、台座《だいざ》の中《なか》に押《お》し込《こ》められていた。キッドが再《ふたた》び『紺青《こんじょう》の拳《フィスト》』を盗《ぬす》みにやってくると読《よ》んで、アリバイ工作《こうさく》と事件《じけん》をキッドの仕業《しわざ》に見《み》せかけるためにね」

「そんなことがどうして……」

「じゃあ、リシさんだったら誰《だれ》に変装《へんそう》すれば安全《あんぜん》だと思《おも》う？」

コナンの問《と》いに、リシは「え？　そうだなぁ……」と考《かんが》え始《はじ》めた。

「いくら上手《じょうず》に変装《へんそう》しても、本物《ほんもの》とバッタリ出《で》くわしたら意味《いみ》ないし……」

「あらかじめ何時《なんじ》にどこにいるかわかってる人《ひと》がいいよね？」

コナンが言《い》うと、リシは「そうか！」と顔《かお》を上《あ》げた。

「レイチェルさんは午後三時《ごごさんじ》に毛利《もうり》さんと待《ま》ち合《あ》わせをしていた。それで……」

「そう。キッドは金庫室《きんこしつ》に来《く》る恐《おそ》れのない人物《じんぶつ》に変装《へんそう》する――そう読《よ》んだレオンさんの罠《わな》にキッドはまんまとハマったってワケだよ」

コナンが意地悪《いじわる》く笑《わら》うと、階段《かいだん》の前《まえ》に立《た》っていたキッドがチッと舌打《したう》ちする。

リシはキッドの元《もと》に駆《か》け寄《よ》った。

「教《おし》えてくれ！　先生《せんせい》は何《なに》をしようとしているんだ⁉」

「全《すべ》ては馬鹿《ばか》げた計画《けいかく》のためだよ」

階段《かいだん》に座《すわ》ったキッドは、持《も》っていたスマホでユージーンとレオンの密会現場《みっかいげんば》の写真《しゃしん》をリシに見《み》せた。

「レオンはユージーン・リムというこの海賊《かいぞく》の首領《しゅりょう》と接触《せっしょく》していて……、レイチェルの遺《い》体発見現場《たいはっけんげんば》の台座《だいざ》に残《のこ》されていた文字《もじ》は『she《シー》』。そして、そのレイチェルが毛利探偵《もうりたんてい》に密《ひそ》かに託《たく》したのは、中富海運《なかとみかいうん》のメダル。全《すべ》て船《ふね》にまつわるもの……」

「それになんの関係《かんけい》が……」

「リシさん！」

今度《こんど》はコナンがスマホの画面《がめん》をリシに見《み》せた。

「これは探偵《たんてい》のお兄《にい》さんが東京《とうきょう》から送《おく》ってもらった、この周辺《しゅうへん》にいる中富海運所有《なかとみかいうんしょゆう》の船《ふね》の航路解析《こうろかいせき》だよ。タンカーが一隻《いっせき》、予定《よてい》の航路《こうろ》を大《おお》きく外《はず》れてる」

矢印《やじるし》で示《しめ》されたタンカーの進路予想《しんろよそう》は途中《とちゅう》で大《おお》きく曲《ま》がっていた。

「このまま進《すす》めば、行《い》き先《さき》はマリーナベイ。レオンさんは海賊《かいぞく》を使《つか》って、タンカーを街《まち》に突《つ》っ込《こ》ませるつもりなんだ！」

これだけの証拠《しょうこ》を突《つ》きつけても、リシはにわかには信《しん》じがたいようだった。

「第一《だいいち》、先生《せんせい》がなぜそんなことをする必要《ひつよう》があるんだ？　その理由《りゆう》は!?」

「レオンさんがなんて言《い》うかは知《し》らないけどさ」

コナンはマリーナベイ側《がわ》を振《ふ》り返《かえ》った。対岸《たいがん》には、夕日《ゆうひ》に照《て》らされた美《うつく》しい街並《まちな》みが広《ひろ》がっている。

「レオンさんが『紺青《こんじょう》の拳《フィスト》』にこだわったのは、海賊《かいぞく》を思《おも》い通《どお》りに操《あやつ》る引《ひ》き換《か》えとして必《ひつ》要《よう》だったから」

「だ、だけど……海賊《かいぞく》は警察《けいさつ》の目《め》を逃《のが》れ、あちこちに散《ち》らばってる。どうやって連絡《れんらく》したんだ？」

「マーライオンだよ」

コナンはそばにあるマーライオン像《ぞう》を見上《みあ》げた。

「マーライオンが赤《あか》い水《みず》を吐《は》く事件《じけん》があったでしょ？　世界的《せかいてき》に報道《ほうどう》されたから、海賊《かいぞく》の目《め》にも留《と》まったはず。あれがきっと決行《けっこう》の合図《あいず》だったんだ。――でもそれより今《いま》は！」

「そうだ。早《はや》くしないと手遅《ておく》れになる！」

コナンとキッドはリシを見《み》た。

「そう言《い》われても僕《ぼく》の一存《いちぞん》では……警察《けいさつ》を動《うご》かすにも、もっと証拠《しょうこ》が必要《ひつよう》だ」

「それじゃ間《ま》に合《あ》わない！」

「他《ほか》に方法《ほうほう》はないの？」

二人《ふたり》に迫《せま》られたリシは、「そうだ」と顔《かお》を上《あ》げた。

「ジョンハン・チェン氏《し》に相談《そうだん》しよう。彼《かれ》なら軍《ぐん》や警察《けいさつ》にも顔《かお》が利《き》く。きっと力《ちから》を貸《か》してくれるはずだ！」

そう言《い》うやいなや、リシは歩道橋《ほどうきょう》に向《む》かって走《はし》り出《だ》した。すると、

「リシさん、もう一《ひと》つだけ！」

コナンが呼《よ》び止《と》めた。

「なんだい？」

「計画《けいかく》どおりにタンカーが街《まち》に突《つ》っ込《こ》んできたら、そのときレオンさんはどこにいると思《おも》う？」

「そうだな……」立《た》ち止《ど》まったリシは、顎《あご》に手《て》を当《あ》てて考《かんが》えた。

「先生《せんせい》は慎重《しんちょう》な人《ひと》だから、どこか遠《とお》くで見物《けんぶつ》するだろうね。もしかすると、もう国内《こくない》にはいないのかもしれない。——じゃあ急《いそ》ぐから！」

リシは再《ふたた》び走《はし》り出《だ》した。

「わかった……ありがとう」

ぽつりとつぶやいたコナンの髪《かみ》を、熱《あつ》い風《かぜ》が音《おと》もなく揺《ゆ》らす。

リシの後《うし》ろ姿《すがた》を見送《みおく》るコナンは、どこか切《せつ》なげな表情《ひょうじょう》をしていた。

9

日《ひ》が沈《しず》み、マリーナベイ・サンズがライトアップされると、マリーナベイに面《めん》したイベントプラザのデッキには、光《ひかり》と水《みず》のショー『スペクトラ』を観《み》に来《き》た人々《ひとびと》がぞくぞくと集《あつ》まっていた。

その中《なか》に蘭《らん》の姿《すがた》もあった。他《ほか》の観光客《かんこうきゃく》と共《とも》にデッキに腰《こし》かけると、携帯電話《けいたいでんわ》で小五郎《こごろう》に電話《でんわ》をかけた。しかし、呼《よ》び出《だ》し音《おん》が鳴《な》り続《つづ》けるだけで一向《いっこう》につながる気配《けはい》はない。

「もう、お父《とう》さんどこにいるのよ。ショー始《はじ》まっちゃうよ。新一《しんいち》もどっかに行《い》っちゃったままだし……」

蘭《らん》は周囲《しゅうい》を見回《みまわ》し、小五郎《こごろう》や新一《しんいち》の姿《すがた》を捜《さが》した。

病院《びょういん》からホテルに戻《もど》った園子《そのこ》は、常夜灯《じょうやとう》だけつけた薄暗《うすぐら》い部屋《へや》で一人《ひとり》、ベッドに腰掛《こしか》けていた。うつむいて、ハァ……とため息《いき》をつく。

園子《そのこ》の部屋《へや》のドアの前《まえ》では、病院《びょういん》と同《おな》じように京極《きょうごく》が仁王立《におうだ》ちしていた。

夜《よる》になると、マーライオンパークのマーライオン像《ぞう》もライトアップされた。周《まわ》りの高層《こうそう》ビルや対岸《たいがん》のマリーナベイ・サンズもライトアップされて、観光客《かんこうきゃく》は周囲《しゅうい》の美《うつく》しい夜景《やけい》を堪能《たんのう》していた。

コナンとキッドも桟橋《さんばし》の先端《せんたん》で手《て》すりにもたれながら海《うみ》を眺《なが》めていた。海《うみ》から吹《ふ》き抜《ぬ》ける風《かぜ》が、二人《ふたり》の髪《かみ》を優《やさ》しく揺《ゆ》らす。

「フ〜。まったく今回《こんかい》の事件《じけん》はなんでオレが巻《ま》きこまれたんだ？　シェリリンさん殺《ごろ》しの現場《げんば》にオレのカードを残《のこ》したのは本当《ほんとう》にレオンなのか？」

「いいや……」

「！」

コナンは手《て》すりから離《はな》れて、歩《ある》き出《だ》した。

「エレベーターに貼《は》られたカードが見《み》つかったのは、現場検証《げんばけんしょう》が始《はじ》まってかなり経《た》ってから……なぜだと思《おも》う？」

「見《み》つけたのは誰《だれ》だったんだ？」

「臨場《りんじょう》した警官《けいかん》だ。慌《あわ》ててアイダン警部補《けいぶほ》に報告《ほうこく》して……」

コナンがリシの家《いえ》で読《よ》んだ捜査資料《そうさしりょう》を元《もと》に話《はな》していると、スマホが鳴《な》った。

「おっと、最新《さいしん》のタンカー進路解析《しんろかいせき》だ」

進路解析《しんろかいせき》データ画面《がめん》を見《み》たコナンは、「な、なにぃ!?」と思《おも》わず声《こえ》を上《あ》げた。

リシに見《み》せたときより解析精度《かいせきせいど》が上《あ》がっていて、タンカーが到達《とうたつ》すると予想《よそう》される範囲《はんい》を示《しめ》す円《えん》も小《ちい》さくなっていた。そしてタンカーが進《すす》む先《さき》にあるのは、コナン達《たち》の目《め》の前《まえ》にあるマリーナベイだ——！

「まずい！　このままだとタンカーがホテルに‼」

コナンが振《ふ》り返《かえ》ると——マリーナベイ・サンズ前《まえ》の水面《すいめん》に浮《う》かぶ巨大《きょだい》なガラスの多面体《ためんたい》が青《あお》く光《ひか》り、何本《なんぼん》もの噴水《ふんすい》が一斉《いっせい》に噴《ふ》き上《あ》がった。

光《ひかり》と水《みず》のショー『スペクトラ』が始《はじ》まったのだ。

その頃《ころ》。

海賊《かいぞく》に制圧《せいあつ》されたタンカーは、予定《よてい》の航路《こうろ》から大《おお》きく外《はず》れ、シンガポール海峡《かいきょう》を進《すす》んでいた。近海《きんかい》で漁《りょう》をしている漁船《ぎょせん》の脇《わき》を、巨大《きょだい》タンカーがはねのけるように押《お》し進《すす》んでいく。

コナンとキッドはマリーナベイに架《か》かるエスプラネード・ブリッジを渡《わた》り、湾岸沿《わんがんぞ》いの通路《つうろ》を走《はし》ってマリーナベイ・サンズに向《む》かった。しかし、どこも見物客《けんぶつきゃく》でごった返《がえ》していて、思《おも》うように進《すす》めない。

コナンは見物客《けんぶつきゃく》の間《あいだ》をすり抜《ぬ》けながら、蘭《らん》の携帯《けいたい》に電話《でんわ》をかけたが、一向《いっこう》につながらない。

「蘭《らん》……！　電話《でんわ》に出《で》てくれ……！」

十五分間《じゅうごふんかん》のショーはクライマックスを迎《むか》えていた。

垂直《すいちょく》に高《たか》く上《あ》がった無数《むすう》の噴水《ふんすい》が、力強《ちからづよ》い音楽《おんがく》に合《あ》わせて次々《つぎつぎ》と色《いろ》を変《か》えた。さらにミスト状《じょう》の噴水《ふんすい》には色鮮《いろあざ》やかな巨大《きょだい》な光《ひかり》の万華鏡《まんげきょう》が映《うつ》し出《だ》され、見物客達《けんぶつきゃくたち》はその光《ひかり》と水《みず》のイリュージョンにすっかり魅了《みりょう》されていた。

その中《なか》で蘭《らん》は一人寂《ひとりさび》しそうに、ショーを眺《なが》めていた。横《よこ》に置《お》いたバッグで携帯《けいたい》が震《ふる》えていたが、気《き》づかない――。

海峡《かいきょう》に面《めん》したレストランでは、テラス席《せき》に客達《きゃくたち》がわらわらと集《あつ》まっていた。柵《さく》に寄《よ》ってきて、皆驚《みなおどろ》いた顔《かお》で海《うみ》を見《み》ている。

「こっちに来《く》るぞ！」

小《ちい》さな漁船《ぎょせん》も浮《う》かぶ穏《おだ》やかな海《うみ》を、巨大《きょだい》タンカーがマリーナベイに向《む》かって突《つ》き進《すす》んでいたのだ。

やがてマリーナベイ入口《いりぐち》に到達《とうたつ》したタンカーは、その圧倒的《あっとうてき》な質量《しつりょう》で『マリーナ・バラージ』の堤防《ていぼう》を木《こ》っ端《ぱ》みじんに打《う》ち砕《くだ》いた。タンカーと共《とも》に湾内《わんない》に激《はげ》しい水流《すいりゅう》が進入《しんにゅう》して、湾岸道路《わんがんどうろ》に高《たか》い波《なみ》が押《お》し寄《よ》せてくる。

マリーナベイに架《か》かるいくつもの歩行者専用《ほこうしゃせんよう》の橋《はし》を渡《わた》っていた人々《ひとびと》は、悲鳴《ひめい》を上《あ》げながら一斉《いっせい》に逃《に》げ出《だ》した。

マリーナベイ・サンズの屋上《おくじょう》、サンズ・スカイパークでも、タンカーが堤防《ていぼう》を破壊《はかい》したのを目撃《もくげき》した人々《ひとびと》が、つぎつぎと避難《ひなん》し始《はじ》めた。展望台《てんぼうだい》、プール、そしてレストランやバーにいた人達《ひとたち》も一斉《いっせい》にエレベーターへ向《む》かう。

店員《てんいん》も店《みせ》から逃《に》げ出《だ》す中《なか》、泥酔《でいすい》した小五郎《こごろう》だけがスカイバーのテラス席《せき》に突《つ》っ伏《ぷ》していた。

すると、テーブルに置《お》いていたスマホが鳴《な》った。蘭《らん》からだ。

小五郎《こごろう》は酔《よ》っ払《ぱら》いながらも、電話《でんわ》に出《で》た。

「おーい蘭《らん》！　楽《たの》しんでるかぁ〜〜〜」

『お父《とう》さん？　今《いま》どこ⁉』

「あ〜ん？」

小五郎《こごろう》はグラスを持《も》ちながらのけぞった。テラスの柵《さく》の向《む》こうに広《ひろ》がるマリーナベイには、なぜかこちらに船首《せんしゅ》を向《む》けた巨大《きょだい》タンカーが見《み》える。

「なんだか知《し》らねぇけど、でっかい船《ふね》も見《み》えるぞ。ナハハハハー！」

『ねぇちょっとお父《とう》さん⁉　まさかホテルの上《うえ》に？　もしもし？　もしもし？』

ショーが終《お》わったイベントプラザも、逃《に》げまどう人々《ひとびと》でごった返《がえ》していた。あちこちで悲鳴《ひめい》や怒鳴《どな》り声《ごえ》が響《ひび》き渡《わた》り、混乱《こんらん》に陥《おちい》っている。

そんな中《なか》で小五郎《こごろう》に電話《でんわ》をかけていた蘭《らん》は、マリーナベイ・サンズを見上《みあ》げた。どうやら小五郎《こごろう》はサンズ・スカイパークにいるらしい。

「もぉ！」

電話《でんわ》を切《き》った蘭《らん》は、ホテルに向《む》かって走《はし》り出《だ》した。


マリーナベイに入《はい》ってきたタンカーは汽笛《きてき》を鳴《な》らしながら、左側《ひだりがわ》のベンジャミン・シアーズ橋《はし》の方《ほう》に向《む》かった。

タンカーの操舵室《そうだしつ》では、舵《かじ》を操作《そうさ》する部下《ぶか》のそばにユージーン・リムが立《た》っていた。

「行《い》けるか？」

「なんとか」

右《みぎ》に振《ふ》った船尾《せんび》が湾岸《わんがん》ギリギリのところを通過《つうか》すると、湾岸沿《わんがんぞ》いの道路《どうろ》に海水《かいすい》が押《お》し寄《よ》せてきて、走《はし》っていた車《くるま》が押《お》し流《なが》されていった。

園子《そのこ》はスイートルームの部屋《へや》のベッドに横《よこ》たわりながら、スマホにつけた京極《きょうごく》に似《に》たマスコット人形《にんぎょう》を見《み》つめていた。

「園子《そのこ》さん！　園子《そのこ》さん！」

突然《とつぜん》、ドンドンとドアを叩《たた》く音《おと》と共《とも》に、廊下《ろうか》に立《た》っている京極《きょうごく》の声《こえ》が聞《き》こえてきた。

「……何《なに》？」

ベッドから起《お》き上《あ》がった園子《そのこ》がドアを少《すこ》し開《あ》けると、京極《きょうごく》が顔《かお》をのぞかせた。

「外《そと》で何《なに》かあったようです。ホテルを出《で》た方《ほう》がいいのではないかと」

そのとき、部屋《へや》の電話《でんわ》が鳴《な》った。園子《そのこ》はリビングルームのサイドボードに置《お》かれた電話《でんわ》の受話器《じゅわき》を取《と》った。

「はい……はい……」

園子《そのこ》は電話《でんわ》をしながら、窓《まど》のカーテンを開《あ》けて外《そと》を見《み》た。

すると、眼下《がんか》の道路《どうろ》を高速《こうそく》で移動《いどう》するたくさんの車《くるま》と、歩道《ほどう》を走《はし》っていく人々《ひとびと》が見《み》える
――。

「……ええ、わかりました」

園子《そのこ》が電話《でんわ》を切《き》ると、部屋《へや》の入《い》り口付近《ぐちふきん》に立《た》った京極《きょうごく》が「誰《だれ》からです？」とたずねた。

「警察《けいさつ》の人《ひと》。下手《へた》に外《そと》に出《で》るとまた狙《ねら》われるかもしれないから、部屋《へや》で待機《たいき》していてって。護衛《ごえい》の人《ひと》が来《く》るみたい」

「し、しかし……」

「いいの。わたしはここにいるから」

園子《そのこ》が京極《きょうごく》に背《せ》を向《む》けたまま言《い》うと、

「……わかりました」

京極《きょうごく》は部屋《へや》を出《で》ていった。


コナンを肩車《かたぐるま》したキッドは、逃《に》げ出《だ》す人々《ひとびと》の流《なが》れに逆《さか》らいながら、マリーナベイ・サンズに向《む》かっていた。しかしいかんせん人《ひと》が多《おお》すぎて、さっきからほとんど進《すす》んでいない。キッドは人混《ひとご》みをすり抜《ぬ》けて、通路《つうろ》の手《て》すりのところまでやってきた。

「まずい、この人混《ひとご》みだとホテルに近《ちか》づけねぇ！」

コナンは対岸《たいがん》のマリーナベイ・サンズを見《み》て歯噛《はが》みした。

マリーナベイ・サンズに行《い》くには、もう一《ひと》つの橋《はし》、ヘリックス・フリッジを渡《わた》らなければいけないのに、その橋《はし》もまだ遠《とお》い。さらにその橋《はし》の向《む》こうには、タンカーが迫《せま》っている――。

コナンを背負《せお》ったキッドは、キョロキョロと周囲《しゅうい》を見回《みまわ》していた。そして、観光船《かんこうせん》のバムボートが停《と》まっている桟橋《さんばし》で何《なに》かを見《み》つけた。

「しゃーねえ、一《いち》か八《ばち》かだ！」

と、走《はし》り出《だ》したキッドは、桟橋《さんばし》に向《む》かった。

桟橋《さんばし》にいる人達《ひとたち》の中《なか》に、キッドの付《つ》き人《びと》である寺井黄之助《じいこうのすけ》がいたのだ。

キッドは寺井《じい》からプロペラ付《つ》きのエンジンを受《う》け取《と》り、船《ふね》の向《む》こうで変身《へんしん》、そして桟橋《さんばし》の先《さき》から飛《と》んだ。

キッドのハンググライダーが海面《かいめん》ギリギリを突《つ》き進《すす》み、一気《いっき》に上昇《じょうしょう》してタンカーに向《む》かって飛《と》んでいく。

「あ、あれ、怪盗《かいとう》キッド！」

「キッドだわ‼」

桟橋《さんばし》にいた人達《ひとたち》が夜空《よぞら》を見上《みあ》げていると、警官達《けいかんたち》が走《はし》ってきた。

「キッドです！　怪盗《かいとう》キッドが現《あらわ》れました‼」

無線《むせん》で知《し》らせる警官《けいかん》の背後《はいご》を、寺井《じい》は帽子《ぼうし》を被《かぶ》って歩《ある》いていった。


いつもなら大勢《おおぜい》の人《ひと》でにぎわうサンズ・スカイパークのプールは、客《きゃく》もスタッフも避難《ひなん》してしまい、閑散《かんさん》としていた。

レオン、ジャマルッディンと共《とも》に足《あし》を踏《ふ》み入《い》れた中富禮次郎《なかとみれいじろう》は、誰《だれ》もいないプールを見《み》てヘッヘッへ……と笑《わら》った。

「こりゃあ貸《か》しきりだなぁ！」

階段《かいだん》を下《お》りてデッキチェアが並《なら》ぶプールサイドに立《た》つと、いきなりジャマルッディンが階段《かいだん》を飛《と》び越《こ》えて禮次郎《れいじろう》をデッキチェアから引《ひ》き離《はな》した。

「ひっ、な、なんだよ!?」

とデッキチェアを見《み》ると——散乱《さんらん》するバスタオルの中《なか》、小五郎《こごろう》が座《すわ》っていた。

「ねっ、眠《ねむ》りの小五郎《こごろう》!!」

「!!」

階段《かいだん》の上《うえ》に立《た》っていたレオンは目《め》を見張《みは》った。三人《さんにん》の間《あいだ》に緊張《きんちょう》が走《はし》る。

しかし、小五郎《こごろう》は太《ふと》ももに両肘《りょうひじ》をついて腰掛《こしか》けたまま、一向《いっこう》に動《うご》く気配《けはい》がない。

やがて、グーグーグー……と小五郎《こごろう》の寝息《ねいき》が聞《き》こえてきた。

唖然《あぜん》としたレオンは、額《ひたい》に手《て》をやって苦笑《にがわら》いした。

「……わからん。この男《おとこ》のことだけは……」

キッドに抱《だ》きかかえられたコナンはハンググライダーで空《そら》を飛《と》びながら、スマホで蘭《らん》に電話《でんわ》をかけ続《つづ》けた。

しかし、電話回線《でんわかいせん》が混雑《こんざつ》していてつながらない。

(ダメだ!　つながらねぇ……!)

するとそのとき——タンカーの船首《せんしゅ》に立《た》っていた海賊《かいぞく》が肩撃《かたう》ち式《しき》ロケットランチャーを使《つか》った。放《はな》たれたロケット弾《だん》がキッドのハンググライダーに向《む》かって一直線《いっちょくせん》に突《つ》き進《すす》む

――！

「!!」

キッドはとっさにハンググライダーを回転《かいてん》させて、ロケット弾《だん》をかわした。

キッドがかわしたロケット弾《だん》は海上《かいじょう》で弧《こ》を描《えが》き、マリーナベイ・サンズ前《まえ》の通《とお》りに着弾《ちゃくだん》した。すさまじい爆風《ばくふう》が巻《ま》き起《お》こり、走《はし》っていた車《くるま》が吹《ふ》き飛《と》ばされて道路《どうろ》を転《ころ》がっていく。

海賊《かいぞく》は続《つづ》けてロケット弾《だん》を発射《はっしゃ》した。キッドが再《ふたた》びハンググライダーを一回転《いっかいてん》させてかわすと、ロケット弾《だん》は水面《すいめん》に着弾《ちゃくだん》して巨大《きょだい》な水柱《みずばしら》が上《あ》がった。

イベントプラザからマリーナベイ・サンズにやって来《き》た蘭《らん》は、無人《むじん》の一階《いっかい》ロビーを走《はし》っていた。みんなが慌《あわ》てて避難《ひなん》したため、床《ゆか》にはキャリーケースや帽子《ぼうし》などが散乱《さんらん》している。

「もぉ！　どこにいるのよ!?　お父《とう》さん！」

海賊《かいぞく》が放《はな》ったロケット弾《だん》は、マリーナベイ・サンズに隣接《りんせつ》する植物園《しょくぶつえん》『ガーデンズ・バイ・ザ・ベイ』にも着弾《ちゃくだん》し、すさまじい爆音《ばくおん》がすると同時《どうじ》に黒煙《こくえん》が舞《ま》い上《あ》がった。

サンズ・スカイパークにいるレオンは、地上《ちじょう》で次々《つぎつぎ》と黒煙《こくえん》が噴《ふ》き上《あ》がるのを見《み》て、フフフ……と笑《わら》いをもらした。そしてこらえ切《き》れずに、アハハハ!!　と高笑《たかわら》いする。

「見《み》てみろ。この街《まち》は新《あら》たに生《う》まれ変《か》わるんだ。私《わたし》の手《て》で――!!」

上機嫌《じょうきげん》でジャマルッディンに歩《あゆ》み寄《よ》ると、

「む！」

何《なに》かの気配《けはい》に気《き》づいたジャマルッディンがピクリと眉《まゆ》を上《あ》げ、薄暗《うすぐら》い通路《つうろ》の先《さき》を見《み》た。

レオンと禮次郎《れいじろう》もつられて目《め》を向《む》けると――拳銃《けんじゅう》を持《も》つ人影《ひとかげ》が見《み》えた。その銃口《じゅうこう》は、レオン達《たち》の方《ほう》を向《む》いている。

その人影《ひとかげ》があらわになったとたん、レオンはまさかと目《め》を見開《みひら》いた。

「なんで君《きみ》が……⁉」

そのとき、まぶしい光《ひかり》がレオン達《たち》のいるプールを照《て》らした。

それは軍用《ぐんよう》ヘリコプターのサーチライトだった。複数《ふくすう》のヘリコプターがけたたましい音《おと》を立《た》てて、レオン達《たち》の上空《じょうくう》を通過《つうか》する。

「ぐっ……！」

ヘリコプターのローターから強烈《きょうれつ》な風《かぜ》が吹《ふ》き下《お》ろされて、レオンは持《も》っていたアタッシエケースごと飛《と》ばされそうになった。

マリーナベイ・サンズを通過《つうか》した軍用《ぐんよう》ヘリは、タンカーに向《む》かっていく。

風《かぜ》が弱《よわ》まると、銃《じゅう》を構《かま》えた人影《ひとかげ》はゆっくりとレオン達《たち》に近《ちか》づいてきた。禮次郎《れいじろう》が「ひっ」と両手《りょうて》を上《あ》げる。

「ま、待《ま》て」

レオンは人影《ひとかげ》に手《て》のひらを向《む》けた。

「……驚《おどろ》いたな。君《きみ》にここまでの能力《のうりょく》があったとはね……私《わたし》も読《よ》み切《き》れなかったよ、リシ……」

薄闇《うすやみ》から現《あらわ》れたのは、拳銃《けんじゅう》を持《も》ったリシ・ラマナサンだった。銃口《じゅうこう》をレオン達《たち》に向《む》けたまま、立《た》ち止《ど》まる。

「こうなったら潔《いさぎよ》く認《みと》めよう。そう、これは全《すべ》て私《わたし》の計画《けいかく》だ。少《すこ》し話《はな》そうじゃないか。そんな物騒《ぶっそう》なものはしまってくれ」

レオンが穏《おだ》やかな口調《くちょう》で言《い》うと、リシは眉間《みけん》に深《ふか》いしわを寄《よ》せた。

「レオン先生《せんせい》こそ、何《なに》か勘違《かんちが》いしてるんじゃないかな……」

マリーナベイ・サンズの上空《じょうくう》を通過《つうか》した軍用《ぐんよう》ヘリは、タンカーの真上《まうえ》でホバリングを始《はじ》めた。空中《くうちゅう》で停止《ていし》したヘリから、兵士達《へいしたち》が次々《つぎつぎ》とワイヤーで降下《こうか》する。

甲板《かんぱん》に下《お》りた兵士達《へいしたち》は、操舵室《そうだしつ》に向《む》かった。

扉《とびら》を開《あ》けて、銃《じゅう》を構《かま》える。

「動《うご》くな!!」

しかし、操舵室《そうだしつ》はもぬけの殻《から》だった。

兵士達《へいしたち》が操舵室《そうだしつ》に突入《とつにゅう》する直前《ちょくぜん》。

海賊達《かいぞくたち》は甲板《かんぱん》の手《て》すりに結《むす》んであったロープを伝《つた》い下《お》りて、タンカーに係留《けいりゅう》してあった数台《すうだい》の小型《こがた》ボートに分乗《ぶんじょう》した。そして闇《やみ》に紛《まぎ》れて発進《はっしん》させると、タンカーを後《あと》にした。

操舵室《そうだしつ》に誰《だれ》もいないことを確認《かくにん》すると、兵士《へいし》は携帯無線機《けいたいむせんき》を手《て》にした。

「誰《だれ》もいません。これより船《ふね》を停止《ていし》させます」

自動航行《じどうこうこう》になっていたタンカーは、モニターに予定針路線《よていしんろせん》が表示《ひょうじ》されていた。予定針路《よていしんろ》ではマリーナベイの奥《おく》まで進《すす》むことになっていたが、途中《とちゅう》でなぜか変更《へんこう》されていた。変更針路《しんろ》は大《おお》きく左《ひだり》にそれて、マリーナベイ・サンズの手前《てまえ》にある『フラワードーム』辺《あた》りの岸《きし》に衝突《しょうとつ》する形《かたち》になっていた。


やがてタンカーは変更針路《へんこうしんろ》のとおり、左《ひだり》へ大《おお》きく曲《ま》がった。

ドオオオォオォン——すさまじい響《ひび》きを立《た》ててタンカーの左舷前部《さげんぜんぶ》が岸《きし》に衝突《しょうとつ》したかと思《おも》うと、湾岸道路《わんがんどうろ》が大《おお》きくまくれ上《あ》がり、走《はし》っていたパトカーが横転《おうてん》する。

岸《きし》に乗《の》り上《あ》げたタンカーが止《と》まると同時《どうじ》に、マリーナベイ・サンズ近《ちか》くの岸《きし》に到着《とうちゃく》した小型《こがた》ボートから海賊達《かいぞくたち》が次々《つぎつぎ》と上陸《じょうりく》した。そして海辺周辺《うみべしゅうへん》の警戒《けいかい》に当《あ》たっていた警察部隊《けいさつぶたい》にいきなり発砲《はっぽう》し始《はじ》めた。

「タンカーが止《と》まった！　キッド」

「ここは警察《けいさつ》に任《まか》せよう！」

市街上空《しがいじょうくう》を飛《と》びながら地上《ちじょう》の様子《ようす》を見《み》ていたキッドは、大《おお》きく旋回《せんかい》した。

10

街《まち》に突《つ》っ込《こ》ませるはずのタンカーは、予定《よてい》よりずいぶん手前《てまえ》の岸《きし》に衝突《しょうとつ》してしまった。

「タンカーが……いったい何《なに》が……」

ガラスの壁《かべ》に額《ひたい》と手《て》をつけて食《く》い入《い》るようにマリーナベイを見《み》ていたレオンは、ズルリと手《て》を落《お》とした。

「おっ、おとなしくする。撃《う》たないでくれぇ!!」

レオンのそばで、中富禮次郎《なかとみれいじろう》が頭《あたま》を押《お》さえてしゃがみ込《こ》んだ。しかし、リシは拳銃《けんじゅう》を下《お》ろさなかった。

銃声《じゅうせい》が響《ひび》き、禮次郎《れいじろう》のすぐ脇《わき》で弾《たま》がはねる。

「ひゃあああ！　助《たす》けてぇ！　殺《ころ》さないでくれ～～～!!」

腰《こし》が抜《ぬ》けた禮次郎《れいじろう》は、その場《ば》で頭《あたま》を抱《かか》えてうずくまった。

「リシ君《くん》……まさか撃《う》つとは……」

レオンが言《い》うと、リシは無言《むごん》で拳銃《けんじゅう》をレオンに向《む》けた。

「ジャマルッディン！」

助《たす》けを求《もと》めようと振《ふ》り返《かえ》ると、ジャマルッディンはレオンから離《はな》れて腕組《うでぐ》みをした。

「ま、待《ま》て。ジャマルッディン、どういうつもりだ」

「俺《おれ》がアンタに仕《つか》えていたのは、京極《きょうごく》と戦《たたか》うためだ。もうアンタに仕《つか》える意味《いみ》はない」

「何《なに》……!?」

呆然《ぼうぜん》とするレオンに、リシが「レオン先生《せんせい》」と呼《よ》びかける。

「失礼《しつれい》ですが、少《すこ》し腕《うで》が鈍《にぶ》ったんじゃないですか？　世界《せかい》を動《うご》かしていたのは、あなたじゃない。僕《ぼく》さ」

拳銃《けんじゅう》を構《かま》えたリシの目《め》が、カッと見開《みひら》いた。今《いま》まで見《み》たことのない、その思《おも》いつめた表情《ひょうじょう》に、レオンが思《おも》わずたじろぐ。

「まさか……君《きみ》が……？」

リシは拳銃《けんじゅう》の引《ひ》き金《がね》にかけた指《ゆび》に力《ちから》を込《こ》めた。

「ま、待《ま》て！　待《ま》ってくれ！　こ、これを君《きみ》にやろう！」

レオンは持《も》っていたアタッシェケースを差《さ》し出《だ》した。

「中《なか》には宝石《ほうせき》が入《はい》っている。いい取《と》り引《ひ》きだろう？　…リシ君《くん》」

しかし、リシはレオンの取《と》り引《ひ》きに応《おう》じようとはしなかった。引《ひ》き金《がね》を引《ひ》いていく。

撃《う》たれる――レオンがアタッシェケースで頭《あたま》をかばおうとしたとき、一枚《いちまい》のトランプが飛《と》んできて、リシの手《て》をはじいた。

トランプが地面《じめん》に突《つ》き刺《さ》さり、飛《と》ばされた拳銃《けんじゅう》がデッキチェアの上《うえ》で跳《は》ねる。

一同《いちどう》が空《そら》を見上《みあ》げると——トランプ銃《じゅう》を持《も》ったキッドとコナンの姿《すがた》があった。コナンが飛《と》び降《お》りる。

リシがデッキチェアに乗《の》った拳銃《けんじゅう》に手《て》を伸《の》ばそうとすると、コナンがその上《うえ》に着地《ちゃくち》して、銃《じゅう》が大《おお》きく跳《は》ね上《あ》がった。プールサイドの木々《きぎ》を飛《と》び越《こ》えて、プールにドボンと落《お》ちる。同時《どうじ》にリシの体《からだ》に空《そら》から飛《と》んできたワイヤーが巻《ま》きつき、柱《はしら》に張《は》りつけられた。そのそばにワイヤー銃《じゅう》を持《も》ったキッドが着地《ちゃくち》して、コナンが駆《か》け寄《よ》った。

「怪盗《かいとう》キッド!?」

うずくまっていた禮次郎《れいじろう》が声《こえ》を上《あ》げる。柱《はしら》に張《は》りつけられたリシは、キッドのそばにいるコナンを見《み》て身《み》を乗《の》り出《だ》した。

「なっ、なんでここにアーサー君《くん》が!?」

ホテルタワー3の一階《いっかい》ロビーからエレベーターに乗《の》った蘭《らん》は、コナンから着信《ちゃくしん》があったことに気《き》づいた。

「コナン君《くん》から着信《ちゃくしん》？　どうしたんだろう……？」

すぐにかけ直《なお》してみるが、アナウンスが流《なが》れてつながらない。

すると、エレベーターが止《と》まった。降《お》りてみると、そこはまだ屋上《おくじょう》ではなかった。

「えっと、屋上《おくじょう》へは三十四階《さんじゅうよんかい》で乗《の》り換《か》えしなきゃいけないんだっけ」

蘭《らん》が乗《の》り換《か》えのエレベーターに向《む》かうと同時《どうじ》に、別《べつ》のエレベーターの扉《とびら》が開《あ》いた。そのエレベーターに乗《の》っていた海賊達《かいぞくたち》は、走《はし》っていく蘭《らん》の姿《すがた》を目《め》にして、追《お》おうとした。

「おいっ！」

「待《ま》て」

海賊《かいぞく》のユージーンは子分達《こぶんたち》を手《て》で制《せい》すると、スマホを操作《そうさ》して、ある人物《じんぶつ》から送《おく》られてきた写真《しゃしん》を表示《ひょうじ》した。それは、マーライオン・パークを歩《ある》いている園子《そのこ》の写真《しゃしん》だった。画面《がめん》をスワイプして次々《つぎつぎ》と写真《しゃしん》を表示《ひょうじ》させると、園子《そのこ》と一緒《いっしょ》に写《うつ》っている蘭《らん》の姿《すがた》があった。

ユージーンは写真《しゃしん》を見《み》てフッと笑《わら》うと、海賊達《かいぞくたち》を引《ひ》き連《つ》れて歩《ある》き出《だ》した。

タンカーが衝突《しょうとつ》した岸《きし》の反対側《はんたいがわ》——マリーナベイ・サンズの北《きた》にある橋《はし》でつながった対岸《たいがん》には、『シンガポール・フライヤー』と呼《よ》ばれる世界最大級《せかいさいだいきゅう》の観覧車《かんらんしゃ》があった。

二人《ふたり》の海賊《かいぞく》はそちらの岸《きし》に小型《こがた》ボートを乗《の》りつけ、ロケット弾《だん》を対岸《たいがん》に向《む》けて撃《う》った。植物園《しょくぶつえん》『ガーデン・バイ・ザ・ベイ』の巨大《きょだい》なツリー群《ぐん》に次々《つぎつぎ》と着弾《ちゃくだん》して、黒煙《こくえん》が巻《ま》き上《あ》がる。

炎上《えんじょう》する植物園《しょくぶつえん》の中《なか》では、海賊《かいぞく》と警察部隊《けいさつぶたい》の激《はげ》しい銃撃戦《じゅうげきせん》が繰《く》り広《ひろ》げられていた。

パトカーの陰《かげ》から応戦《おうせん》していたアイダン警部補《けいぶほ》は、海賊達《かいぞくたち》が銃《じゅう》を撃《う》ちながら同《おな》じ方向《ほうこう》へ走《はし》っていくのに気《き》づいた。

海賊達《かいぞくたち》が走《はし》っていく方向《ほうこう》にあるのは——アイダン警部補《けいぶほ》は植物園《しょくぶつえん》の奥《おく》にそびえ立《た》つ三《みっ》つの高層《こうそう》タワーを見上《みあ》げた。

「アイツら、マリーナベイ・サンズを目指《めざ》してるのか⁉」

ワイヤーで柱《はしら》に縛《しば》られたリシは、体《からだ》を動《うご》かしてなんとかワイヤーを解《と》こうとした。しかしワイヤーはまったく緩《ゆる》まず、リシはコナンとキッドを見《み》た。

「なっ、何《なに》をするんだ！　僕《ぼく》は首謀者《しゅぼうしゃ》である二人《ふたり》を捕《つか》まえようとしていたんだ！」

「下手《へた》な芝居《しばい》は止《や》めるんだな、リシ・ラマナサン」

コナンはフルネームで呼《よ》んだ。

「アンタが黒幕《くろまく》だということは、わかっている」

「クッ……」

「最初《さいしょ》に疑問《ぎもん》を持《も》ったのは、現場《げんば》に残《のこ》されていたキッドの予告状《よこくじょう》だ」

「警官《けいかん》が予告状《よこくじょう》に気《き》づいたのは、リシ、アンタが現場《げんば》に到着《とうちゃく》してすぐだったよな？」

キッドがたずねると、リシは目《め》をそらした。

「そしてさっき、レオンさんはどこにいるかときいたとき、アンタの疑《うたが》いは決定的《けっていてき》になったんだ」

「何《なに》……!?」

リシは驚《おどろ》いてコナンを見《み》た。

「レオンさんほどの自惚《うぬぼ》れの強《つよ》い人《ひと》が、計画《けいかく》の達成《たっせい》を目前《もくぜん》にして海外《かいがい》に逃《に》げるわけがない。きっと一番見晴《いちばんみは》らしのいい場所《ばしょ》で見物《けんぶつ》しているはず……そのことにアンタが気《き》づかないはずがない！」

「……驚《おどろ》いたな。あれは僕《ぼく》を試《ため》したんだな」

「全《すべ》ては五年前《ごねんまえ》、お父《とう》さんの事故《じこ》が計画《けいかく》の始《はじ》まりだったんだね」

コナンはそう言《い》うと、持《も》っていたスマホの画面《がめん》を見《み》せた。それは、五年前《ごねんまえ》のシンガポール新聞《しんぶん》の記事《きじ》だった。手錠《てじょう》をかけられた男《おとこ》が報道陣《ほうどうじん》に囲《かこ》まれている写真《しゃしん》がある。男《おとこ》の脇《わき》にいるのはシェリリン・タンだ。

「『海洋学者殺《かいようがくしゃごろ》し、否認《ひにん》の容疑者一転《ようぎしゃいってん》して罪《つみ》を認《みと》める』。確《たし》か……」

新聞記事《しんぶんきじ》の見出《みだ》しを読《よ》み上《あ》げながらコナンが振《ふ》り返《かえ》ると、禮次郎《れいじろう》が「ヒッ！」と肩《かた》を跳《は》ね上《あ》げた。

「中富《なかとみ》さんがシンガポールを訪《おとず》れたのも、五年前《ごねんまえ》だったよね」

「い、いや、俺《おれ》は……」

「犯人《はんにん》をレオンさんが捕《つか》まえ、シェリリンさんが弁護《べんご》し、有罪《ゆうざい》を認《みと》めさせた。ただの偶然《ぐうぜん》だとは思《おも》えない」

コナンの言葉《ことば》に、禮次郎《れいじろう》は「どういうことだ……？」と眉《まゆ》をひそめた。レオンが小《ちい》さく舌打《したう》ちをする。

「中富海運《なかとみかいうん》が所有《しょゆう》するタンカーを手《て》に入《い》れるための罠《わな》だったのさ」

キッドがニヤリと笑《わら》って答《こた》えると、コナンが続《つづ》いた。

「全《すべ》ては仕組《しく》まれていたんだ。そして、もう一《ひと》つの罠《わな》があったことに……アンタは気《き》がついたんだろ？」

と、リシを見《み》る。

「……僕《ぼく》も、最初《さいしょ》は事故《じこ》だと思《おも》っていた。だが、親父《おやじ》の遺品整理《いひんせいり》をしていて気《き》づいたんだ。親父《おやじ》は海底遺跡《かいていいせき》を調査中《ちょうさちゅう》、偶然《ぐうぜん》、海賊王《かいぞくおう》の証《あかし》『紺青《こんじょう》の拳《フィスト》』が眠《ねむ》っている可能性《かのうせい》の高《たか》い沈没《ちんぼつ》船《せん》を発見《はっけん》したんだ」

リシはレオンをにらみつけた。

「だからまず親父《おやじ》を殺害《さつがい》したんだろ。先《さき》に宝石《ほうせき》を引《ひ》き上《あ》げさせないためにな！」

コナンもわずかに動揺《どうよう》の色《いろ》を見《み》せるレオンに目《め》を向《む》けた。

「目《め》の前《まえ》で海《うみ》に人《ひと》が落《お》ちれば、正義感《せいぎかん》の強《つよ》いリシさんの親父《おやじ》さんなら必《かなら》ず助《たす》けに入《はい》るとにらんだんだろう。男性《だんせい》を海《うみ》に突《つ》き落《お》としたのは、おそらくレイチェルさんだ」

コナンの言葉《ことば》を聞《き》いて、禮次郎《れいじろう》は青《あお》ざめた。

五年前《ごねんまえ》――レオンとボートに乗《の》っていた禮次郎《れいじろう》は、酒《さけ》をあおりながらボートを操縦《そうじゅう》していた。そして泥酔《でいすい》した禮次郎《れいじろう》は、リシの父親《ちちおや》が溺《おぼ》れた人《ひと》を助《たす》けに海《うみ》に入《はい》ったところに、ボートで突《つ》っ込《こ》んでしまったのだ。

「ど、どういうことだ。レオン、お前《まえ》……！」

禮次郎《れいじろう》はレオンの胸《むな》ぐらにつかみかかった。

「離《はな》せ！」

レオンがアタッシェケースを振《ふ》り回《まわ》し、禮次郎《れいじろう》を殴《なぐ》りつける。

倒《たお》れ込《こ》んだ禮次郎《れいじろう》を冷《さ》めた目《め》で見下《みお》ろすと、乱《みだ》れたスーツを整《ととの》えた。

「リシ君《くん》。君《きみ》は誤解《ごかい》をしている。父上《ちちうえ》を殺害《さつがい》した犯人《はんにん》は刑務所《けいむしょ》へ……」

リシはレオンをにらみつけた。

「親父《おやじ》の死《し》に疑問《ぎもん》を持《も》った僕《ぼく》は、この国《くに》でアンタに弟子《でし》入《い》りして、予備警察官《よびけいさつかん》になった。そして事故《じこ》について調《しら》べ始《はじ》めた。まず弁護《べんご》を担当《たんとう》したシェリリン・タンに近付《ちかづ》き、禮次郎《れいじろう》の件《けん》をネタにレオンを強請《ゆす》らないかと持《も》ちかけたら、あっさり教《おし》えてくれた」

「あの女《おんな》……！」

レオンが忌々《いまいま》しげにつぶやく。

「そして、レイチェル。彼女《かのじょ》を通《とお》して、お前達《まえたち》の情報《じょうほう》は全《すべ》て筒抜《つつぬ》けだったのさ」

「ならば」レオンはキッドを指差《ゆびさ》した。

「キッドの予告状《よこくじょう》を貼《は》ったのはなぜだ？」

「教《おし》えてもらおうか」キッドもニヤリとしてリシを見《み》る。

「『紺青《こんじょう》の拳《フィスト》』、そして身《み》に覚《おぼ》えのない殺人事件《さつじんじけん》。この二《ふた》つをぶら下《さ》げれば、怪盗《かいとう》はきっと来《く》る。そして、お前達《まえたち》の計画《けいかく》を邪魔《じゃま》してくれる。あの高校生探偵《こうこうせいたんてい》の登場《とうじょう》は予定外《よていがい》だったが、しっかりと役目《やくめ》を果《は》たしてくれたよ」

レオンは、グッ……と悔《くや》しげに唇《くちびる》を噛《か》んだ。すると、倒《たお》れ込《こ》んでいた禮次郎《れいじろう》が上半身《じょうはんしん》を起《お》こし、すがりつくような目《め》でジャマルッディンとレオンを見《み》た。

リシが「中富《なかとみ》さん」と呼《よ》びかける。

「アンタは盗《ぬす》みの疑《うたが》いをかけられたところを、レオン先生《せんせい》に救《すく》われたそうだが、果《は》たしてそれは偶然《ぐうぜん》かな？ よく考《かんが》えてみて。もしかしてその全《すべ》てが……」

リシに言《い》われて、禮次郎《れいじろう》はようやく気《き》づいた。

全《すべ》ては中富海運《なかとみかいうん》のタンカーを手《て》に入《い》れるために、レオンがお膳立《ぜんだ》てしたことだったのだ。

「あ、あああ……貴様《きさま》っ!!」

レオンは、フフフと低《ひく》い声《こえ》で笑《わら》った。

「よく調《しら》べ上《あ》げたな、リシ君《くん》」

そのとき——ガタンと物音《ものおと》がして、一同《いちどう》はプールの方《ほう》を振《ふ》り返《かえ》った。

プールサイドのデッキチェアのそばで寝《ね》ていた小五郎《こごろう》は、ようやく目《め》が覚《さ》めて、ふあ

〜〜〜と大《おお》あくびをした。

「ん？　ここはどこだ？」

とあたりを見回《みまわ》す。すると、

「お父《とう》さん！」

背後《はいご》から蘭《らん》の声《こえ》がした。

「おお、蘭《らん》……おおあっ！」

手《て》を振《ふ》った小五郎《こごろう》は足《あし》を踏《ふ》み外《はず》し、そのままゴロゴロと転《ころ》がってプールに落《お》ちた。

「お父《とう》さん!!」

蘭《らん》は慌《あわ》ててプールに駆《か》け寄《よ》った。


(蘭《らん》の声《こえ》!?)

プールの方《ほう》から蘭《らん》の声《こえ》が聞《き》こえたかと思《おも》うと、コナン達《たち》に複数《ふくすう》の足音《あしおと》が近《ちか》づいてきた。

「なに……!?」

現《あらわ》れたのは、武装《ぶそう》した海賊達《かいぞくたち》だった。


プールに落《お》ちた小五郎《こごろう》は、水面《すいめん》から顔《かお》を出《だ》して水《みず》を吐《は》き出《だ》した。プールの底《そこ》でつかんだものを持《も》ち上《あ》げると、それはリシの拳銃《けんじゅう》だった。

「うおっ、なんだ⁉」

ビックリして投《な》げ捨《す》てる。

「お父《とう》さん……」

蘭《らん》の声《こえ》がしてプールサイドを見《み》ると——蘭《らん》が武装《ぶそう》した海賊《かいぞく》に囲《かこ》まれていた。両腕《りょううで》をつかまれて、喉元《のどもと》にはナイフが突《つ》きつけられている。

「蘭《らん》‼」


アイダン警部補達《けいぶほたち》がいるガーデンズ・バイ・ザ・ベイは、対岸《たいがん》にいる海賊達《かいぞくたち》から執拗《しつよう》にロケット弾《だん》を撃《う》ち込《こ》まれていた。

あちこちで炎《ほのお》が上《あ》がり、あたりは火《ひ》の海《うみ》と化《か》していきそうな勢《いきお》いだ。

アイダン警部補《けいぶほ》はパトカーに乗《の》り込《こ》み、裏道《うらみち》を走《はし》らせながら、無線機《むせんき》に叫《さけ》んだ。

「一旦《いったん》退《ひ》いて、態勢《たいせい》を立《た》て直《なお》すぞ！　ヘリにも伝《つた》えろ‼」

そのとき、近《ちか》くにロケット弾《だん》が着弾《ちゃくだん》して、パトカーに爆風《ばくふう》が押《お》し寄《よ》せた。

「おわっ‼」

粉々《こなごな》に割《わ》れた運転席側《うんてんせきがわ》の窓《まど》ガラスが、助手席《じょしゅせき》のアイダン警部補《けいぶほ》にまで降《ふ》り注《そそ》いだ。

海賊《かいぞく》に銃《じゅう》を突《つ》きつけられたコナンとキッドは、両手《りょうて》を上《あ》げた。

柱《はしら》に縛《しば》りつけられたリシにも銃《じゅう》が向《む》けられ、リシがクッ……と唇《くちびる》を噛《か》む。

「さて、リシ君《くん》。残念《ざんねん》ながら形勢逆転《けいせいぎゃくてん》だ」

ニヤリとしたレオンは、「ユージーン」と呼《よ》んで、アタッシェケースを投《な》げた。

「計画《けいかく》は失敗《しっぱい》したが、この宝石《ほうせき》は君《きみ》にあげるよ。ここにいるヤツらを全員片付《ぜんいんかたづ》けろ」

ユージーンはアタッシェケースを開《あ》けて、中《なか》に入《はい》っているブルーサファイアを確認《かくにん》した。

そしてリシに銃《じゅう》を向《む》けた部下《ぶか》を振《ふ》り返《かえ》り、首《くび》を縦《たて》に振《ふ》る。

すると、部下《ぶか》はリシに巻《ま》きついたワイヤーをほどいた。

「なっ、何《なに》をしている!?」

愕然《がくぜん》とするレオンに、別《べつ》の部下《ぶか》が「動《うご》くな!」と銃《じゅう》を突《つ》きつける。それを見《み》た禮次郎《れいじろう》は、

「ひいいっ」と後《あと》ずさりした。そしてジャグジーの端《はし》に足《あし》を引《ひ》っかけて、ジャグジーに落《お》ちる。

「たっ、助《たす》けて~~~!!」

ユージーンはジャグジーで手足《てあし》をばたつかせる禮次郎《れいじろう》をチラリと見《み》やると、アタッシェケースを閉《し》めて持《も》ち上《あ》げた。

「この宝石《ほうせき》さえ手《て》に入《はい》れば、もうお前《まえ》に用《よう》はねぇ」

「なんだと⁉」

レオンが立《た》ち去《さ》るユージーンを追《お》いかけようとすると、部下《ぶか》が銃《じゅう》を突《つ》きつけた。

「俺《おれ》は約束《やくそく》を守《まも》らない男《おとこ》でね。もっと楽《らく》な儲《もう》け話《ばなし》があっただけさ」

そう言《い》ってユージーンは立《た》ち去《さ》っていった。

もっと楽《らく》な儲《もう》け話《ばなし》って、なんだ——コナンはハッと何《なに》かに気《き》づいた。

「お前達《まえたち》の狙《ねら》いは……！」

コナンがつぶやくと、銃《じゅう》を持《も》ったリシがフフッと笑《わら》いながら近《ちか》づいてきた。

「よく気《き》のつく坊《ぼう》やだな。そのとおり、このホテルには鈴木財閥《すずきざいばつ》のお嬢様《じょうさま》がいる。誘拐《ゆうかい》すれば身代金《みのしろきん》は桁違《けたちが》いだ」

「お嬢様《じょうさま》はもう避難《ひなん》しているんじゃねーか？」

両手《りょうて》を上《あ》げたキッドが口《くち》を挟《はさ》む。

「まだスイートにいるはずだよ。僕《ぼく》が電話《でんわ》で絶対《ぜったい》に部屋《へや》を出《で》るなと言《い》っておいたからね」

リシは自信《じしん》たっぷりに言《い》った。


マリーナベイ・サンズの一階《いっかい》ロビーには、外《そと》で銃撃《じゅうげき》をしていた海賊達《かいぞくたち》が集結《しゅうけつ》していた。

エレベーターで下《お》りているユージーンから無線《むせん》で連絡《れんらく》が入《はい》る。

『標的《ひょうてき》はスイートにいる。逃《のが》さないよう、下《した》から行《い》け』

「了解《りょうかい》」

『表《おもて》の様子《ようす》は？』

「ちょっと派手《はで》にやりすぎた。ホテルの周《まわ》りは火《ひ》の海《うみ》だぜ」

『警察《けいさつ》のヤツらをまくにはかえって好都合《こうつごう》さ』


園子《そのこ》がリビングルームのソファで一人沈《ひとりしず》んでいると、突然《とつぜん》、ドアの方《ほう》からものすごい音《おと》がした。

「えっ!?」

驚《おどろ》いてドアを見《み》ると――バアアァアン!!

ドアが倒《たお》れて、京極《きょうごく》がつかつかと入《はい》ってきた。京極《きょうごく》がドアを蹴破《けやぶ》ったのだ。

「ちょ、ちょっと、真《まこと》さん!?」

「失礼《しつれい》します」

京極《きょうごく》は園子《そのこ》に歩《あゆ》み寄《よ》ると、問答無用《もんどうむよう》で園子《そのこ》を抱《だ》き上《あ》げた。

「エレベーターが全部止《ぜんぶと》まってしまいました」

「え!?」

「ここを出《で》ましょう」

園子《そのこ》を抱《だ》き上《あ》げた京極《きょうごく》は、そのまま走《はし》って部屋《へや》を出《で》た。そしてエレベーターホールの前《まえ》を通《とお》り過《す》ぎようとしたとき——到着《とうちゃく》したエレベーターから海賊達《かいぞくたち》が出《で》てきた。

「いたぞ！　追《お》え‼」

追《お》いかけてくる海賊《かいぞく》の一人《ひとり》が、いきなり発砲《はっぽう》した。

「きゃあああ！」

叫《さけ》ぶ園子《そのこ》を抱《だ》きかかえた京極《きょうごく》はすばやく廊下《ろうか》のくぼみに隠《かく》れた。チラリと顔《かお》を出《だ》すと、すぐに発砲《はっぽう》してくる。

「撃《う》つな！　女《おんな》に当《あ》たる‼」

海賊達《かいぞくたち》は銃《じゅう》をしまい、次々《つぎつぎ》とナイフを出《だ》した。

京極《きょうごく》の腕《うで》の中《なか》で園子《そのこ》は、状況《じょうきょう》を理解《りかい》できずにいた。

「ま、真《まこと》さん……これ、どういうこと……」

京極《きょうごく》は園子《そのこ》を見《み》ると、海賊達《かいぞくたち》の様子《ようす》をうかがった。

観覧車《かんらんしゃ》『シンガポール・フライヤー』側《がわ》の岸《きし》にいた海賊二人《かいぞくふたり》は、ライトアップされた観《かん》覧車《らんしゃ》の支柱《しちゅう》を登《のぼ》り、頂上《ちょうじょう》からロケット弾《だん》を撃《う》ちまくっていた。

すでにマリーナベイ・サンズの周《まわ》りは火《ひ》の海《うみ》と化《か》していた。真《ま》っ赤《か》な炎《ほのお》が周囲《しゅうい》に広《ひろ》がり、湾《わん》から吹《ふ》きつける風《かぜ》が火《ひ》の粉《こ》や煙《けむり》を夜空《よぞら》に舞《ま》い上《あ》げる。

「見《み》ろ。結局全《けっきょくすべ》ては私《わたし》の思《おも》い描《えが》いたとおりになるんだ。この街《まち》は焼《や》き尽《つ》くされて生《う》まれ変《か》わる！」

地上《ちじょう》に広《ひろ》がっていく炎《ほのお》の波《なみ》をホテルの屋上《おくじょう》から見下《みお》ろしたレオンは、両手《りょうて》を広《ひろ》げて高笑《たかわら》いした。すると、リシがその口《くち》に銃《じゅう》を突《つ》っ込《こ》んだ。

「お前《まえ》が見《み》ることはないがな……！」

憎悪《ぞうお》に満《み》ちた目《め》で、レオンをにらみつける。

海賊達《かいぞくたち》がリシに気《き》を取《と》られていたとき――両手《りょうて》を上《あ》げていたキッドが突然《とつぜん》、手《て》の中《なか》から煙幕《えんまく》ボールを出《だ》して、地面《じめん》に投《な》げた。

一瞬《いっしゅん》にして煙《けむり》が巻《ま》き上《あ》がり、蘭達《らんたち》がいるプールサイドの方《ほう》にも広《ひろ》がっていく。

「なっ！」「うおっ！」

プールサイドにも煙《けむり》が押《お》し寄《よ》せて、周囲《しゅうい》は真《ま》っ白《しろ》になった。蘭《らん》と小五郎《こごろう》を取《と》り囲《かこ》んでいた海賊達《かいぞくたち》がゴホゴホとむせていると、蘭《らん》は海賊《かいぞく》の一人《ひとり》に強烈《きょうれつ》な突《つ》きを食《く》らわした。さらに煙《けむり》を突《つ》き破《やぶ》るように高《たか》くジャンプして、残《のこ》りの海賊達《かいぞくたち》に回《まわ》し蹴《げ》りを放《はな》つ。

すると、煙《けむり》の中《なか》から巨漢《きょかん》の海賊《かいぞく》が現《あらわ》れた。その長《なが》い腕《うで》を蘭《らん》の頭上《ずじょう》で振《ふ》り下《お》ろしたが、蘭《らん》はとっさによけて突《つ》きを食《く》らわせた。巨漢《きょかん》は一瞬《いっしゅん》のけぞったものの、すぐに蘭《らん》に襲《おそ》いかかってきた。

よけられない──と思《おも》ったとき、巨漢《きょかん》の手首《てくび》を小五郎《こごろう》がつかんだ。

「おりゃあああああ！」

と巨漢《きょかん》を一本背負《いっぽんぜお》いで投《な》げ飛《と》ばす。

「お父《とう》さん！」

蘭《らん》は小五郎《こごろう》の腕《うで》をつかんで走《はし》った。すると蘭《らん》に蹴《け》られた海賊《かいぞく》が起《お》き上《あ》がり、逃《に》げていく蘭達《らんたち》に発砲《はっぽう》した。走《はし》る蘭達《らんたち》の足元《あしもと》の床《ゆか》に銃弾《じゅうだん》が当《あ》たって跳《は》ね返《かえ》る。

煙《けむり》に紛《まぎ》れてプールサイドにやって来《き》たコナンは、すばやくキック力増強《りょくぞうきょう》シューズのつまみを回《まわ》した。そしてプールサイドに置《お》かれた椅子《いす》に向《む》かって走《はし》り出《だ》すと、

「くらえ!!」

銃《じゅう》を構《かま》えている海賊《かいぞく》に向《む》かって椅子《いす》を蹴《け》り飛《と》ばした。

煙《けむり》を切《き》り裂《さ》きながら一直線《いっちょくせん》に飛《と》んだ椅子《いす》は、海賊《かいぞく》の背中《せなか》を直撃《ちょくげき》して吹《ふ》っ飛《と》ばした。

一方《いっぽう》、園子《そのこ》を抱《だ》き上《あ》げてホテルの廊下《ろうか》を逃《に》げていた京極《きょうごく》は、ついに海賊達《かいぞくたち》に囲《かこ》まれてしまった。

「やっちまえ！」

海賊《かいぞく》の一人《ひとり》が京極《きょうごく》に襲《おそ》いかかった。が、京極《きょうごく》は海賊《かいぞく》のパンチをかわして、中段回《ちゅうだんまわ》し蹴《げ》りを放《はな》った。すると、その背後《はいご》から別《べつ》の海賊《かいぞく》が京極《きょうごく》の背中《せなか》をキックした。

「きゃあっ！　真《まこと》さん!!」

京極《きょうごく》は足《あし》を踏《ふ》ん張《ば》って持《も》ちこたえたが、抱《だ》き上《あ》げている園子《そのこ》は震《ふる》えていた。

「くっ……」

右手《みぎて》に巻《ま》いたミサンガが視界《しかい》に入《はい》り、レオンの言葉《ことば》が再《ふたた》び頭《あたま》によみがえった。

『君《きみ》の拳《こぶし》が危険《きけん》を呼《よ》び、愛《あい》する人《ひと》が傷《きず》つくかもしれない』

海賊達《かいぞくたち》はじりじりと京極《きょうごく》に詰《つ》め寄《よ》ってきた。

半歩下《はんぽさ》がった京極《きょうごく》は、周《まわ》りを確認《かくにん》すべくサッと目《め》を動《うご》かすと、意《い》を決《けっ》して駆《か》け出《だ》した。

「なになになに――!?」

ビックリしている園子《そのこ》を抱《かか》えた京極《きょうごく》は、壁《かべ》に向《む》かってジャンプすると、そのまま壁《かべ》を駆《か》け上《のぼ》って海賊達《かいぞくたち》の頭上《ずじょう》を越《こ》えた。そして空中《くうちゅう》で一回転《いっかいてん》して着地《ちゃくち》すると、猛烈《もうれつ》な勢《いきお》いで廊下《ろうか》を走《はし》っていく。

「追《お》え!!」

エレベーターで下《お》りてきたユージーン達《たち》も加勢《かせい》して、京極《きょうごく》を追《お》った。

廊下《ろうか》を走《はし》った京極《きょうごく》は、非常階段《ひじょうかいだん》に出《で》た。扉《とびら》に鍵《かぎ》をかけて下《した》をのぞくと、階段《かいだん》を上《のぼ》ってくる海賊《かいぞく》の姿《すがた》が見《み》えた。

さらに後《うし》ろで海賊《かいぞく》がドンドンッと扉《とびら》を叩《たた》く。

「来《き》た来《き》た来《き》た！」としがみつく園子《そのこ》を抱《かか》えて、京極《きょうごく》は階段《かいだん》を駆《か》け上《あ》がった。


マーライオン・パーク近《ちか》くの幹線道路《かんせんどうろ》には退避《たいひ》したパトカーが多数停《たすうと》まり、アイダン警《けい》部補《ぶほ》らは歩道《ほどう》に立《た》って、炎《ほのお》に囲《かこ》まれた対岸《たいがん》のマリーナベイ・サンズを見《み》ていた。

すると、パトカーの前《まえ》に停《と》まったリムジンから、ボディガードを連《つ》れたジョンハン・チエンが降《お》りてきた。

「これはいったいどういうことなんだ？」

「わかりません。海賊《かいぞく》のほとんどがホテル内《ない》に……」

アイダン警部補《けいぶほ》が答《こた》えると、ジョンハンは険《けわ》しい表情《ひょうじょう》でマリーナベイ・サンズを見《み》つめた。

「中《なか》で何《なに》が起《お》きているんだ……？」

「ここも危険《きけん》です。下《さ》がってください」

アイダン警部補《けいぶほ》は手《て》すりに手《て》をかけるジョンハンを制《せい》した。

煙《けむり》が立《た》ち込《こ》める中《なか》、コナンはプールの中央《ちゅうおう》に並《なら》べられたデッキチェアの上《うえ》を飛《と》び跳《は》ねながら、プールの外縁《がいえん》へと移動《いどう》していた。

すると、小五郎《こごろう》に投《な》げられてプールサイドに倒《たお》れていた巨漢《きょかん》がムクリと起《お》き上《あ》がり、コナンを見《み》つけると、デッキチェアを持《も》ち上《あ》げて投《な》げつけた。

デッキチェアをぶつけられたコナンの体《からだ》が大《おお》きく吹《ふ》っ飛《と》び、プールの外縁《がいえん》を越《こ》えて、その外《そと》にある柵《さく》から落《お》ちた。コナンはとっさに柵《さく》の下《した》の縁《ふち》に手《て》をかけてぶら下《さ》がったが、一緒《いっしょ》に吹《ふ》っとばされたデッキチェアが二百《にひゃく》メートル下《した》の地上《ちじょう》に吸《す》い込《こ》まれるように落《お》ちていく――。

「くっ……！」

コナンは片手《かたて》でぶら下《さ》がりながら上《うえ》を見《み》た。すると、別《べつ》のデッキチェアが柵《さく》から大《おお》きく飛《と》び出《だ》して、ゆらゆらと揺《ゆ》れていた。今《いま》にも落《お》ちそうだ――コナンがそう思《おも》ったとき、デッキチェアがガクリと傾《かたむ》いて、落下《らっか》した。

デッキチェアは縁《ふち》にぶら下《さ》がっていたコナンに直撃《ちょくげき》して、コナンは真《ま》っ逆《さか》さまに落《お》ちていった。

猛烈《もうれつ》な速度《そくど》で落《お》ちていくコナンの横《よこ》に、デッキチェアが並《なら》んだ。コナンは落下《らっか》しながら体《からだ》の向《む》きを変《か》えてデッキチェアに乗《の》った。スケートボードのようにデッキチェアの上《うえ》に立《た》ち、壁《かべ》を滑《すべ》っていく。

けれど、デッキチェアが大《おお》きく跳《は》ねてコナンの体《からだ》が再《ふたた》び飛《と》ばされた。

「わあああああ――っ!!」

コナンは猛《もう》スピードで落下《らっか》して、炎上《えんじょう》する地上《ちじょう》はもう目《め》の前《まえ》に迫《せま》っていた。

「しまった！」

このまま落《お》ちていくのか――そう思《おも》ったとき、噴《ふ》き上《あ》がる黒煙《こくえん》の中《なか》から純白《じゅんぱく》の翼《つばさ》が現《あらわ》れた。キッドのハンググライダーだ！

キッドは落下《らっか》しているコナンをキャッチすると、タワーを横切《よこぎ》るように一気《いっき》に上昇《じょうしょう》した。

「大丈夫《だいじょうぶ》か？」

「あ、ああ……」

コナンは遠《とお》ざかっていく地上《ちじょう》を見下《みお》ろして、息《いき》をついた。

「このままじゃ街《まち》が本当《ほんとう》に壊《こわ》されちまうぜ！」

キッドの言《い》うとおりだった。タンカーが街《まち》に突《つ》っ込《こ》むのは免《まぬが》れたものの、マリーナベイ・サンズ周辺《しゅうへん》は火《ひ》の海《うみ》と化《か》して、その範囲《はんい》はどんどん広《ひろ》がっている。

（クソォ。何《なに》かいい方法《ほうほう》は……）

地上《ちじょう》を見回《みまわ》したコナンは、対岸《たいがん》の観覧車《かんらんしゃ》に目《め》を留《と》めた。観覧車《かんらんしゃ》の上《うえ》では、海賊《かいぞく》がロケット弾《だん》を次々《つぎつぎ》と放《はな》っている。

「あれを使《つか》えば……いける。キッド！」

コナンはキッドの方《ほう》を向《む》いて、何《なに》やら耳打《みみう》ちをした。コナンの話《はなし》を聞《き》いたキッドが、大《おお》きく目《め》を見開《みひら》く。

「お前《まえ》、本気《ほんき》か!?」

「もちろん！」

ハンググライダーで飛《と》んでいた二人《ふたり》は、マリーナベイ・サンズの屋上《おくじょう》、サンズ・スカイパークを見下《みお》ろした。すると、その先端近《せんたんちか》くにある建物《たてもの》から園子《そのこ》を抱《だ》きかかえた京極《きょうごく》が出《で》てくるのが見《み》えた。さらにその後《うし》ろを海賊達《かいぞくたち》が追《お》いかけてくる。

「さっきいたヤツだ！」

「撃《う》ち落《お》とせ!!」

キッドのハンググライダーに気《き》づいた海賊達《かいぞくたち》は、屋上《おくじょう》の先端《せんたん》にある展望《てんぼう》デッキからマシンガンを撃《う》った。キッドはマリーナベイ・サンズから離《はな》れるように飛《と》んでいく。

海賊《かいぞく》は撃《う》つのを止《や》めて、マシンガンを下《お》ろした。

「ボス、当《あ》たんねぇ」

アタッシェケースを持《も》ったユージーンは、チッと舌打《したう》ちをした。

「こざかしい鳥《とり》め。また近《ちか》づいてきたら撃《う》ち殺《ころ》せ」

「了解《りょうかい》」

マリーナベイ・サンズから離《はな》れて飛《と》んでいったキッドは、旋回《せんかい》して再《ふたた》び屋上《おくじょう》に近《ちか》づいていった。

「おい。あの作戦《さくせん》の前《まえ》に海賊連中《かいぞくれんちゅう》をなんとかしねぇと……」

そう言《い》うとキッドはコナンを左手《ひだりて》に持《も》ち替《か》えて、懐《ふところ》からトランプ銃《じゅう》を取《と》り出《だ》した。

「トランプ銃《じゅう》もあと一発《いっぱつ》……」

「残《のこ》っているじゃねぇか。一発逆転《いっぱつぎゃくてん》の奥《おく》の手《て》が」

コナンはスカイパークにいる京極《きょうごく》を指差《ゆびさ》した。園子《そのこ》を抱《だ》きかかえた京極《きょうごく》は、バーのテーブルを倒《たお》しながら海賊達《かいぞくたち》から逃《に》げていたが、ついにテラス席《せき》の一角《いっかく》に追《お》いつめられていた。

京極《きょうごく》の右手首《みぎてくび》に巻《ま》かれたミサンガを見《み》たキッドが、ニヤリと笑《わら》う。

「なるほどな。突《つ》っ込《こ》むぞ!」

キッドのハンググライダーが加速《かそく》してスカイパークに突《つ》き進《すす》むと、展望《てんぼう》デッキにいた海《かい》賊達《ぞくたち》が一斉《いっせい》にマシンガンを撃《う》ち始《はじ》めた。

テラス席《せき》に追《お》いつめられた京極《きょうごく》はフェンスを飛《と》び越《こ》えて、展望《てんぼう》デッキにつながる通路《つうろ》に飛《と》び降《お》りた。すると、展望《てんぼう》デッキから走《はし》ってきた海賊《かいぞく》が、長《なが》い鉄《てつ》の棒《ぼう》を振《ふ》り回《まわ》してきた。

海賊《かいぞく》の攻撃《こうげき》をよけた京極《きょうごく》の右手首《みぎてくび》のミサンガがキラリと光《ひか》り、ハンググライダーで飛《と》びながらトランプ銃《じゅう》を構《かま》えたキッドはその引《ひ》き金《がね》を引《ひ》いた。

銃口《じゅうこう》から放《はな》たれたトランプは、展望《てんぼう》デッキにいた海賊達《かいぞくたち》の間《あいだ》を突《つ》き進《すす》み、京極《きょうごく》の右手首《みぎてくび》のミサンガを断《た》ち切《き》った。

ワイヤーの切《き》れたミサンガが、床《ゆか》に落《お》ちる——。

次《つぎ》の瞬間《しゅんかん》、京極《きょうごく》の強烈《きょうれつ》な拳《こぶし》が海賊《かいぞく》の体《からだ》に放《はな》たれた。鈍《にぶ》い音《おと》が幾度《いくど》となく響《ひび》いて、海賊達《かいぞくたち》の体《からだ》が次々《つぎつぎ》と吹《ふ》っ飛《と》んでいく。

海賊《かいぞく》が持《も》っていた鉄《てつ》の棒《ぼう》が、展望《てんぼう》デッキの中央《ちゅうおう》のポールに激突《げきとつ》して、粉々《こなごな》に砕《くだ》けた。

京極《きょうごく》の圧倒的《あっとうてき》な強《つよ》さを前《まえ》にして、残《のこ》った海賊《かいぞく》が「うう……」とひるむ。

「真《まこと》さん!?」

園子《そのこ》を抱《だ》いて仁王立《におうだ》ちする京極《きょうごく》は、先《さき》ほどまでの防戦一方《ぼうせんいっぽう》の京極《きょうごく》とは別人《べつじん》のようだった。すさまじい闘気《とうき》が全身《ぜんしん》から立《た》ち昇《のぼ》っている——。

展望《てんぼう》デッキにいたユージーンの命令《めいれい》で、海賊達《かいぞくたち》が京極《きょうごく》に銃《じゅう》を向《む》けた。すると、バーのテラス席《せき》のテーブルがガラガラと音《おと》を立《た》てて倒《たお》れ、ジャマルッディンが現《あらわ》れた。フェンスに足《あし》をかけ、京極《きょうごく》がいる通路《つうろ》に飛《と》び降《お》りる。

「邪魔《じゃま》をするな。この男《おとこ》の相手《あいて》は俺《おれ》だ」

ジャマルッディンはそう言《い》って、静《しず》かにゆっくりと身構《みがま》えた。

展望《てんぼう》デッキを通過《つうか》したキッドのハンググライダーは、スカイパークに沿《そ》うようにして飛《と》ぶと、急上昇《きゅうじょうしょう》した。

「キッド！　オレをプールの方《ほう》へ！」

「わかってるよ」

キッドはハンググライダーをクルリと一回転《いっかいてん》させると、降下《こうか》してスカイパークのプールへ向《む》かった。


蘭《らん》と小五郎《こごろう》は、ジャグジー側《がわ》のデッキチェアが並《なら》ぶ通路《つうろ》の端《はし》に追《お》いつめられていた。

小五郎《こごろう》が蘭《らん》の前《まえ》に立《た》ち、巨漢達《きょかんたち》と対峙《たいじ》している。

「もう逃《に》げ場《ば》はねぇぞ」

巨漢《きょかん》は折《お》り畳《たた》み式《しき》のナイフを取《と》り出《だ》して、小五郎達《ごろうたち》ににじり寄《よ》ってきた。

「蘭《らん》、下《さ》がっていろ」

前《まえ》に出《で》ようとする蘭《らん》を小五郎《こごろう》が手《て》で制《せい》する。すると、

「蘭《らん》──っ!!」

どこからか名前《なまえ》を叫《さけ》ぶ声《こえ》がした。

（え……）

蘭《らん》が驚《おどろ》いているとき、コナンはハンググライダーから飛《と》び降《お》りて、蘭達《らんたち》から遠《とお》い位置《いち》にあるデッキチェアに着地《ちゃくち》した。

そして通路《つうろ》の端《はし》までずらりと並《なら》べられたデッキチェアを次々《つぎつぎ》と押《お》しやりながら、海賊達《かいぞくたち》の方《ほう》へと進《すす》んでいく。

「いっけええぇぇ――!!」

押《お》しやられて重《かさ》なったデッキチェアがつぎつぎと跳《は》ね上《あ》がって、海賊達《かいぞくたち》の頭上《ずじょう》に落《お》ちる――!

巨漢《きょかん》の頭上《ずじょう》をデッキチェアがかすめたかと思《おも》うと、

「いやあああ――!!」

飛《と》びかかってきた蘭《らん》の強烈《きょうれつ》な左拳《ひだりこぶし》が、巨漢《きょかん》の顔面《がんめん》に叩《たた》き込《こ》まれた。地面《じめん》に倒《たお》れ込《こ》んだ巨《きょ》漢《かん》の前《まえ》に、ナイフが突《つ》き刺《さ》さる。

「……どーなってんだ、こりゃ?」

小五郎《こごろう》は海賊達《かいぞくたち》の上《うえ》に積《つ》み重《かさ》なったデッキチェアを見《み》て、首《くび》を傾《かし》げた。

「新一《しんいち》の声《こえ》が……」

自分《じぶん》の名前《なまえ》を呼《よ》ぶ新一《しんいち》の声《こえ》が聞《き》こえたような気《き》がして、蘭《らん》は周囲《しゅうい》を見回《みまわ》した。すると、積《つ》み重《かさ》なったデッキチェアの向《む》こうから、コナンがひょこっと顔《かお》を出《だ》した。

「お姉《ねえ》さん、大丈夫《だいじょうぶ》?」

「アーサー君《くん》! どうしてここに?」

コナンはギクリとした。蘭《らん》を助《たす》けるのに夢中《むちゅう》でそこまで考《かんが》えていなかったのだ。

「あ……お、お姉《ねえ》さんが心配《しんぱい》で……」

「ありがとう」

蘭《らん》はニッコリと微笑《ほほえ》むと、再《ふたた》びあたりを見回《みまわ》した。そして、

「もぉ、アイツはどこにいんのよ！」

と頬《ほお》をふくらませる。

その元気《げんき》な姿《すがた》を見《み》て、コナンはフゥ……と安堵《あんど》の息《いき》をついた。

(無事《ぶじ》でよかったぜ……)


コナンをプールエリアで下《お》ろしたキッドは、そのままスカイパークの先端《せんたん》にある展望《てんぼう》デッキへ向《む》かった。

展望《てんぼう》デッキにはユージーンと海賊達《かいぞくたち》が立《た》っていて、キッドはワイヤー銃《じゅう》を撃《う》った。

銃口《じゅうこう》から伸《の》びたワイヤーがユージーンの持《も》つアタッシェケースに引《ひ》っかかって、引《ひ》き上《あ》げられていく。

「な、なんだ!?　うおっ！」

宙《ちゅう》に浮《う》くアタッシェケースを追《お》いかけたユージーンは、階段《かいだん》を転《ころ》げ落《お》ちた。

ワイヤーをかけられたアタッシェケースは、どんどん上昇《じょうしょう》して、上空《じょうくう》を飛《と》ぶキッドの手《て》に収《おさ》まった。

「へ、サンキュ！」

キッドはワイヤー銃《じゅう》を持《も》った手《て》を頭《あたま》の横《よこ》にやると、ハンググライダーで上昇《じょうしょう》した。

展望《てんぼう》デッキ下《した》の通路《つうろ》に転《ころ》げ落《お》ちたユージーンに、海賊達《かいぞくたち》が駆《か》け寄《よ》った。そこに、リシもやってくる。

「くそっ！」

ユージーンが起《お》き上《あ》がると、そこに京極《きょうごく》の攻撃《こうげき》を食《く》らったジャマルッディンがズサアッと大《おお》きく後退《こうたい》してきた。が、すぐに京極《きょうごく》に突《つ》っ込《こ》んでいく。

京極《きょうごく》は園子《そのこ》を抱《だ》きかかえながらジャマルッディンの蹴《け》りをかわし、さらに突《つ》きを右手《みぎて》で受《う》けた。

「くっ……！」

「真《まこと》さん！」

海賊達《かいぞくたち》なら片手《かたて》でもわけなく倒《たお》せるが、ジャマルッディンはさすがにそうはいかなかった。ジャマルッディンの拳《こぶし》をつかむ京極《きょうごく》のこめかみから、一筋《ひとすじ》の汗《あせ》が流《なが》れる。

観覧車《かんらんしゃ》の上《うえ》からロケット弾《だん》を撃《う》っていた海賊《かいぞく》に、ユージーンから無線《むせん》で連絡《れんらく》が入《はい》った。

『キッドに宝石《ほうせき》を奪《うば》われた。そっちから狙《ねら》えないか？』

「OK《オーケー》、ボス」

海賊《かいぞく》は無線機《むせんき》を下《した》に置《お》くと、ロケットランチャーを構《かま》えて暗視《あんし》スコープをのぞいた。

マリーナベイ・サンズの上空《じょうくう》に、キッドのハンググライダーが見《み》える――。

海賊《かいぞく》はキッド目《め》がけてロケット弾《だん》を放《はな》った。

しかし、キッドはギリギリのところでかわして急降下《きゅうこうか》したかと思《おも》うと、タワーの間《あいだ》をくぐっていった。

「くそぉ！　チョロチョロと……！」

海賊《かいぞく》が暗視《あんし》スコープをのぞく目《め》を凝《こ》らすと、キッドのハンググライダーが再《ふたた》び現《あらわ》れた。

サンズ・スカイパークのすぐ下《した》、タワー３の前《まえ》を飛《と》んでいる――。

「くたばれ！」

ドシュ!!

キッドに向《む》けてロケット弾《だん》を発射《はっしゃ》した瞬間《しゅんかん》、スカイパークの下《した》を飛《と》んでいたキッドがクルリと観覧車《かんらんしゃ》の方《ほう》を向《む》いた。

「!!」

それは、キッドの人形《にんぎょう》だった。

ロケット弾《だん》がスカイパークの基部《きぶ》に着弾《ちゃくだん》し、すさまじい爆発《ばくはつ》が起《お》きた。

スカイパークが激《はげ》しく揺《ゆ》れて、

「きゃあああ！」

園子《そのこ》が京極《きょうごく》にしがみつく。

「大丈夫《だいじょうぶ》です、園子《そのこ》さん」

京極《きょうごく》が園子《そのこ》に気《き》を取《と》られた一瞬《いっしゅん》——ジャマルッディンの拳《こぶし》が京極《きょうごく》の顔面《がんめん》に打《う》ち込《こ》まれた。

「ぐはっ‼」

「きゃあぁ‼」

京極《きょうごく》のメガネが吹《ふ》っ飛《と》び、園子《そのこ》を抱《かか》えた京極《きょうごく》は足《あし》を踏《ふ》ん張《ば》らせてなんとか倒《たお》れるのをこらえる。しかし、口《くち》の中《なか》が切《き》れて、血《ち》がポタポタと床《ゆか》に落《お》ちた。


「やべぇ……」

スカイパークの基部《きぶ》にロケット弾《だん》を撃《う》ってしまった海賊《かいぞく》は、観覧車《かんらんしゃ》の上《うえ》で青《あお》ざめた。

すると突然《とつぜん》、どこからかワイヤーが飛《と》んできて、体《からだ》にグルグルと巻《ま》きついた。

それは、キッドのワイヤー銃《じゅう》だった。いつの間《ま》にかワイヤー銃《じゅう》を持《も》ったキッドが背後《はいご》に立《た》っていて、もう一人《ひとり》の海賊《かいぞく》の体《からだ》にもワイヤーが巻《ま》きついていた。

「キッド！　てめぇ！」

「ハーイ！」

キッドは後《うし》ろにジャンプして、観覧車《かんらんしゃ》の鉄骨《てっこつ》から飛《と》び降《お》りた。ワイヤーに引《ひ》っ張《ぱ》られた海賊達《かいぞくたち》も足《あし》を滑《すべ》らせて鉄骨《てっこつ》から落《お》ちていく。

「うわあああああ――っ!!」

海賊達《かいぞくたち》を繋《つな》いだワイヤーがレールに引《ひ》っかかり、海賊《かいぞく》の二人《ふたり》は宙吊《ちゅうづ》りになった。

「こらぁ！　下《お》ろせ～～～!!」

ハンググライダーを開《ひら》いたキッドは海賊達《かいぞくたち》に手《て》を振《ふ》ると、飛《と》び去《さ》っていった。

基部《きぶ》を砲撃《ほうげき》されて黒煙《こくえん》を噴《ふ》き出《だ》したスカイパークは、展望《てんぼう》デッキがある先端《せんたん》が下《さ》がり、わずかに動《うご》き始《はじ》めていた。

「うおおっ！」「滑《すべ》る……!!」

展望《てんぼう》デッキの床《ゆか》が傾《かたむ》いて、海賊達《かいぞくたち》がズルズルと滑《すべ》っていく。

階段《かいだん》を上《のぼ》って展望《てんぼう》デッキに出《で》た京極《きょうごく》は、園子《そのこ》を下《お》ろして床《ゆか》に座《すわ》らせた。そして着《き》ていたパーカーの紐《ひも》を抜《ぬ》き取《と》る。後《うし》ろを振《ふ》り返《かえ》ると、ジャマルッディンが追《お》いかけてきていた。

「真《まこと》さん、血《ち》が……」

園子《そのこ》が京極《きょうごく》の口元《くちもと》に垂《た》れた血《ち》を拭《ふ》くと、

「園子《そのこ》さん。失礼《しつれい》します」

京極《きょうごく》はいきなり園子《そのこ》の腰《こし》に巻《ま》いてある紐状《ひもじょう》のベルトを解《と》き始《はじ》めた。

「え……ちょっと何《なに》やってるの？　こんなところで、真《まこと》さん!?　ダメだって～～～!!」

園子《そのこ》が顔《かお》を真《ま》っ赤《か》にしていると、京極《きょうごく》はベルトの紐《ひも》とパーカーの紐《ひも》を固《かた》く結《むす》んだ。そしてその紐《ひも》を園子《そのこ》の脇《わき》の下《した》に通《とお》して園子《そのこ》を背負《せお》い、さらに園子《そのこ》の足《あし》を引《ひ》き寄《よ》せて紐《ひも》を通《とお》すと体《からだ》を起《お》こした。

「えっ⁉ きゃっ」

京極《きょうごく》は複雑《ふくざつ》に組《く》まれた紐《ひも》を自分《じぶん》の腹《はら》の上《うえ》でギュッと固《かた》く縛《しば》り、園子《そのこ》の足《あし》に手《て》をかけた。

「背負《せお》い結《むす》びです。園子《そのこ》さん、今度《こんど》こそ絶対《ぜったい》に離《はな》れないでください」

一瞬《いっしゅん》ポカンとした園子《そのこ》は、すぐに頬《ほお》を赤《あか》らめて笑《わら》った。

(って、これじゃあ離《はな》れたくても離《はな》れられないけど……)

園子《そのこ》を背負《せお》った京極《きょうごく》は、あらためてジャマルッディンと向《む》き合《あ》った。

「うおおおお――っ‼」

ジャマルッディンが気合《きあ》いの雄《お》たけびを上《あ》げながら、京極《きょうごく》に突進《とっしん》した。そして大《おお》きくジャンプして回《まわ》し蹴《げ》りを放《はな》つ。京極《きょうごく》はすばやくしゃがんで蹴《け》りをかわすと、右拳《みぎこぶし》を突《つ》き出《だ》した。が、ジャマルッディンが両腕《りょううで》をクロスして防《ふせ》ぐ。

黒煙《こくえん》と火《ひ》の粉《こ》が舞《ま》う中《なか》、二人《ふたり》の激《はげ》しい攻防戦《こうぼうせん》が続《つづ》いた。

その間《あいだ》にも、基部《きぶ》を失《うしな》って前傾《ぜんけい》したスカイパークは、ズルズルとその巨体《きょたい》を前《まえ》へと進《すす》ませていた。

やがてホテルの全照明《ぜんしょうめい》が消《き》えて、向《む》き合《あ》った京極《きょうごく》とジャマルッディンは、互《たが》いに苦《くる》しそうに肩《かた》で息《いき》をしていた。

膝《ひざ》に手《て》を置《お》いていたジャマルッディンが、ゆっくりと体《からだ》を起《お》こす。京極《きょうごく》も口元《くちもと》の血《ち》を拭《ぬぐ》い、身構《みがま》えた。

満身創痍《まんしんそうい》の京極《きょうごく》がジャマルッディンに突進《とっしん》したとき——スカイパークが大《おお》きく動《うご》いた。足《あし》を止《と》めた京極《きょうごく》があたりを見《み》る。すると、ジャマルッディンが動《うご》いた。

「うおおおおお——っっ!!」

右足《みぎあし》を頭上高《ずじょうたか》く振《ふ》り上《あ》げ、京極《きょうごく》の脳天《のうてん》に向《む》けて高速《こうそく》で振《ふ》り下《お》ろす——!

ジャマルッディンの踵《かかと》が京極《きょうごく》の頭《あたま》を打《う》つ寸前《すんぜん》、京極《きょうごく》がザッとかわした。振《ふ》り下《お》ろされた踵《かかと》が床《ゆか》を打《う》ち砕《くだ》く。

ジャマルッディンはとっさに体《からだ》を起《お》こして辺《あた》りを見回《みまわ》すが、京極《きょうごく》の姿《すがた》はどこにもない。

「どこだ!?」

すると、前方《ぜんぽう》の煙《けむり》がむくむくとふくれ上《あ》がったかと思《おも》うと——全身《ぜんしん》に闘志《とうし》のオーラをまとわせた京極《きょうごく》が煙《けむり》の中《なか》から飛《と》び出《だ》してきた。

「ううううおおおお——っっ!!」

京極《きょうごく》はジャマルッディンの腹《はら》に右拳《みぎこぶし》を深《ふか》く食《く》い込《こ》ませた。大《おお》きく吹《ふ》っ飛《と》んだジャマルッディンの巨体《きょたい》が、ユージーンと海賊達《かいぞくたち》をなぎ倒《たお》していく。

拳《こぶし》を突《つ》き出《だ》したままの京極《きょうごく》が体《からだ》を起《お》こすと、

「はっひぃ〰〰〰ん……」

背負《せお》われた園子《そのこ》が情《なさ》けない声《こえ》で泣《な》きながら京極《きょうごく》に抱《だ》きついた。京極《きょうごく》が優《やさ》しい目《め》で見《み》つめる。そのとき、

「京極《きょうごく》さん！　何《なに》かにつかまって!!」

階段《かいだん》の方《ほう》から声《こえ》がした。見《み》ると、コナン、蘭《らん》、小五郎《こごろう》が階段《かいだん》の手《て》すりにつかまって立《た》っていた。

前方《ぜんぽう》に大《おお》きく傾《かたむ》いたスカイパークは、激《はげ》しく揺《ゆ》れ、速度《そくど》を増《ま》しながらなおも前《まえ》へ進《すす》み続《つづ》けた。

プールエリアのデッキチェアが傾《かたむ》いた床《ゆか》を滑《すべ》り落《お》ちていき、プールの水《みず》も滝《たき》のように流《なが》れ落《お》ちていく。

三棟《さんとう》のホテルタワーにまたがっていた屋上《おくじょう》は、タワー1、タワー2からも離《はな》れ、ついにタワー3だけに乗《の》っている状態《じょうたい》になった。細長《ほそなが》い船《ふね》の形《かたち》をしたスカイパークは、全長三百《ぜんちょうさんびゃく》四十《よんじゅう》メートルの半分以上《はんぶんいじょう》がせり出《だ》していて、今《いま》にも落下《らっか》しそうだった。

マーライオン・パークそばの道路《どうろ》でアイダン警部補《けいぶほ》やジョンハンが見《み》つめる中《なか》、スカイパークは轟音《ごうおん》と共《とも》に一気《いっき》に滑《すべ》り出《だ》し、タワー3からも離《はな》れ、巨大《きょだい》な船《ふね》は夜空《よぞら》の海原《うなばら》を飛《と》んだ——。

そして、炎《ほのお》と噴煙《ふんえん》を巻《ま》き上《あ》げながら、マリーナベイへ猛然《もうぜん》と突《つ》っ込《こ》んでいった。

すさまじい風圧《ふうあつ》が屋上《おくじょう》を襲《おそ》い、バーのテーブルや椅子《いす》が後方《こうほう》へ吹《ふ》き飛《と》び、コナンや蘭《らん》は階段《かいだん》の手《て》すりを必死《ひっし》でつかんだ。京極《きょうごく》も展望《てんぼう》デッキのポールにつかまって耐《た》える。

観覧車《かんらんしゃ》に宙吊《ちゅうづ》りになっていた海賊《かいぞく》は、目《め》の前《まえ》に巨大《きょだい》な船《ふね》が迫《せま》ってきて「うわあ――!!」と手足《てあし》をばたばたさせた。

巨体《きょたい》の先端《せんたん》を大《おお》きく下《さ》げたスカイパークは、轟音《ごうおん》を立《た》てながらマリーナベイに着水《ちゃくすい》し、巨大《きょだい》な水柱《みずばしら》が立《た》ち上《のぼ》った。

噴《ふ》き上《あ》がった大量《たいりょう》の海水《かいすい》が雨《あめ》のように炎上《えんじょう》した地上《ちじょう》に降《ふ》り注《そそ》ぎ、ホテル周辺《しゅうへん》の火災《かさい》が鎮《ちん》火《か》していく――。


海水《かいすい》の雨《あめ》は対岸《たいがん》のマーライオン・パークにも降《ふ》り注《そそ》ぎ、マリーナベイに落《お》ちたスカイパークを呆然《ぼうぜん》と見《み》ていたジョンハンは、気《き》の抜《ぬ》けたような顔《かお》でペタンと尻餅《しりもち》をついた。

「大丈夫《だいじょうぶ》ですか?」

アイダン警部補《けいぶほ》が声《こえ》をかける。

ボディガードに支《ささ》えられたジョンハンは、巨大《きょだい》な船体《せんたい》を失《うしな》った三《みっ》つのホテルタワーをぼんやりと見上《みあ》げていた。

レオン・ローと中富禮次郎《なかとみれいじろう》は水浸《みずびた》しになったプールエリアに倒《たお》れていた。椰子《やし》の木《き》などは無残《むざん》に折《お》れ、デッキチェアが散乱《さんらん》する通路《つうろ》には魚《さかな》が飛《と》び跳《は》ねている。

「う……」

レオンが起《お》き上《あ》がろうとすると、目《め》の前《まえ》に小《ちい》さな落下傘《らっかさん》が落《お》ちてきた。その根元《ねもと》についているのは──青《あお》く光《ひか》り輝《かがや》く『紺青《こんじょう》の拳《フィスト》』だ。

「返《かえ》すぜ」

頭上《ずじょう》から声《こえ》がして、レオンは振《ふ》り仰《あお》いだ。すると、小雨《こさめ》が降《ふ》っている空《そら》を、ハンググライダーの翼《つばさ》を広《ひろ》げたキッドが直立姿勢《ちょくりつしせい》で浮《う》いていた。

「そいつはオレの探《さが》してる宝石《ほうせき》じゃなかったんでね」

キッドはニヤリと笑《わら》い、シルクハットを深《ふか》くかぶると、ハンググライダーを上昇《じょうしょう》させて飛《と》び去《さ》っていった。

京極達《きょうごくたち》がいた展望《てんぼう》デッキも水浸《みずびた》しになり、あちこちにガレキが散乱《さんらん》していた。京極《きょうごく》がつかまっていたポールも大《おお》きく折《お》れ曲《ま》がっている。

「園子《そのこ》さん。ちょっとこちらに座《すわ》っててください」

京極《きょうごく》はバーのそばにあるアイスクリーム売《う》り場《ば》のカウンターに園子《そのこ》を座《すわ》らせて、紐《ひも》を解《と》いていった。

「すみません。ちょっと固《かた》く結《むす》びすぎてしまって……」

京極《きょうごく》は広《ひろ》い肩《かた》をすくめながら、ちまちまと紐《ひも》をほどいた。その姿《すがた》が、戦《たたか》っているときの姿《すがた》とはあまりにも違《ちが》いすぎて、園子《そのこ》は放心《ほうしん》した表情《ひょうじょう》で見《み》つめていた。

ふと、京極《きょうごく》の左眉《ひだりまゆ》の横《よこ》に貼《は》られた絆創膏《ばんそうこう》が取《と》れかかっているのに気《き》づく。

園子《そのこ》は手《て》を伸《の》ばし、絆創膏《ばんそうこう》をピッと剝《は》がした。

「あっ。い、いや、それは……！」

京極《きょうごく》が左手《ひだりて》で左眉《ひだりまゆ》のあたりを押《お》さえながら慌《あわ》てて絆創膏《ばんそうこう》を取《と》り返《かえ》そうとしたが、園子《そのこ》に頭《あたま》を押《お》さえられてしまった。

「その……お守《まも》りというか……」

「これ……ずっとつけてたの？」

「は、はい。男《おとこ》がすたると思《おも》って言《い》い出《だ》せませんでしたが……」

絆創膏《ばんそうこう》の裏《うら》には、園子《そのこ》のプリントシールが貼《は》られていた。笑《わら》っている園子《そのこ》の隣《となり》にはピンボケの京極《きょうごく》の顔《かお》も写《うつ》っているが、ほとんど切《き》れてしまって見《み》えない。

「なーんだ」

園子《そのこ》はフッと微笑《ほほえ》んだ。雨《あめ》に濡《ぬ》れた園子《そのこ》の頰《ほお》を、一筋《ひとすじ》の水滴《すいてき》が伝《つた》う。

「いつも守《まも》られてると思《おも》ったけど……わたしが真《まこと》さんを守《まも》ったんだね」

恥《は》ずかしそうに目《め》をそらした京極《きょうごく》は、頰《ほお》を真《ま》っ赤《か》に染《そ》めていた。

「絆創膏返《ばんそうこうかえ》してくださいよ」

「ダーメ！　一生《いっしょう》、宝物《たからもの》にするんだ〜」

小五郎達《こごろうたち》と階段《かいだん》を下《お》りて展望《てんぼう》デッキに出《で》た蘭《らん》は、仲《なか》むつまじげな園子《そのこ》と京極《きょうごく》を見《み》て、

「……ラブラブね」

と、どこか寂《さび》しげな顔《かお》でつぶやいた。その後《うし》ろでは、腰《こし》を痛《いた》めた小五郎《こごろう》がくの字《じ》になって、トントンと腰《こし》を叩《たた》いていた。


「う……うう……」

展望《てんぼう》デッキの端《はし》でうずくまっていたリシが目《め》を開《あ》けると、目《め》の前《まえ》にコナンが立《た》っていた。パーカーのポケットに手《て》を突《つ》っ込《こ》み、険《けわ》しい目《め》でリシを見《み》ている。

「お……お前《まえ》はいったい何者《なにもの》なんだ？　ただの子供《こども》じゃないだろ？」

リシがたずねると、コナンはポケットからメガネを取《と》り出《だ》してかけた。

「江戸川《えどがわ》コナン。探偵《たんてい》さ」

マリーナベイに着水《ちゃくすい》したスカイパークに、幾《いく》つもの光《ひかり》が近《ちか》づいてきた。それは警察《けいさつ》のボートのサーチライトだった。

サーチライトに照《て》らされたかつて屋上《おくじょう》にあったその巨大《きょだい》な船体《せんたい》は、海《うみ》の上《うえ》でも圧倒的《あっとうてき》な

存在感《そんざいかん》を放《はな》っていた。

11

チャンギ国際空港《こくさいくうこう》から、鈴木財閥《すずきざいばつ》の専用《せんよう》ジェット機《き》が飛《と》び立《た》った。

機内《きない》では蘭《らん》と園子《そのこ》が中央《ちゅうおう》の座席《ざせき》に並《なら》んで座《すわ》り、小五郎《こごろう》と新一《しんいち》に扮《ふん》したキッドは右側《みぎがわ》の座《ざ》席《せき》にそれぞれ一人《ひとり》で座《すわ》った。左側《ひだりがわ》の座席《ざせき》には、黒服《くろふく》のボディガード達《たち》がずらりと並《なら》んでいる。

小五郎《こごろう》の斜《なな》め後《うし》ろの座席《ざせき》に座《すわ》った新一姿《しんいちすがた》のキッドは、機内食《きないしょく》を食《た》べながら座席《ざせき》の背面《はいめん》に設置《せっち》されたシートモニターでニュース番組《ばんぐみ》を見《み》ていた。

ニュース番組《ばんぐみ》では、マリーナベイ・サンズでの一連《いちれん》の事件《じけん》が報道《ほうどう》されていた。レオン、リシ、禮次郎《れいじろう》が警察《けいさつ》に連行《れんこう》される模様《もよう》や、マリーナベイ・サンズ周辺《しゅうへん》の火災《かさい》映《えい》像《ぞう》が流《なが》れ、最後《さいご》は『マリーナベイ・サンズ　鈴木財閥《すずきざいばつ》の全面協力《ぜんめんきょうりょく》で修復《しゅうふく》にめど』というテロップと共《とも》に、ホテル前《まえ》でインタビューを受《う》ける鈴木次郎吉《すずきじろきち》の姿《すがた》が流《なが》れた。

いつものごとく高笑《たかわら》いする次郎吉《じろきち》を見《み》て、キッドは苦笑《にがわら》いした。

数時間後《すうじかんご》。鈴木財閥《すずきざいばつ》の専用《せんよう》ジェット機《き》は羽田空港《はねだくうこう》に到着《とうちゃく》した。

飛行機《ひこうき》を降《お》りた園子《そのこ》は、ボディガードが押《お》す車椅子《くるまいす》に乗《の》って移動《いどう》した。その後《うし》ろを小五《こご》郎《ろう》が歩《ある》いていく。

「でもいいのか？　あのクソ強《つえ》え彼氏《かれし》をまたアメリカに行《い》かせちまって」

「いいの、いいの。真《まこと》さんはやっぱ、どっかで闘《たたか》ってないとね」

園子《そのこ》はそう言《い》って窓《まど》の外《そと》に広《ひろ》がる空《そら》を見上《みあ》げた。


その頃《ころ》。アメリカに到着《とうちゃく》した京極《きょうごく》は、一人荒野《ひとりこうや》の道路《どうろ》を歩《ある》いていた。

ふと立《た》ち止《ど》まり、胸《むね》のポケットから角《かど》の折《お》れた写真《しゃしん》を取《と》り出《だ》す。

それは、シンガポールの屋台村《ホーカー》で撮《と》った園子《そのこ》との写真《しゃしん》だった。寄《よ》り添《そ》った二人《ふたり》がスイカジュースとチキンライスを持《も》って笑《わら》っている。

京極《きょうごく》はその写真《しゃしん》を見《み》て微笑《ほほえ》むと、再《ふたた》び歩《ある》き出《だ》した。


空港《くうこう》の到着《とうちゃく》ロビーでは、阿笠博士《あがさはかせ》と灰原《はいばら》が待《ま》っていた。

「お、出《で》てきたぞ」

「……ねえ、あれ何《なに》」

車椅子《くるまいす》に乗《の》った園子《そのこ》、小五郎《こごろう》の後《あと》に、腕《うで》を組《く》んだ蘭《らん》と新一姿《しんいちすがた》のキッドが出《で》てきたのだ。

「おい、そんなに、くっつくなよ、歩《ある》きづれーだろ」

「ダーメ。もう絶対《ぜったい》に離《はな》さないわ」

蘭《らん》はそう言《い》って、さらにギュッと腕《うで》を絡《から》めた。

「え？　そう？」

キッドがにやけていると、持《も》っていたスーツケースからドンッと音《おと》がした。コナンが中《なか》から蹴《け》ったのだ。

「ずっと待《ま》ってたんだから……この時《とき》を！」

突然《とつぜん》、蘭《らん》が立《た》ち止《ど》まり、両手《りょうて》でキッドの腕《うで》をつかんだ。

「へ？」

すると、パーテーションの陰《かげ》から中森銀三警部《なかもりぎんぞうけいぶ》と機動隊《きどうたい》がザザッと出《で》てきて、出口《でぐち》を塞《ふさ》ぐようにズラリと並《なら》んだ。

「キッド〜〜〜！　待《ま》ってたぞ!!」

「え……マジッ!?」

蘭《らん》は驚《おどろ》いているキッドをグイッと引《ひ》き寄《よ》せて、にらみつけた。

「アンタが新一《しんいち》じゃないことくらい、最初《さいしょ》からわかってたんだから。新一《しんいち》はね、お父《とう》さんのことを『おっちゃん』なんて呼《よ》んだりしないのよ！」

「ええっ!?　だっていつもアイツ……」

キッドがスーツケースを見《み》る。スーツケースに入《はい》っているコナンは目《め》をパチクリさせながら、過去《かこ》を振《ふ》り返《かえ》った。

（そういや、蘭《らん》の前では『おっちゃん』って言《い》ったことねーな……）

「一度《いちど》ならず二度《にど》も新一《しんいち》に化《ば》けるなんて許《ゆる》さない！」

正確《せいかく》には四度目《よんどめ》だけど――キッドは心《こころ》の中《なか》で突《つ》っ込《こ》みながら、ジタバタと腕《うで》を動《うご》かした。

「お嬢《じょう》さん、その腕《うで》ゼッタイに離《はな》さないでくださいよ！　確保《かくほ》――!!」

中森警部《なかもりけいぶ》の合図《あいず》で、機動隊《きどうたい》が一斉《いっせい》に向《む》かう。

蘭《らん》はキッドの腕《うで》をつかんでいる手《て》にいっそう力《ちから》を込《こ》めた。

するとそのとき、キッドが煙幕《えんまく》ボールを投《な》げた。

煙《けむり》が立《た》ち込《こ》める中《なか》、機動隊《きどうたい》が次々《つぎつぎ》とキッドに飛《と》びかかり、中森警部《なかもりけいぶ》も後《あと》に続《つづ》く。

「キッドォ～～～～!!」

煙《けむり》の中《なか》で機動隊員《きどうたいいん》らが揉《も》みくちゃになっていると、バッグを持《も》った阿笠博士《あがさはかせ》が走《はし》ってきた。遅《おく》れて灰原《はいばら》も小走《こばし》りでやって来《く》る。

「絶対離《ぜったいはな》さないからね！」

機動隊《きどうたい》に揉《も》みくちゃにされながらも、蘭《らん》はしゃがみ込《こ》んでキッドの左腕《ひだりうで》を必死《ひっし》でつかんでいた。

「逃《に》がすなぁ～～～～!!」

「おお～～～～!!」

煙《けむり》の中《なか》から中森警部《なかもりけいぶ》と機動隊員《きどうたいいん》らの叫《さけ》び声《ごえ》がする。阿笠博士《あがさはかせ》が心配《しんぱい》そうに見《み》ていると、

「博士《はかせ》……」

コナンが煙《けむり》の中《なか》からこっそりと出《で》てきた。阿笠博士《あがさはかせ》はバッグを渡《わた》し、壁《かべ》に背《せ》を向《む》けて上《うわ》着《ぎ》を広《ひろ》げた。

灰原《はいばら》が阿笠博士《あがさはかせ》の後《うし》ろに目《め》を向《む》けると、コナンがあたふたと着替《きが》えている姿《すがた》が見《み》えて、フッと微笑《ほほえ》む。すると、

「離《はな》せ！　それはワシの足《あし》だ!!」

中森警部《なかもりけいぶ》の声《こえ》がした。煙《けむり》が薄《うす》れて、機動隊《きどうたい》の姿《すがた》が見《み》えてきたが、キッドの姿《すがた》はどこにもない。

蘭《らん》が必死《ひっし》でつかんでいたのは——作《つく》り物《もの》の腕《うで》だった。

「あ〜〜もぉ!!」

と投《な》げ捨《す》てる。投《な》げ捨《す》てた先《さき》には、開《ひら》いた状態《じょうたい》のキッドのスーツケースがあった。

「逃《に》げられた！」

「くそぉ！　まだ近《ちか》くにいるはずだ！　追《お》え〜〜〜〜!!」

中森警部《なかもりけいぶ》と機動隊《きどうたい》はドタドタと奥《おく》へ走《はし》っていき、自動《じどう》ドアが閉《し》まった。残《のこ》った蘭《らん》が呆然《ぼうぜん》と見送《みおく》る。

ハァ……とため息《いき》をついた蘭《らん》が到着《とうちゃく》ロビーを振《ふ》り返《かえ》ると、阿笠博士《あがさはかせ》、灰原《はいばら》と共《とも》にコナンが立《た》っていた。

「あ、コナン君《くん》！」

「お帰《かえ》りなさい、蘭姉《らんねえ》ちゃん」

着替《きが》え終《お》わったばかりのコナンがニッコリと微笑《ほほえ》む。蘭《らん》はコナンの元《もと》に駆《か》け寄《よ》ってしゃがみ込《こ》んだ。

「ただいま。寂《さび》しくなかった？」

（バーロ。ずっと一緒《いっしょ》にいたっつーの）

コナンは心《こころ》の中《なか》でつぶやきながらも、嬉《うれ》しそうに口元《くちもと》を緩《ゆる》ませた。

おわり

★小学館ジュニア文庫★　ワクワク、ドキドキがいっぱいのラインナップ

〈大人気！「名探偵コナン」シリーズ〉

名探偵コナン　瞳の中の暗殺者
名探偵コナン　天国へのカウントダウン
名探偵コナン　迷宮の十字路
名探偵コナン　銀翼の奇術師
名探偵コナン　水平線上の陰謀
名探偵コナン　探偵たちの鎮魂歌
名探偵コナン　紺碧の棺
名探偵コナン　戦慄の楽譜
名探偵コナン　漆黒の追跡者
名探偵コナン　天空の難破船
名探偵コナン　沈黙の15分
名探偵コナン　11人目のストライカー
名探偵コナン　絶海の探偵
名探偵コナン　異次元の狙撃手
名探偵コナン　業火の向日葵
名探偵コナン　純黒の悪夢
名探偵コナン　から紅の恋歌
名探偵コナン　ゼロの執行人

名探偵コナン　紺青の拳

ルパン三世VS名探偵コナン　THE MOVIE
名探偵コナン　江戸川コナン失踪事件 史上最悪の二日間
名探偵コナン　コナンと海老蔵 歌舞伎十八番ミステリー
名探偵コナン　エピソード"ONE" 小さくなった名探偵
名探偵コナン　紅の修学旅行

小説 名探偵コナン　CASE1〜4
名探偵コナン　安室透セレクション ゼロの推理劇
名探偵コナン　怪盗キッドセレクション 月下の予告状

名探偵コナン　京極真セレクション 蹴撃の事件録

まじっく快斗1412　全6巻

〈背筋がゾクゾクするホラー&ミステリー〉

恐怖学校伝説
恐怖学校伝説　絶叫怪談
こちら魔王110番!
リアル鬼ごっこ
ニホンブンレツ(上)(下)
ブラック

〈みんな大好き♡ディズニー作品〉

アナと雪の女王 ～同時収録 短編 エルサのサプライズ～
アナと雪の女王2 読書ノート
アラジン
ジャングル・ブック
ダンボ
ディズニーツムツムの大冒険 ～トキメキ パティシエ・パーティ～
ディズニーツムツムの大冒険 ～ハラハラ! ジェットコースター～
ディセンダント
眠れる森の美女 ～目覚めなかった オーロラ姫～
美女と野獣 ～運命のとびら～(上)(下)
マレフィセント2 ～同時収録 マレフィセント～
ライオン・キング

〈時代をこえた面白さ!! 世界名作シリーズ〉

小公女セーラ
小公子セドリック
トム・ソーヤの冒険
フランダースの犬
オズの魔法使い
坊っちゃん
家なき子
あしながおじさん
赤毛のアン(上)(下)
ピーターパン
宝島

次はどれにする? おもしろくて楽しい新刊が、続々登場!!

★小学館ジュニア文庫★ ワクワク、ドキドキがいっぱいのラインナップ

〈ジュニア文庫でしか読めないオリジナル〉

愛情融資店まごころ
愛情融資店まごころ ②好きなんて言えない

アイドル誕生！ ～こんなわたしがAKB48に!?～
いじめ 14歳のMessage
1話3分 こわい家、あります。 くらやみくんのブラックリスト

お悩み解決！ ズバッと同盟 長女VS妹、仁義なき戦い!?
お悩み解決！ ズバッと同盟 おしゃれコーデ、対決!?
緒崎さん家の妖怪事件簿
緒崎さん家の妖怪事件簿 桃×団子パニック！

緒崎さん家の妖怪事件簿 狐×迷子パレード！
緒崎さん家の妖怪事件簿 月×姫ミラクル！
華麗なる探偵アリス＆ペンギン
華麗なる探偵アリス＆ペンギン ワンダー・チェンジ！
華麗なる探偵アリス＆ペンギン ミラー・ラビリンス
華麗なる探偵アリス＆ペンギン サマー・トレジャー
華麗なる探偵アリス＆ペンギン トラブル・ハロウィン
華麗なる探偵アリス＆ペンギン ペンギン・パニック！
華麗なる探偵アリス＆ペンギン ミステリアス・ナイト
華麗なる探偵アリス＆ペンギン アリスVS.ホームズ！
華麗なる探偵アリス＆ペンギン アラビアン・デート
華麗なる探偵アリス＆ペンギン パーティ・パーティ
華麗なる探偵アリス＆ペンギン ホームズ・イン・ジャパン
華麗なる探偵アリス＆ペンギン ウィッチ・ハント！
華麗なる探偵アリス＆ペンギン ファンシー・ファンタジー

ギルティゲーム
ギルティゲーム stage2 無限駅からの脱出

ギルティゲーム stage3 ペルセポネー号の悲劇
ギルティゲーム stage4 ギロンパ帝国へようこそ！
ギルティゲーム stage5 黄金のナイトメア
ギルティゲーム Last stage さよなら、ギルティゲーム
銀色☆フェアリーテイル ①あたしだけが知らない街
銀色☆フェアリーテイル ②きみだけに贈る歌
銀色☆フェアリーテイル ③夢、それぞれの未来
きんかつ！
きんかつ！ 恋する妖怪と舞姫の秘密
ぐらん×ぐらんぱ！ スマホジャック
ぐらん×ぐらんぱ！ スマホジャック ～恋の一騎打ち～
さよなら、かぐや姫 ～月とわたしの物語～
12歳の約束
女優猫あなご
白魔女リンと3悪魔
白魔女リンと3悪魔 フリージング・タイム
白魔女リンと3悪魔 レイニー・シネマ
白魔女リンと3悪魔 スター・フェスティバル
白魔女リンと3悪魔 ダークサイド・マジック
白魔女リンと3悪魔 フルムーン・パニック
白魔女リンと3悪魔 エターナル・ローズ
白魔女リンと3悪魔 ミッドナイト・ジョーカー
白魔女リンと3悪魔 ゴールデン・ラビリンス

月の王子　砂漠の少年
天才発明家ニコ&キャット
天才発明家ニコ&キャット　キャット、月に立つ!
TOKYOオリンピック　はじめて物語
謎解きはディナーのあとで
謎解きはディナーのあとで2
謎解きはディナーのあとで3
のぞみ、出発進行!!
パティシエ志望だったのに、シンデレラのいじわるな姉に生まれ変わってしまいました!

大熊猫ベーカリー　パンダと私の内気なクリームパン!
ホルンペッター
ぼくたちと駐在さんの700日戦争　ベスト版　闘争の巻
さくら×ドロップ　レシピ1:チーズハンバーグ
ちえり×ドロップ　レシピ1:マカロニグラタン
みさと×ドロップ　レシピ1:チェリーパイ

メデタシエンド。　~ミッションはおとぎ話のお姫さま……のメイド役!?~
メデタシエンド。　~ミッションはおとぎ話の赤ずきん……の猟師役!?~
ゆめ☆かわ　ここあのコスメボックス
ゆめ☆かわ　ここあのコスメボックス　ヒミツの恋とナイショのモデル
ゆめ☆かわ　ここあのコスメボックス　恋のライバルとファッションショー
ゆめ☆かわ　ここあのコスメボックス　恋する遊園地で大ピンチ!
ゆめ☆かわ　ここあのコスメボックス　ストアイベントで恋の勝負!!

夢は牛のお医者さん
わたしのこと、好きになってください。

〈思わずうるうる…感動ストーリー〉
奇跡のパンダファミリー　~愛と涙の子育て物語~
きみの声を聞かせて　猫たちのものがたり―まぐ・ミクロ・まる―
こむぎといつまでも　―余命宣告を乗り越えた奇跡の猫ものがたり―
天国の犬ものがたり~ずっと一緒~
天国の犬ものがたり~わすれないで~
天国の犬ものがたり~未来~
天国の犬ものがたり~夢のバトン~
天国の犬ものがたり~ありがとう~
天国の犬ものがたり~天使の名前~
天国の犬ものがたり~僕の魔法~
天国の犬ものがたり~笑顔をあげに~
天国の犬ものがたり~はじめまして~
天国の犬ものがたり~扉のむこう~

動物たちのお医者さん
わさびちゃんとひまわりの季節

次はどれにする?　おもしろくて楽しい新刊が、続々登場!!

★小学館ジュニア文庫★ ワクワク、ドキドキがいっぱいのラインナップ

〈話題の映画&アニメノベライズシリーズ〉

アイドル×戦士 ミラクルちゅーんず！
あさひなぐ
兄に愛されすぎて困ってます
あのコの、トリコ。
一礼して、キス
ういらぶ。
海街diary
映画くまのがっこう パティシエ・ジャッキーとおひさまのスイーツ
映画 4月の君、スピカ。
映画刀剣乱舞
映画プリパラ み～んなのあこがれ♪レッツゴー☆プリパリ
映画妖怪ウォッチ 空飛ぶクジラとダブル世界の大冒険だニャン！
映画妖怪ウォッチ シャドウサイド 鬼王の復活
映画妖怪ウォッチ FOREVER FRIENDS
小説 おそ松さん 6つ子とエジプトとセミ
怪盗ジョーカー 開幕！ 怪盗ダーツの挑戦!!
怪盗ジョーカー 追憶のダイヤモンド・メモリー
怪盗ジョーカー 闇夜の対決！ ジョーカーvsシャドウ
怪盗ジョーカー 銀のマントが燃える夜
怪盗ジョーカー ハチの記憶を取り戻せ！
怪盗ジョーカー 解決！ 世界怪盗ゲームへようこそ!!
怪盗ジョーカー 宇宙へとびだせ！ ダイヤモンドの流れ星

がんばれ！ ルルロロ
がんばれ！ ルルロロ せかいでいちばんのケーキ
境界のRINNE 謎のクラスメート
境界のRINNE 友だちからで良ければ
境界のRINNE ようこそ地獄へ！
くちびるに歌を
劇場版アイカツ！
心が叫びたがってるんだ。
坂道のアポロン
貞子vs伽椰子
真田十勇士
シンドバッド 空とぶ姫と秘密の島
シンドバッド 真昼の夜とふしぎの門
呪怨―ザ・ファイナル―
呪怨―終わりの始まり―
小説 イナズマイレブン アレスの天秤 全4巻

小説 イナズマイレブン オリオンの刻印 1
小説 イナズマイレブン オリオンの刻印 2
小説 イナズマイレブン オリオンの刻印 3
小説 イナズマイレブン オリオンの刻印 4

小説 映画ドラえもん のび太の宝島
小説 映画ドラえもん のび太の月面探査記

スナックワールド
スナックワールド メローラ姫を救え！
スナックワールド 大冒険はエンドレスだ！
世界からボクが消えたなら 映画「世界から猫が消えたなら」キャベツの物語

次はどれにする？ おもしろくて楽しい新刊が、続々登場!!

世界から猫が消えたなら
世界の中心で、愛をさけぶ
NASA超常ファイル ～地球外生命からの挑戦状～
二度めの夏、二度と会えない君
8年越しの花嫁 奇跡の実話
花にけだもの
花にけだもの Second Season
響 -HIBIKI-
ぼくのパパは天才なのだ 「深夜！天才バカボン」ハジメちゃん日記
ポケモン・ザ・ムービーXY 破壊の繭とディアンシー
ポケモン・ザ・ムービーXY 光輪の超魔神フーパ
ポケモン・ザ・ムービーXY&Z ボルケニオンと機巧のマギアナ
劇場版ポケットモンスター キミにきめた！
劇場版ポケットモンスター みんなの物語
名探偵ピカチュウ

ミュウツーの逆襲 EVOLUTION
ポッピンQ
未成年だけどコドモじゃない
MAJOR 2nd 1 二人の二世
MAJOR 2nd 2 打倒！東斗ボーイズ
ラスト・ホールド！
レイトン ミステリー探偵社 ～カトリーのナゾトキファイル～1～4

〈この人の人生に感動！ 人物伝〉

井伊直虎 ～民を守った女城主～
西郷隆盛 敗者のために戦った英雄
杉原千畝
ルイ・ブライユ 暗闇に光を灯した十五歳の点字発明者

〈発見いっぱい！ 海外のジュニア小説〉

JCオリヴィアのプリティ・プリンセス日記
JCオリヴィアのプリティ・プリンセス日記 どきどきのロイヤルウェディング
シャドウ・チルドレン1 絶対に見つかってはいけない
シャドウ・チルドレン2 絶対にだまされてはいけない
まほう少女キティ
まほう少女キティ ひとりぼっちのシャドウ

★小学館ジュニア文庫★ ワクワク、ドキドキがいっぱいのラインナップ

〈大好き！ 大人気まんが原作シリーズ〉

ある日 犬の国から手紙が来て
いじめ―いつわりの楽園―
いじめ―学校という名の戦場―
いじめ―引き裂かれた友情―
いじめ―過去へのエール―
いじめ―うつろな絆―
いじめ―友だちという鎖―
いじめ―行き止まりの季節―
いじめ―闇からの歌声―
いじめ―勇気の翼―
いじめ―希望の歌を歌おう―

エリートジャック!! めざせ、ミラクル大逆転!!
エリートジャック!! ミラクルガールは止まらない!!
エリートジャック!! 相川ユリアに学ぶ 毎日が絶対ハッピーになる100の名言
エリートジャック!! ミラクルチャンスをつかまえろ!!
エリートジャック!! 発令！ ミラクルプロジェクト！

オオカミ少年♥こひつじ少女 わくわく♪どうぶつワンだーらんど！
オオカミ少年♥こひつじ少女 お散歩は冒険のはじまり
おはなし！ コウペンちゃん
おはなし！ コウペンちゃん きみのそばにいるよ

おはなし 猫ピッチャー ミー太郎、ニューヨークへ行く！の巻
おはなし 猫ピッチャー 空飛ぶマグロと時間をうばわれた子どもたちの巻
終わる世界でキミに恋する ～星空の贈りもの～
学校に行けない私たち
キミは宙のすべて―たったひとつの星―
キミは宙のすべて―ヒロインは眠れない―
キミは宙のすべて―君のためにできること―
キミは宙のすべて―宙いっぱいの愛をこめて―
思春期♡革命 ～カラダとココロのハジメテ～
12歳。アニメノベライズ ～ちっちゃなムネのトキメキ～全8巻
小説 そらペン 謎のガルダ帝国大冒険

ショコラの魔法～ダックワーズショコラ 記憶の迷路～
ショコラの魔法～クラシックショコラ 失われた物語～
ショコラの魔法～イスパハン 薔薇の恋～
ショコラの魔法～ショコラスコーン 氷呪の学園～
ショコラの魔法～ジンジャーマカロン 真昼の夢～
ちび☆デビ！～天界からの使者とチョコル島の謎×2！～
ちび☆デビ！～まおちゃんと夢と魔法とウサギの国～
ちび☆デビ！～スーパーまおちゃんとひみつの赤い実～
ドラえもんの夢をかなえる読書ノート
ドラえもん 5分でドラ語り ことわざひみつ話
ドラえもん 5分でドラ語り 四字熟語ひみつ話
ドラえもん 5分でドラ語り 故事成語ひみつ話

ドーリィ♪カノン～ヒミツのライブ大作戦～
ドラマ ドーリィ♪カノン カノン誕生
ドラマ ドーリィ♪カノン 未来は僕らの手の中
ないしょのつぼみ～さよならのプレゼント～
ないしょのつぼみ～あたしのカラダ・あいつのココロ～

ナゾトキ姫と嘆きのしずく
ナゾトキ姫と魔本の迷宮
ナゾトキ姫とアイドル怪人Xからの挑戦状
人間回収車～地獄からの使者～
人間回収車～絶望の果て先～

ハチミツにはつこい　ファースト・ラブ
ハチミツにはつこい　アイ・ラブ・ユー
ヒミツの王子様★　恋するアイドル！

ふなっしーの大冒険　きょうだい集結！ 梨汁ブシャーッに気をつけろ!!

真代家こんぷれっくす！　～Mother's day こんぷれっくすは、ケーキをめぐる～

真代家こんぷれっくす！　～Memorial days きえない花火ときえないキズナ～

真代家こんぷれっくす！　～Sentimental days ココロをつなぐメロディ～

真代家こんぷれっくす！　～Holy days 賢者たちの贈り物～

真代家こんぷれっくす！　～Mysterious days 光の指輪物語～


〈全世界で大ヒット中！ ユニバーサル作品〉

怪盗グルーの月泥棒
怪盗グルーのミニオン危機一発
怪盗グルーのミニオン大脱走

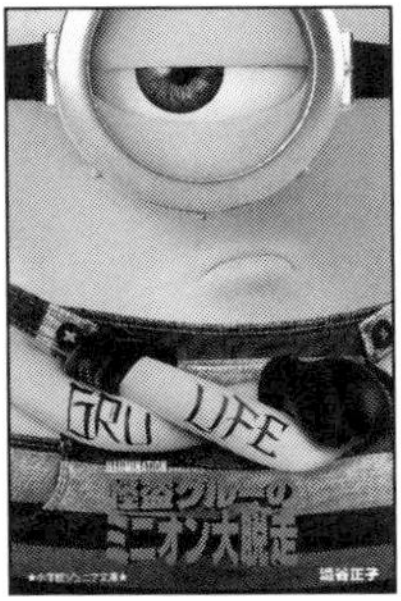

グリンチ
ザ・マミー　呪われた砂漠の王女
ジュラシック・ワールド　炎の王国
ジュラシック・ワールド　悲劇の王国
SING シング
トロールズ

ペット
ペット2

ボス・ベイビー
ボス・ベイビー　～ビジネスは赤ちゃんにおまかせ～ 1～2
ミニオンズ

次はどれにする？　おもしろくて楽しい新刊が、続々登場!!

Shogakukan Junior Bunko

★小学館ジュニア文庫★
名探偵コナン 紺青《こんじょう》の拳《フィスト》

2019年 4 月17日　初版第 1 刷発行
2019年12月 9 日　　　第４刷発行

著者／水稀しま
原作／青山剛昌
脚本／大倉崇裕

発行人／野村敦司
編集人／今村愛子
編集／伊藤 澄

発行所／株式会社　小学館
　　　〒101-8001　東京都千代田区一ツ橋２－３－１
電話／編集　03-3230-5105
　　　販売　03-5281-3555

印刷・製本／中央精版印刷株式会社

デザイン／石沢将人＋ベイブリッジ・スタジオ
口絵構成／内野智子

Printed in Japan　　ISBN 978-4-09-231288-3